阅读之前 没有真相

午 夜 文 库

莎拉·派瑞斯基
芝加哥首席女侦探系列

莎拉·派瑞斯基
Sara Parestsky (1947—)

莎拉·派瑞斯基是美国侦探小说史上著名的冷硬派女作家。她将芝加哥打造成与纽约、洛杉矶等地齐名的冷硬私家侦探的诞生地。她笔下的维·艾·华沙斯基（V. I. Warshawski）是世界侦探之林不多见的女性私探，因兼具美貌与果敢，而被誉为"芝加哥最美的私人侦探"，并被美国推理作家协会票选为"最受欢迎女侦探"前三名。

一九四七年，莎拉·派瑞斯基生于美国爱荷华州的埃姆斯，长于堪萨斯州。她是个很会念书的聪明人，先在堪萨斯大学拿到政治学和俄语双学士，之后同时在芝加哥大学取得工商管理硕士和历史博士学位。她曾在芝加哥都市研发局工作，以自由撰稿人的身分评写商业文章。一九七七至一九八六年间，则在CAN保险公司担任行销部经理。此后，才成为专职作家。

派瑞斯基自幼就开始创作，但是那些儿时的作品却从未出版发表。后来，她回忆成名前的经历时曾认为，自己对侦探这个角色的设定一开始就出错了："一九七九那一年，"她如是说，"我才了解到我一心想要创造的私探，原来是在模仿雷蒙德·钱德勒笔下的主角，差别只在于性别不同。如今我已明白，我要写的是一个女人，一个和我一样做事情过日子的女人，而且试图在男性主宰的领域中获得成功。"

就是因为这份企图心，使得派瑞斯基和苏·格拉夫顿、玛西亚·穆勒（Marcia Muller）并称美国三大冷硬派女杰。同样是崛起于上世纪八十年代，派瑞斯基的风格笔触却更为强悍泼辣，令人不禁想起文风野蛮残暴的米基·斯皮兰。但她所描述的绝非反社会行为，而是要藉由揭露谋杀案的真相来发人省思，进而突显更大的社会议题，尤其是隐藏在芝加哥这个工业城其黑暗腐败的一面。

除了在美国本土饱受好评外，派瑞斯基的作品还极获英国评论家的赞誉，一九八二年，她的第一本犯罪小说《索命赔偿》出版，立刻引起侦探小说界的极大反响。一九八八年，以《血色杀机》（*Blood Shot*）赢得英国犯罪作家协会的银匕首奖，二〇〇二年，她已荣获象征终身成就的钻石匕首奖。二〇〇三年再以《黑名单》（*Blacklist*）摘得金匕首奖。

派瑞斯基是知名作家，也是杰出的编辑，她编过几本短篇故事选集，其中的《女性之眼》（*A Woman's Eye*）曾获安东尼奖。此外，她还成立了"最有影响力的女性犯罪作家协会"，同时兼任第一届主席。

二〇一一年，美国推理作家协会宣布，将"大师奖"颁给莎拉·派瑞斯基。至此，她已将侦探小说界最重要的几个奖项尽数收入囊中，她的作品被翻译为二十多种语言，在全球销量逾千万册，是当之无愧的大师级作家。

重要作品年表：Warshawski novel

Indemnity Only (1982)

Deadlock (1984)

Killing Orders (1985)

Bitter Medicine (1987)

Blood Shot (1988)

Burn Marks (1990)

Guardian Angel (1992)

Tunnel Vision (1994)

Hard Time (1999)

Total Recall (2001)

Blacklist (2003)

Fire Sale (2005)

Hardball (2009)

Body Work (2010)

Breakdown (2012)

索命赔偿
Indemnity Only

(美) 莎拉·派瑞斯基 著
赵文伟 译

新 星 出 版 社　NEW STAR PRESS

献给斯图尔特·卡明斯基。谢谢。

目录

1	第一章 夏日时光
11	第二章 辍学
29	第三章 职业风格
38	第四章 你吓唬不了我
61	第五章 黄金海岸布鲁斯
69	第六章 凉爽的夜晚
83	第七章 朋友帮的小忙
102	第八章 有些访客不敲门
115	第九章 索赔归档
123	第十章 美丽的人
144	第十一章 友善的劝告
153	第十二章 泡吧
174	第十三章 扎夫的刀疤
191	第十四章 炎热的夜晚
210	第十五章 工会少女
226	第十六章 理赔的代价
234	第十七章 榆树街枪战
248	第十八章 血浓于金
259	后记

第一章 夏日时光

　　夜晚的空气浑浊而潮湿。当我开着车沿密歇根湖向南行进时，一股腐败的灰西鲱的味道钻进了我的鼻孔，有如一缕淡淡的香气弥散在沉闷的空气里。星星点点的篝火四处闪着光，那是深夜里有人在公园烧烤。水面上流动着一簇簇光，有红色的，也有绿色的。人们在湿热难耐的空气里寻求着一丝慰藉。湖岸上车水马龙，城市在焦躁不安中移动，想着法儿透上那么一口气。这就是七月的芝加哥。

　　我在兰道夫大街出口下了湖滨大道，而后在高架铁道的铁质拱门下转向沃巴什大街。我把车停在门罗街，然后从车上走下来。

　　远离密歇根湖的那部分城市会更清静一些。南卢普一片荒凉，除了一些通过小孔观看的下流表演和城市拘留所之外，别无其他消遣。一个在街头犹豫不决地迂回前行的醉汉是我唯一的伙伴。我穿过沃巴什大街，走进紧挨着门罗街烟草店的普尔特尼大楼。这幢楼晚上看上去简直糟糕透顶，怎么能在这种地方办公呢？贴在门厅墙上的瓷砖脏得要命，而且布满了裂纹。我怀疑是否有人曾经清洗过已经磨损了的油毡地毯。门厅总该给潜在的客户营造一种安心的印象。

　　我按了一下电梯的按钮。没反应。我又试了一次，还是没反应。我用力推开沉重的楼梯间大门，慢慢爬上四楼。楼道里很凉快，我在那儿逗留了几分钟后，才沿着灯光昏暗的走廊向东头走去，大楼两头的房租会便宜一些，因为所有的办公室都面朝沃巴什大街。借着微弱的光线，我读出门上刻的一行字——"维·艾·华沙斯基。私人调查员。"

我在北区的一个加油站给代客接听电话服务所去了一个电话，这只是在我回家洗澡、打开空调，享用一顿迟来的晚餐前的例行检查。他们告诉我有人给我打过一个电话，这让我很惊讶；当他们说那个人拒绝留下姓名时，我心里很不痛快。匿名电话真的很讨厌。他们通常都有什么事情要隐瞒，而且多半是违法的事。既然不留下姓名，你也就无法提前弄清楚他们究竟想隐瞒什么。

那个人说他九点一刻到我这儿来，他甚至没给我预留出吃饭的时间。整个下午我都在充满臭氧的高温里查找一个欠我一千五百元的印刷商的下落，这可真够令人泄气的。去年春天，因为我帮了他的忙，他的公司才不至于被强行逐出一个全国连锁机构，如今我后悔做了这件事。如果我的支票本儿不是穷得可怜，我会忽略这通电话的。事实上，我挺了挺胸，打开了办公室的门。

办公室里的光线尽管有点朴素，却不至于令人不悦，于是，我的精神稍稍振奋了一些。和我的公寓总是处于轻度混乱的状态不同，通常我的办公室很整洁。那张大木桌是我从警察局组织的一次拍卖活动上买下来的。那台"获得好利"牌手提打字机过去是我母亲的，挂在绿色文件柜上面的那件乌菲奇美术馆的复制品也是她的。我这么做的目的是想让来访者意识到我的工作很高级。再加上那两张给客户准备的直背椅，我的办公家具就齐全了。我在这里待的时间并不长，所以也就不需要其他舒适的娱乐设施了。

我已经好几天没来了，桌子上堆了一大摞账单通知需要我来分类整理。有一家电脑公司想要安排一次演示，看我需要什么样的办公电脑。我想知道一台小巧好看的IBM台式电脑是否能够帮我找到愿意付钱的客户。

屋子里又闷又热。我仔细查看着账单，看哪些需要紧急处理。汽车保险——最好把钱交了。其他的账单都被我扔了，大多数是第一次来的账单，有几个是第二次催款。我通常等到第三次接到账单的时候才会付钱。他们特别需要钱的时候是不会忘了你的。我把保险单塞在单肩包里，然后走到窗前，把空调拧到高挡。房间突然暗了下来。普尔特尼大楼不稳定的电压令我勃然大怒。蠢货。在这种楼里，你绝对不能把冷气直接拧到"高"。我骂自己的同时也骂了大楼管理员。我不清楚装有供电箱的贮藏室晚上开不开门。在这座楼里待了这么多年，大部分物件出了毛病我都会修，包括七楼的那间浴室，那儿的马桶差不多每个月都会堵一次。

我返回门厅，又沿着楼梯走向地下室。一只孤零零、光秃秃的灯泡照亮了楼梯的底部。库房的门上挂着一把锁。汤姆·恰尼克是这座大楼的管理员，他性情暴躁，而且不相信任何人。我可以打开一些锁，但是现在我没时间对付这把美国挂锁。真是个倒霉的日子。我用意大利语数到十，等我开始往楼上走的时候，热情已经大不如前。

我听见前方有沉重的脚步声，我猜他就是那个匿名的来访者。我走到顶层，轻轻推开楼道的门，在昏暗的光线下注视着他。他在敲我办公室的门。我看不太清他的模样，只能感觉他是个又矮又壮的男人。他的架势很有侵略性，见敲门没人回应，他便毫不犹豫地推开门走了进去。我穿过过道，跟在他身后也走了进去。

竖立在街对面、五英尺高的阿尼牛排的广告牌闪着红色和黄色的光，像抽筋一样时不时地把光线投射在我的办公室里。开门的一瞬间，我看见那个访客迅速地转过身来。"我找维·艾·华沙斯基。"他说。他嗓音沙哑，却信心满满，那是一种习惯为所欲为的男人才会有的声音。

"是。"我说着经过他身边，坐在我的办公桌后面。

"是什么？"他问。

"是的，我就是维·艾·华沙斯基。你给我的代客接听电话服务所打电话预约了？"

"是的，但是我没想到这意味着要爬四层楼到一间黑乎乎的办公室。电梯怎么他妈的不能用？"

"这幢楼的租户都是健身狂人。我们同意取消电梯服务，众所周知，爬楼梯可以预防心脏病。"

阿尼那边的灯光闪过来的一刹那，我看见他做了一个愤怒的手势。"我可不是来这儿听一个喜剧演员讲笑话的。"他说。他沙哑的嗓音绷得紧紧的。"当我问问题的时候，我希望有人回答。"

"既然是这样，就请问一些合理的问题。那么，你能告诉我为什么要找私人侦探吗？"

"我不知道。不过，我确实需要帮助。但是，这个地方，天啊，怎么这么黑咕隆咚的？"

"停电了。"我有点赌气，"你如果不喜欢我的样子可以走！我还不喜欢匿名电话呢。"

"好了，好了，"他换了个安抚的口吻，"冷静一下。不过，咱们非得坐在这个黑灯瞎火的地方吗？"

我大笑起来。"保险丝烧了，就在你来之前的几分钟。如果你需要亮光，咱们可以去阿尼牛排店。"我并不介意好好地看上他一眼。

他摇了摇头。"不，我们可以留在这儿。"他看起来有些烦躁不安，说完，他坐在一张为访客准备的椅子上。

"你有名字吗？"我说这句话是为了在他整理思路的时候填补一下沉默的冷场。

"哦，是的，对不起，"他在钱包里摸索着，然后抽出一张卡片，从桌子那边递了过来。我借着阿尼那边闪过的亮光，把卡片举起来，读道："约翰·L.塞耶。迪尔伯恩堡信托银行。执行副总裁。"我噘起嘴。我并不常去拉舍尔大街，但是在芝加哥最大的银行里，约翰·塞耶的确是个响当当的名字。好家伙，我心想。得好好地钓这条鱼，维克，我敦促自己。房费有着落了！

我把那张卡片揣进牛仔裤的口袋里。"好的，塞耶先生。那么问题出在哪里？"

"嗯，跟我的儿子有关。也就是说，是他女朋友的事。至少她是那个——"他停下来不说话了。很多人，特别是男人，不习惯和别人分享问题，得给他们点时间，他们才能继续讲下去。"你知道，我无意冒犯你，但是我不确定应不应该跟你谈。除非你有合作伙伴或者什么的。"

我没吭声。

"你有合作伙伴吗？"他执意要这么问。

"没有，塞耶先生，"我不卑不亢地说，"我没有合伙人。"

"哦，这个工作确实不适合由一个女孩子独自承担。"

我右边的太阳穴开始突突地跳。"我热了这一整天，连顿晚饭都没吃，就是为了跑到这儿来见你。"我的声音因愤怒而变得沙哑。我清了清嗓子，试图让自己冷静下来。"如果不是我催促你，你甚至都没打算自报家门。你先是挑剔我的办公室，现在又来找我的碴儿，可是你却不能直截了当地问问题。你是不是想弄清楚我这个人是不是诚实、富有、彪悍，还是别的什么啊？你是不是想要一些推荐人？那就直接问他们好了。别这么浪费我的时间。我不需要说服你雇用我为你服务，是你自己坚持要大半夜来找我的。"

"我不是在质疑你的诚实。"他立刻说，"你看，我不是要故意为难你。可你是个女孩，事情可能会变得很棘手。"

"我是个女人，塞耶先生，而且我能保护好自己。如果连这一点都办不到，我就不干这一行了。如果事情棘手，我会想办法处理，或者干脆放弃努力。那是我自己的问题，不是你的。现在，你打算把你儿子的情况告诉我，还是放我回那个可以开空调的家？"

他又想了一会儿，我深吸了几口气，好让自己平静下来，舒缓喉咙里的紧张感。

"我不知道，"他终于说话了，"我讨厌这样做，但是我已经别无选择了。"他抬头向上看去，我看不见他的脸。"我告诉你的任何事情都必须严格保密。"

"行啊，塞耶先生，"我疲惫地说，"只有你、我，还有阿尼牛排知道。"

他屏住了呼吸，但是仍然记得自己是要息事求和的。"其实是安妮塔，也就是我儿子的女朋友的事。不是彼得，彼得是我儿子，他的问题也不小。"

吸毒，我郁闷地想。北岸那些家伙的脑子里想的只有毒品。如果是怀孕，花一笔钱做个流产手术就万事大吉了。然而，我没有资格挑三拣四，于是，我咕哝了几句鼓励的话。

"怎么说呢，这个安妮塔真的不是很理想的女友人选，自从彼得和她混在一起，脑子里就生出了许多古怪的念头。"奇怪的是，这些话从他沙哑的嗓子里说出来怎么感觉那么正式。

"恐怕我只负责调查，塞耶先生，这个男孩到底是怎么想的我就管不了了。"

"不，不，我知道，只是——他们一直住在一个令人作呕的社团还是什么地方，我告诉过你他们是芝加哥大学的学生吗？反正，他，就是彼得，着了魔似的说要当工会组织者，说他不想去商学院读书了。所以，我去找那个女孩聊了聊，想让她明白其中的缘由。"

"她姓什么，塞耶先生？"

"希尔。安妮塔·希尔。就像我说过的那样，我去找她谈了话，想让她明白一些道理。可是，那次谈话后她就突然不见了。"

"听上去你的问题已经解决了。"

"我倒希望是这样。关键是，现在彼得说我收买了她，是我给她钱让她失踪的。他还威胁我要改名换姓，除非她再次出现，否则他也会失踪，让我再也找不到。"

我想，我现在已经听得差不多了。他雇我去找一个人，这样，他的儿子就可以上商学院了。

"你对她失踪这件事负责吗，塞耶先生？"

"我？如果我负责，我就能把她找回来。"

"未必吧。也许她从你那儿敲诈了五万块钱，然后自己溜了，这些钱你是要不回来的；或者，是你花钱叫她彻底消失的；或者，是你杀了她，不然她就是因为你的原因被人杀了，而你却让别人代你受罪。像你这种人可是有不少资源的。"

听了这番话，他好像笑了一下。"是啊，我想这都可能是真的。不管怎么说，我想让你找到她，找到安妮塔。"

"塞耶先生，我不喜欢拒绝送上门来的工作，但是你为什么不去找警察呢，他们在处理这种事情上可要比我装备精良啊。"

"我和警察——"他刚开口说话，突然又停住了，"我不愿意把家里的事告诉警察。"他闷闷不乐地说。

他的话听起来是真的，但他刚才想说什么呢？"为什么你这么担心事态会变得严重呢？"我说出了自己的满腹狐疑。

他稍稍挪了一下椅子。"有些学生会变得很疯狂。"他咕哝着。我心存怀疑地挑起了眉毛，但是屋子里太黑，他看不见。

"你是怎么知道我的？"我问。就像一个广告受众调查所做的那样。"你是从哪儿听说我们的，《滚石》杂志，还是从一个朋友那里？"

"我是在电话黄页上找到你的名字的。我要找的那个人最好住在卢普区，而且那个人不认识我的生意伙伴。"

"塞耶先生，我每天收取一百二十五美元，外加报销各种费用。此外，我还需要五百美元的押金。我会向你汇报工作进展情况，但是客户不能对我该怎样工作指手画脚，就像那些遗孀和孤儿不能告诉你应该如何经营迪尔伯恩堡信托公司一样。"

"这么说，你接受这份工作了？"他问。

"是的。"我言简意赅地说。除非那个女孩死了，否则找到她不会太难。"我需要你儿子在大学里的地址，"我补充道，"还有那个女孩的照片，如果你有的话。"

他犹豫了一下，好像想说点什么，但还是把那个地址给了我——南哈珀街五四六二号。我希望这是真实的地址。他还给我看了安妮塔·希尔的照片。光线忽明忽暗，看不太清，但是看上去像是年鉴上的速拍照片。我的客户要求我汇报情况的时候往他家里打电话，而不是打给办公室。我把他家的电话号码匆匆地记在一张名片上，然后装回口袋里。

"你觉得得过多长时间才能打听到一点情况？"他问。

"开始调查之前，一切都不好说，塞耶先生。不过，明天一大早我就会着手处理此事的。"

"为什么今天晚上你不去那儿看看呢?"他坚持道。

"因为我还有其他的事情要做。"我简洁作答。比如,吃晚饭,还有喝一杯酒。

他劝说了一会儿,但并不过分,因为作为一个习惯了想怎样就怎样的人,他以为我会改变主意。最后他放弃了,递给我一张五百美元的钞票。

我借着阿尼牛排店那边射过来的光眯着眼睛扫了一下。"我只收支票,塞耶先生。"

"我不想让办公室里的人知道我找过侦探。我的秘书负责管理我的支票账目。"

我有些吃惊,但算不上震惊。许多总裁都会让他们的秘书处理此事。我的感觉是,只有上帝、国税局和我开户的那家银行才可以了解我的金融交易情况。

他站起身要走,我把他送出门外。我锁门的时候,他已经开始下楼了。我想好好看他一眼,于是急匆匆地在他身后追赶。我可不想在闪烁的霓虹招牌下——看过芝加哥的所有男人后,才认出我的客户。楼道里的照明并不好,在这样的光线下,他的脸显得方方正正、凹凸不平,一副爱尔兰人的模样,我不得不说,他跟我想象中的迪尔伯恩堡二把手的样子截然不同。他那身西装价格昂贵,做工考究,但是怎么看他都不像在全国第八大银行当头头儿的人,反而像是从爱德华·罗宾逊[①]的电影里走出来的人。可是,我看起来就像侦探了吗?细想一下,大多数人并不依据女人的外表来判断她们靠什么生活,但

[①] 爱德华·罗宾逊(Edward G. Robinson,1893—1973),好莱坞电影演员,以在银幕上扮演硬汉形象而令人难忘。

是，当他们知道我的职业后，总是会大吃一惊。

　　我的客户向东去了，朝着密歇根大街的方向。我耸了耸肩，穿过马路，走进了阿尼牛排店。店主给了我一杯双份的黑牌威士忌，又从他的私人收藏里取出一份牛里脊。

第二章 辍学

这天，我醒得很早，预计天气和前一天一样炎热潮湿。一个星期有四天我都在努力强迫自己锻炼身体。前两天在盼望大热天快点过去中错过了，但是，我知道今天早上最好还是出门。当三十岁成为一个美好的回忆，你不锻炼身体的日子过得越多，就越是急切地渴望回到那个时候。况且，我散漫任性的生活态度，在某种程度上来说，会让运动比节食来得更容易一些，跑步可以帮我减轻体重。然而，这并不意味着我多么喜欢这么做，特别是在这样一个早晨。

昨天晚上塞耶先生给我的五百块钱着实令我的精神为之大振，穿上牛仔裤剪成的牛仔短裤和T恤衫的感觉也很不错。金钱帮助我在出门的时候不再为阴沉的坏天气烦恼。我轻轻松松地跑了五英里。我跑到了湖边，又绕着贝尔蒙特港转了一圈，再回到我那个位于霍尔斯特德的又宽敞又便宜的公寓里。刚刚八点半。天气太热，我跑得汗流浃背。我喝了一大杯橙汁，洗澡前又煮了一壶咖啡。我把跑步服搭在一把椅子上，床就不整理了。毕竟我有工作要做，没有时间——况且，谁又会看见呢？

喝着咖啡，吃着熏鲱鱼，我琢磨着怎样才能接近彼得·塞耶，怎样才能把他女朋友失踪的事套出来。如果他家里人不同意他和这个女孩交往，万一他知道了他父亲雇私人侦探调查她的失踪，他很可能会恨他的父亲。我必须是一个和大学有关的人——也许是她的同班同学，想借她的笔记看一看？我长得这么老，看上去也不像大学生，万一她没注册夏季学期怎么办？也许我可以伪装成某个地下报社的编辑，想让她就某个问题写篇文章，有关工会的文章——塞耶说过，她试图说服彼得成为工会组织者。

我把盘子摞在洗碗池边，用意味深长的眼神看着它们：再过一天，我必须把它们洗干净。我把垃圾拎了出去，虽然我很邋遢，但并不是一个懒女人。报纸已经堆了一段日子了，我用了几分钟把它们抬到垃圾箱旁。大楼管理员的儿子靠回收报纸赚取外快。

我穿上牛仔裤和一件纯棉的黄色上衣，站在镜子前审视自己，结果是通过。夏天，我看上去最美。我从意大利母亲那里继承了橄榄色的肤色，黑得很美。我朝着自己咧嘴笑。我听见她在说："是的，维克，你很漂亮，但漂亮又有什么好。任何女孩都可以漂亮，但是为了照顾好自己，你必须有头脑。而且，你必须有一份工作，有一个职业。你必须工作。"她曾经希望我成为一名歌唱家，还非常耐心地训练过我。她当然不愿意让我当侦探。我父亲也一样。他本身是个警察，是一个爱尔兰世界里的波兰人。他只做到警佐就再没升上去，一部分原因是他这个人缺乏野心，但是我敢肯定，这也和他的祖辈有关系。然而，他盼望我做点大事……镜子里我的笑容变得有些阴郁，我猛地转过身去。

出发去南区之前，我先去了一趟银行，把那五百块钱存入账户。重要的事要先做。银行出纳眼睛都没眨一下就把那些钱接了过去，我总不能期望每个人都像我那样对它们印象深刻。

当我轻松地把雪佛兰蒙札开到通往湖滨大道的贝尔蒙特入口时，时间是上午十点半。天空已经被漂白了，水波反射出黄铜般的光泽。

这个时候出门的只有全职太太，孩子和侦探。我把车沿着湖滨开到海德公园，二十三分钟后，我把车停在"中途"。

我已经十年没来过校园了，可是这个地方的变化并不大，没有我的变化大。我从哪儿读到过这么一句话——大学生们原本肮脏邋遢的样子已经被光洁利落的五十年代风格取代。这场运动肯定忽略了芝加哥。分不出性别的年轻人，或手拉着手，或三五成群地在校园里漫步，他们头发直竖，穿着带毛边的破旧牛仔运动短裤和破洞的工作服——这很可能是他们所有人和劳动最近距离的接触。据推测，五分之一的学生来自年收入五万美元的家庭，但是我讨厌用外表来判定究竟是哪五分之一的人。

我从令人眩目的日光中走出来，进入凉爽的石头大厅，在一部电话机旁停下脚步，给注册办公室打了一个电话。"我想找一位学生，安妮塔·希尔小姐。"电话那头一个苍老刺耳的声音让我等一下。背景中传来沙沙的翻纸声。"您可以拼一下那个名字吗？"我满足了她的要求。又是一阵沙沙声。那个刺耳的声音告诉我，没有叫这个名字的学生。这是说明她没有注册夏季学期，还是意味着根本就没有叫这个名字的学生？我又问了一下彼得·塞耶的情况，她把哈珀的地址给我的时候我有一点惊讶——既然安妮塔不存在，又怎么会有那个男孩呢？

"不好意思这么麻烦您，不过，我是他的姨妈，您能告诉我今天他上什么课吗？他不在家，而且我只有今天这一天时间能待在海德公园。"我的声音一定听上去很慈祥，因为说话刺耳女士屈尊告诉我，彼得这个夏天没注册，学院的政治科学系也许能帮我找到他。我友善地感谢了她，并结束了这次通话。

我对着电话皱起眉头，思索下一步该怎么办。如果没有安妮塔·希尔，我怎么才能找到她？而且，如果没有安妮塔·希尔，为什么会有人要我去找她？为什么他告诉我这两个人是大学生，而注册办公室却没有那个女孩的记录？也许他误以为这个女孩在芝加哥大学上学，而她有可能在罗斯福大学读书，却住在海德公园。我想，我应该去那个公寓看看是不是有人在家。

我回到车上。车里热得透不过气来，方向盘灼伤了我的手。车的后座上堆着一些文件，文件中间有一条几个星期前我去海边的时候拿的毛巾。我摸索着找到那条毛巾，把它盖在方向盘上。住在这个社区这么久了，遇到单行道我还是会晕头转向，总之，我还是到了哈珀街。五四六二号是一个用黄砖石砌成的三层楼房。入口处散发着艾尔火车站的霉臭味，空气中还飘着一股尿骚味。一只带有"哈罗德鸡窝"标志的袋子皱成一团，扔在角落里。几根剔过的骨头放在旁边。里面那扇门晃晃荡荡地挂着，大概已经有一段日子没锁了。原本棕色的涂料层裂开了缝，墙皮脱落的情况也很严重。我皱了皱鼻子。如果塞耶夫妇不喜欢他们的儿子住在这种地方，也是情有可原。

门铃板上的名字是用手写在索引卡上，再用胶带粘到墙上去的。塞耶、伯尔尼、斯坦纳、麦格劳和阿拉塔住在三楼的一套公寓里。那一定是激怒我的客户的那个令人恶心的社团。没有希尔这个人。我怀疑他是不是把安妮塔的姓氏搞错了，也许她用了一个假名。我按响门铃，等了一会儿，没有回应。我又按了一遍门铃，还是没人应答。

现在是中午了，我决定休息一下。我想起附近一个购物中心里的维皮快餐店已经被一家凉爽迷人的准希腊风格的餐馆取代了。我吃了一盘极其美味的蟹肉沙拉，喝了一杯夏布利酒，然后走回那间公寓。孩子们可能在夏天打零工，五点之前回不了家，可是那个下午除了设法找到那个躲债的印刷商，我没什么事可做。

还是没人应答，正当我按门铃时，一个穿着邋遢的年轻男子走了出来。"你知道塞耶-伯尔尼家有没有人吗？"我问。他目光迟钝地看着我，嘴里含糊地说着他已经好几天没见过这家有人了。我从兜里掏出安妮塔的照片，告诉他我正在找我的外甥女。"她现在应该在家，只是我不确定这个地址对不对。"我补充道。

他抛给我一个厌倦的眼神。"是啊，我想她是住在这儿。我不知道她叫什么名字。"

"安妮塔。"我说，但是他已经趿着鞋走出去了。我靠在墙上，想了几分钟。我可以一直等到晚上看谁会出现。另一方面，如果我现在就进去，可以靠自己查出更多的信息，这比只是问问题强多了。

我推开里面那扇门，那天早上我就发现门锁不见了，然后迅速爬上三楼。我捶了捶塞耶-伯尔尼公寓的门。无人应声。我把耳朵贴在门上，听见窗式空调发出微弱的嗡嗡声。我从兜里掏出一串钥匙，最初几个都不对，后来终于找到一把钥匙把门打开了。

我迈步进去，轻轻地关上门。过了一个狭小的玄关就是客厅。只有很少几件家具，光秃秃的地板上零散地扔着几个牛仔布包裹的靠垫，还有一台音响。我走过去看了看——凯伍德的转盘、JBL的喇叭。看来，住在这儿的是个有钱人。一定是我客户的儿子，这一点毫无疑问。

起居室通向一个过道，过道两边是货车车厢风格的房间。我沿着过道向前走，闻到一股恶臭，好像是旧垃圾或者死耗子的味道。每到一个房间，我都会把头伸进去，但是什么也没看见。走廊尽头是个厨房。那里的臭味最浓，但是过了一会儿我才找到那种气味的发源地。一个年轻男子趴在餐桌上。我走到他的身边。尽管窗式空调还开着，但他的身体已经开始腐烂。

那个气味强烈而厚重，还间有一股甜味，令人作呕。蟹肉和夏布利酒开始在我的胃里翻涌，但是我强忍住恶心，小心翼翼地抬起那个男孩的肩膀。他的脑门被打了一个小洞。血从那个小洞里缓缓淌下，流过他的面颊，现在已经干涸了。但是他并没有毁容。他的脑后一片狼藉。

我把他小心地放倒在桌子上。有一种东西，我们暂且称之为女人的直觉，它告诉我出现在我眼前的正是彼得·塞耶的遗体。我知道我应该离开这里去报警，但是如果这么做，我就再也没有机会仔细检查这间公寓了。很显然，这个男孩已经死了一段时间了，警察大可再等他几分钟。

我在洗手盆里洗了手，然后沿着走廊返回，又检查了一遍卧室。我很纳闷尸体到底在这儿搁了多久，怎么就没有一个室友报告警察呢。第二个问题已经找到了部分答案，因为电话机旁边用胶带贴着伯尔尼、斯坦纳和阿拉塔的夏季住址。那两间有书籍试卷却没有衣服的卧室应该属于他们三个人之中的两个。

第三个卧室属于那个死去的男孩和一个叫安妮塔·麦格劳的女孩。无数本书的衬页上都龙飞凤舞地涂写着她的大名。在一张摇摇欲坠的木质写字台上摆着一张死者和一个女孩在湖边拍的照片，照片没有相框。那个女孩留着一头赤褐色的鬈发，看上去活力十足、热情四射，仿佛连照片看起来都像是活的。这张照片可比我的客户昨天晚上给我看的那张年鉴快照好多了。为了得到这样的女孩，男孩放弃一个商学院又算什么呢。我想会会这个安妮塔·麦格劳。

我把那些纸张翻了一遍，没什么私人的东西——劝说抵制非工会印刷品的传单、几本宣扬马克思主义的文学书，以及大量的笔记本和在学生公寓里随处可见的试卷。我找到了两张埃贾克斯保险公司近期开给彼得·塞耶的工资单存根，他把这些单子塞在了一个抽屉里。显然，这个男孩在夏天打过工。我把它们放在手上掂量了一下，而后塞进牛仔裤的后兜里。和这两张工资单挤在一起的还有一张写着温尼卡地址的选民登记卡。我也把这个拿走了。你永远不知道这些东西什么时候能派上用场。我拿起那张照片，离开了公寓。

刚一出门，我就大口地呼吸起新鲜空气来。我从没意识到它的味道原来这么好。我走回那家购物中心，给第二十一警区打了一个电话。我爸爸已经过世十年了，但我依然清楚地记得这个号码。

"凶案组，我是德鲁克。"一个声音咆哮道。

"南哈珀街五四六二号第三公寓里发现一具尸体。"我说。

"你是谁？"他厉声道。

"南哈珀街五四六二号，第三公寓。"我重复了一遍，"听清楚了吗？"然后我挂断了电话。

我回到车里，离开了现场。过一会儿警察会把我团团围住的，到时候想走都走不掉了，而且我现在还有一些事需要处理。二十一分钟后，我回到家里，洗了很长时间的澡，我想把刚才看到彼得·塞耶脑袋的情景从脑海中洗掉。我穿上一条白色的亚麻裤子和一件黑色的丝绸衬衫。干净优雅的衣服将我置身于活人的世界。我把偷来的各种文件从牛仔裤的后兜里掏出来，又把它们和照片一起放进一个大大的单肩包里。我回到位于市中心的办公室，把这些证据藏进内嵌式的保险柜，接下来，我又检查了一下电话记录，没有留言。于是，我试着拨了一下塞耶给我的那个电话号码。我打了三次，每次都听见一个女人的声音："您拨打的电话，六七四九一三三，是空号。请核实后再拨。"这个单调的声音彻底摧毁了我对昨晚来客的信任。我敢肯定他不是约翰·塞耶。如果不是塞耶，他又会是谁呢，为什么他希望我找到那具尸体？为什么要把那个女孩牵扯进来，而且还给她起了一个假名？

一个身份无法确定的客户、一具确定了身份的尸体，我一直在纳闷我的工作到底是什么——毫无疑问是通过这个女孩找到这具尸体，可是……麦格劳小姐已经好几天不见人影了。我的客户也许就是想让我找到这具尸体，而我对这个女孩却充满了好奇。

我的工作好像并不包括把彼得已经死亡的消息通知他的父亲，如果他的父亲尚不知情的话。但是，在我完全确定昨晚的客户不是约翰·塞耶之前，我必须拿到他的照片。"一步一个脚印"一直是我的座右铭。我咬着下嘴唇，痛苦地思索了一会儿，终于明白了应该去哪儿找那个男人的照片，这么做既不大张旗鼓、兴师动众，又可以不让任何人知道我已经得到了它。

我锁上办公室的门，穿过卢普，朝门罗街和拉舍尔大街的方向走去。迪尔伯恩堡信托银行一共有四幢大楼，每幢大楼都占据着那个十字路口的一个街角。我挑了一幢门上刻着金字的，然后问门口的警卫公关部在哪儿。

"三十二层。"他咕哝着，"你有预约吗？"我露出天使般的笑容，说我有，接着趁着他回去嚼雪茄烟头，我昂首挺胸地上了三十二层。

公关部的接待员一般都身材姣好，穿着时尚，貌美可人。这个人的薰衣草色连身衣大概是银行里最古怪的行头了。她朝着我皮笑肉不笑，礼貌地递过来一份最新的年度报告。我也把一个假笑贴在脸上，然后回到电梯里，施恩般地朝着门卫点了点头，随后溜溜达达地出了门。

我感觉胃里还是有点上下翻腾，于是带着这份报告去了"露西熟食店"。我要了一份冰激凌和咖啡，打算一边享用，一边阅读报告。信托银行执行副总裁约翰·L.塞耶和其他一些大人物的照片被印在封二最显眼的位置上。他清瘦黝黑，穿着银行家最爱的灰色西装，不必借助霓虹灯，我就知道他和昨晚来访的那位客人在相貌上没有丝毫相似之处。

我又吃了几勺冰激凌。警察肯定在向所有邻居打听情况。有一条线索是我有而他们没有的，那就是那个男孩的工资存根，因为我把它拿走了。埃贾克斯保险公司的全国总部位于卢普区，离我现在的位置不远。我看了一下手表，下午三点，对于打公务电话来说，这个时间并不晚。

埃贾克斯保险公司在一座由钢铁和玻璃建成的摩天大楼里，这幢大楼一共有六十层，全部被埃贾克斯占用了。我一直认为，从外面看，这是市中心最丑陋的建筑物之一。一楼的大堂单调乏味，内部装修毫无任何亮点可言，因此无法扭转它留给我的最初印象。这里的警卫比银行的那个还要凶。没有保安卡，他就不放我进去。我告诉他我和彼得·塞耶先生已经约好了，又问他塞耶先生的办公室在哪一层。

"没那么快，女士。"他咆哮道，"我们得给楼上打个电话，如果那位先生在的话，他会批准你上去的。"

"批准我？你的意思是说，我进去还得经过他的批准吗？他没有任何权力决定我的存在。"

那个警卫跺着脚回到岗亭给楼上打电话。塞耶先生今天不在的消息并没有令我吃惊。我要求和他办公室里的人讲话。我厌倦了女人般娇柔地扮演息事宁人的角色，而是凶悍起来，他们这才允许我和一个秘书说话。

"我是维·艾·华沙斯基。"我痛快地说，"塞耶先生在等我。"

电话那头的女人温柔地向我道歉："可是，塞耶先生一个星期都没来了。我们甚至给他的家里打过电话，但是没人接。"

"那么我认为最好让我和你办公室里的其他人讲话。"我的口气依旧强硬。她想知道我有什么事。

"我是一名侦探。"我说,"发生了一些极其讨厌的事情,小塞耶想找我谈谈。如果他不在,我想找别的了解他工作情况的人聊一聊。"在我听来,这个说法完全没有说服力,可她还是叫我等一下,她去找人商量了。五分钟后,那个警卫还在瞪着我,并用手指抚摸着他的枪,那个声音温柔的女人再次拿起电话,她已经累得气喘吁吁。理赔部的副总裁马斯特斯先生会和我谈谈。

那个警卫不愿意放我上去,他甚至又给那个温柔的女士回了一个电话,希望能证明我是在撒谎。但我最终还是到了四十层。刚一下电梯,我的脚就深深陷进绿色的绒毛地毯里。我踩着这些绒毛走到大厅南头的接待区。一个无聊的接待员放下手里的小说,把我交给那个声音温柔的女人,她正坐在一张柚木桌后面,桌子的一边放着一台打字机。随后,她把我请进了马斯特斯先生的办公室。

马斯特斯先生的办公室大得可以当小熊队的训练场,而且窗外是一片美丽的湖景。他的脸蛋圆鼓鼓的,泛着微微的粉色,有着一副年过四十五岁的成功商人应有的模样。他身着一套做工精细的灰色薄西装,满脸堆笑地看着我。"所有电话都不要接进来,艾伦。"他对正在往外走的秘书说。

我们紧紧地握了握手,然后我把名片递给他。

"请问您这次来的目的是,您姓……"他露出施恩于人的微笑。

"华沙斯基。我想见一下彼得·塞耶,马斯特斯先生。可是显然他不在,既然您已经同意见我,那么我想知道,为什么这个男孩认为他有必要找私人侦探呢?"

"我真的没法回答这个问题,这位小姐,您介意我称呼您……"他看了一眼名片,"这个 V 代表什么?"

"那是我的名字,马斯特斯先生。也许您能告诉我他在这里做什么工作。"

"他是我的助理。"马斯特斯和蔼地回答,"约翰·塞耶是我的一个非常要好的朋友,他说他在芝加哥大学读书的儿子想在暑假打工,所以我很乐意帮这个忙。"说到这儿,他换上了一副悲伤的神情。"当然,如果这个男孩遇到了什么需要侦探来解决的麻烦,我觉得我有必要了解一下情况。"

"作为您的助理,塞耶先生需要做哪类工作?负责理赔吗?"

"哦,不是。"他笑了笑,"那些事由我们的现场部门处理。我们现在只负责业务流程,比如预算之类的。此外,他的行政工作做得也不错——审核报告什么的。他是个好孩子,我不希望他和那些东奔西跑的嬉皮士混在一起。"他压低嗓音说,"这事你知我知,约翰说,他们向他灌输了一种很糟糕的营销理念。这份暑期工作的关键就是要从内部向他呈现一个更好的商界图景。"

"你们成功了吗?"我问。

"我持乐观态度,小姐,乐观态度。"他把两只手揉搓在一起。"我当然希望可以帮助您……如果您能提示我一下这个孩子到底惹上了什么麻烦。"

我摇了摇头。"他没说……只是打电话问我今天下午能不能顺便过来一趟。这里没发生什么事吧,他为什么会需要侦探,您说呢?"

"嗯,一个部门领导通常不太了解自己的部门正在发生什么。"马斯特斯煞有介事地皱起了眉头,"你高高在上,大家不信任你。"他再次露出微笑。"不过,您说的消息还是令我很惊讶。"

"为什么您想见我?"我问。

"哦,我答应过约翰·塞耶会关照他的儿子,这一点您是知道的。

私人侦探都来了，这事听起来挺严重。不过，我不会过分担心，尽管也许我们会雇你找出彼得的下落。"他被自己开的玩笑逗乐了。"他整整一个星期没来了，打他家里的电话也找不到他。我还没把这件事告诉约翰。事实上，他对这个孩子已经够失望的了。"

他陪我走过大厅，把我送进电梯。我乘电梯到了三十二层，下了电梯，又回到楼上，沿着大厅又返了回去。

"我想看一下小塞耶的座位。"我告诉艾伦。她看了看马斯特斯的房门，希望寻求指导意见，但是房门关着。

"恐怕——"

"很可能不行。"我打断了她的话，"无论如何，我都要看一下他的办公桌。我总会找到人告诉我他坐在哪里的。"

她看上去很不高兴，但还是把我带到了一个隔间。"您知道，如果马斯特斯先生出来，发现您在这儿，我可就麻烦了。"她说。

"我不明白。"我告诉她，"这又不是你的错。我会告诉他你已经尽力阻止了，可我就是不走。"

彼得·塞耶的桌子没上锁。我拉开抽屉翻看里面的文件时，艾伦站在旁边看着我，看了几分钟。"我出去的时候，你可以检查一下我是不是带走了什么东西。"我头也不抬地说。她哼了一声，走回了自己的座位。

这些文件和男孩公寓里的文件一样，没有任何危险性——大量有关部门预算的分类账目、一捆有关劳工赔偿估算的电脑打印稿、与埃贾克斯保险公司理赔业务员之间的往来信函——"亲爱的某某先生，请为如下申请者核实劳工赔偿估算。"没有任何能招致杀身之祸的东西。

我为这些刚刚找到的微不足道的资料挠头，琢磨着下一步该做些什么,这时,我意识到有人在盯着我。不是那个秘书。

"毋庸置疑,你的装饰作用可比小塞耶大多了。"观察我的那个人说话了,"你把他的位子给占了?"

讲话的那个人穿着一件衬衫,年龄在三十多岁,不用谁说,我也知道他很英俊。我用欣赏的目光打量着他的细腰和合体的布克兄弟①裤子。

"这里是不是有人很了解彼得·塞耶?"我问。

"亚德利的秘书很讨厌他,可是,我不知道她是不是了解他。"他凑得更近了。"为什么你这么感兴趣?你是不是国税局的人?这个孩子是不是漏税了?他们家族庞大的控股公司有一部分股权可是属于他的。还是他偷了理赔部的钱,携款潜逃后把这笔钱转到革命委员会名下了?"

"这是你职权范围之内的事。"我承认,"显然,他失踪了。我没和他谈过话。"我谨慎地补充问道:"你了解他吗?"

"比这里的大多数人都更了解他。"他咧着嘴笑得很开心,如果他不那么傲慢的话,看着还挺招人喜欢的。"他应该是为亚德利——亚德利·马斯特斯,干些跑腿的活儿。我看见你刚才和他说过话。我是亚德利的预算经理。"

"一起喝一杯怎么样?"我提议道。

他看了一下表,而后又笑了。

"一言为定,你有约会对象了,小姐。"

他叫拉尔夫·德弗罗,过去住在郊区,是最近才搬到城里来的,离婚后,他把唐纳斯·格罗夫的房子留给了前妻,这些情况是他在电

---

①布克兄弟,美国知名服装品牌,创建于一八一八年。以用料上乘、服务至上和不断创新著称,是美国白领阶层心目中的最佳服饰品牌。

梯里告诉我的。卢普附近的酒吧他只知道"比利"这一家,理赔部的同事们经常去那里。我建议去"金色光芒",那里稍微远一点儿,而且位置靠西,可以避开他认识的人。沿着亚当斯大街散步时,我买了一份《太阳时报》。

"金色光芒"是南卢普的一个奇特的存在。狭窄的酒吧间可以追溯到上个世纪,马蹄铁形的桃花心木吧台还在,那是严肃的酒徒就座的地方。沿着墙边挤着八九张小桌子和隔间,最初建这个地方的时候安的那两盏真的蒂芙尼灯散发着家一般舒适温馨的光。这里的酒吧招待萨尔是一个了不起的黑人女性,她身高近六英尺。我亲眼见她只说了一个字外加一个眼神就终止了一场争斗——没人敢在萨尔面前造次。今天下午她穿了一身银色的连裤装。美极了。

她向我点头致意,并把一杯黑方端到隔间里。拉尔夫点了一杯金汤力。四点确实有点早,即便是对那些真正来金色光芒喝酒的顾客来说也是如此,整个酒吧几乎没什么人。

德弗罗把一张五美元的钞票放在桌子上,那是给萨尔的。"告诉我,为什么像你这么美丽的女士会对彼得·塞耶这种小孩感兴趣呢?"

我把钱还给他。"我在萨尔那儿签单。"我解释道。我随手翻阅着那份报纸。故事并没有在头版出现,他们却在第七页给了它二分之一的版面。"激进的银行业继承人遭枪击",这是我读到的大字标题。塞耶的父亲在文章的最后一段被三言两语地带过。他的四位室友以及他们所从事的激进活动才是这篇文章真正关注的地方,而埃贾克斯保险公司根本就没被提起。

我把报纸折起来,让德弗罗看那篇文章。他匆匆扫了一眼标题,然后恍然大悟似的把报纸从我手中夺了过去。他读报的时候,我在一边看着他。那篇文章很短,他一定是来回看了好几遍。接着,他抬起头来看着我,一脸的困惑。

"彼得·塞耶,死了?怎么回事?"

"不知道。我也想弄清楚。"

"买报纸的时候你是不是就已经知道这件事了?"

我点了点头。他瞟了一眼报纸,接着又看了看我,善变的脸上显露出怒意。

"你是怎么知道的?"

"是我发现了那具尸体。"

"你干吗在埃贾克斯的时候不告诉我,却拉着我玩这种猜字游戏?"他发问。

"任何人都可能是杀死他的凶手。你、亚德利、他的女朋友……我想知道你看到这条新闻后会有怎样的反应。"

"你到底是谁?"

"我叫维·艾·华沙斯基。我是一名私人侦探,而且我正在调查彼得·塞耶的死因。"我递给他一张名片。

"你?你是侦探?那我还是芭蕾舞演员呢。"他大声说。

"我倒是想看看你穿紧身袜和芭蕾舞裙的样子。"我发表完意见,掏出我的私人侦探许可证的复印件,复印件外边包了一层塑料膜。

他仔细端详了一会儿,一言不发地耸了耸肩。我把它放回我的钱包。

"只是为了澄清疑点,德弗罗先生,是你杀了彼得·塞耶吗?"

"不是,我他妈的没杀他。"我的问题把他气得下巴一直在抽搐。他说了停,停了说,断断续续的,无法将他的感觉表述清楚。

我朝萨尔点了一下头,她又给我们端来了两杯酒。酒吧里渐渐挤满了等着搭火车回家的上班族,他们想在上车前喝上一杯。德弗罗喝完第二杯杜松子酒后稍微放松了一些。"你问亚德利是不是他杀了彼得的时候，我真想亲眼看看他那张脸。"他冷冰冰地说。

"我没问他。不过，我搞不明白为什么他要和我谈话。他是不是真的那么护着塞耶？这是他暗示给我的意思。"

"不。"他想了想，"他并不是那么关注塞耶。不过鉴于家庭的关系……如果彼得遇到麻烦，亚德利会觉得自己亏欠了约翰·塞耶，没照顾好他……死了……他真的是一个非常好的孩子，尽管他的想法有些激进。上帝啊，亚德利肯定很难过。那个男孩的父亲也是。塞耶不喜欢他的孩子住在他过去生活的地方，现在呢，他却被吸毒的人枪杀了……"

"你怎么知道他父亲不喜欢这样？"

"哦，这不是什么秘密。彼得刚开始到我们这儿工作后不久，约翰·塞耶就闯进来，像一个愤怒的发情期猩猩那样展示肌肉，并且四处乱吼——这个孩子如何背叛家庭，满嘴的工会，他为什么就不能生活在一个体面的地方。我猜，他们已经在那儿给他买了一套高级公寓，如果你能相信的话。我必须说，这个男孩当时表现得很好，他并没有顶嘴，或者做其他出格的事儿。"

"他在埃贾克斯有没有——嗯，经手一些高度机密的文件？"

德弗罗很吃惊。"你不会把他的死和埃贾克斯保险公司联系在一起吧？我以为事情再清楚不过了，他是被那些总在海德公园杀人的吸毒者枪杀的。"

"听你这么说，海德公园好像是个帮会火并的地方，德弗罗先生。去年由第二十一警区负责的三十二起谋杀案中，只有四起发生在海德公园，两个月发生一次。我并不认为彼得·塞耶这个案子应该简单地划归那个区域七八月份的统计数据。"

"那么，是什么让你认为这个案子和埃贾克斯保险公司有联系呢？"

"我不这么认为。我只是在排除一些可能性……你见过死尸吗，哪怕是被子弹射穿的身体？"他摇了摇头，充满戒备地在椅子上挪动了几下。"可是我见过。而且，你经常能从尸体停放的样子判断受害人是否曾经试图向袭击者发起反击。这个男孩穿着白衬衫坐在餐桌前——他很可能已经准备好，星期一早晨来埃贾克斯上班——接着有人'砰'的一声在他的脑袋正中穿了一个小洞。这可能是一个职业杀手干的。即便如此，他也不得不再带一个人去，而且那个男孩还得认识他，这样才能取得他的信任。这个人也许是你，也许是马斯特斯，或者是他的父亲，或者是他的女朋友……我只是想搞清楚为什么不可能是你。"

他摇了摇头。"我没有任何办法可以证明这一点，除了我不知道怎么用枪，但是，我不敢肯定是否可以把这一点证明给你看。"

我大笑起来。"也许你可以……那马斯特斯呢？"

"亚德利？拜托！那个人是你在埃贾克斯保险公司能找到的最值得尊敬的人。"

"这并不能排除他是杀人凶手的可能性。为什么你不跟我多讲讲彼得在那儿都干过什么？"

他反抗了一会儿，但最终还是同意跟我说说亚德利的工作以及彼得·塞耶为他做过些什么。这一切好像并不能导致谋杀。马斯特斯负责理赔运作中的财务、预约等业务；彼得帮他统计数字，核对办公室里保存的针对各种已经汇出的赔付款汇票的复印件，统计各办事处的各项经费，总结他们在哪些地方预算超支，以及所有枯燥的为了推动公司向前运转所需的日常工作。可是……可是……马斯特斯一时冲动答应见我，一个陌生人，况且还是个侦探。如果他当时不知道彼得惹上了麻烦——甚至，也许，知道他死了——我简直无法相信他对约翰·塞耶的承诺会令他做出那种事情。

　　我凝视着德弗罗。他只是徒有其表，还是知道些什么？在我看来，他的愤怒好像只是在得知男孩死亡的消息后所产生的震惊和迷乱。然而，愤怒同样也可以有效地掩饰其他情感……我决定暂时将他划归清白的旁观者之列。

　　德弗罗与生俱来的爱尔兰人的狂妄自大又回来了，他开始拿我的工作取笑。我觉得自己已经在他那儿尽力得到了所有想得到的东西，除非我还能问出什么更好的问题，于是，我决定把这件事搁置一旁，谈点更轻松的话题。

　　我示意萨尔把账单拿过来——她每个月给我寄一份账单。接下来，我和德弗罗又去了"长官的食堂"，并在那里慢悠悠地吃了一顿饭。那是一家印度餐馆，在我的印象中，它是芝加哥最浪漫的餐馆之一。他们的"皮恩杯"[①]调得也不错。威士忌喝多了，我迷迷糊糊地记得后来我们去了北区，一家挨着一家地去很多迪厅跳舞。我可能又喝了几杯。回到家里的时候，已经是凌晨一点多了，我是一个人回来的。我很高兴可以把衣服扔在椅子上，倒在床上就睡。

---

①皮恩杯，Pimm's cup，一种鸡尾酒。

第三章 职业风格

为了反抗资产阶级的压迫，彼得·塞耶在埃贾克斯保险公司的走廊里疯狂地跑来跑去，与此同时，佩戴罢工纠察员袖标的安妮塔·麦格劳站在一旁面带微笑。拉尔夫·德弗罗从他的办公室里走出来，向塞耶开了一枪。枪声在走廊里回荡。枪声响个不停，我试图把枪从德弗罗的手里抢过来扔掉，但是枪声仍在继续，我猛地惊醒。门铃刺耳地尖叫着。伴随着重重的敲门声，我从床边滑下来，套上牛仔裤和衬衫。我的嘴里和眼睛里有一种模模糊糊的感觉，它告诉我前一天夜里我一定多喝了一两杯威士忌，而且熬夜熬得太晚。当锤子般的重拳再次落在门上时，我跌跌撞撞地来到客厅，透过猫眼向外张望。

门外站着两个男人，肌肉都很发达，穿着袖子过短的夹克，剃着平头。我不认识右边那个年纪小一点的人，但是左边那个年纪大一些的是鲍比·马洛里，他是第二十一警区凶杀案组的警官。我手忙脚乱地把门打开，尽量笑得灿烂。

"早啊，鲍比。真是个惊喜。"

"早晨好，维姬。不好意思把你从床上拽起来。"马洛里的幽默意味深长。

"没关系，鲍比，见到你我总是很开心。"鲍比·马洛里是我父亲当差时最亲密的朋友。自二十世纪三十年代起，他们就开始一起巡逻。鲍比升职后走出了我爸爸的职业生活圈，但是他并没有忘了我爸爸。感恩节的时候，我总是会和他、艾琳——他那个充满母性温暖的太太——共进晚餐，还有他的六个孩子和四个孙子。

大部分时间，鲍比就当我没工作，或者至少干的不是侦探这一行。现在他向我这边看过来，但是并没有看着我。"这位是约翰·麦克格尼格警官。"他亲切地说着，并朝麦克格尼格的方向随意地挥了一下手。"我们想进来问你几个问题。"

"当然可以。"我礼貌地说，但愿我的头发不要太乱。"很高兴认识你，警官。我是维·艾·华沙斯基。"

我和麦克格尼格握了握手，接着向后退了一步，把他们让进狭窄的门厅。我们身后的过道直接通向浴室，卧室、客厅在右边，餐厅和厨房在左边。这样，早晨起来的时候，我就可以踉踉跄跄地从卧室直奔浴室或者厨房了。

我把鲍比和麦克格尼格请进厨房，把咖啡摆上餐桌。我若无其事地把面包屑从餐桌上掸掉，在冰箱里翻找黑麦面包和切达干酪。鲍比在我身后说："你收拾过这个垃圾堆吗？"

艾琳是个狂热的家庭主妇。如果她不愿意有人看见她家吃饭，你就永远不会在她家里见到一个脏盘子。"我一直在工作，"我把所有的自尊聚拢在一起，"而且我也请不起管家。"

鲍比嫌恶地环视四周。"你知道，如果托尼对你再严厉一点，而不是把你宠得不成样子，现在你已经是个幸福的家庭主妇了，也不至于扮演私人侦探的角色，给我们完成工作增加难度。"

"可我是个快乐的侦探，鲍比，况且我是个糟糕的家庭主妇。"我说的是实话。八年前，我对婚姻的短暂尝试在十四个月后以一次激烈的离婚闹剧收场。有些男人只能远距离地欣赏独立女性。

"你这种女孩不适合做侦探，维姬，这不好玩，也不是游戏。我已经跟你说过几百遍了。这次你又把自己卷进了一起谋杀案。他们要派奥尔森斯出来跟你谈，但是我利用职务之便把这个任务揽过来了。这并不意味着你就可以不说话。我想知道，你是怎么跟小塞耶扯到一起去的？"

"小塞耶？"我重复着他的话。

"成熟点吧，维姬，"鲍比劝告道，"你走进那幢楼的时候，和住在二楼的那个吸毒的家伙说过话，我们从他的描述中猜出那个人就是你。德鲁克，那个接报警电话的人在听到他的描述后认为那个声音可能也是你的……而且，你把拇指的指纹留在餐桌上了。"

"我总是说犯罪得不偿失，鲍比。你们要咖啡、鸡蛋还是别的什么？"

"我们已经吃过了，小丑。真正工作的人是不会现在还像睡美人那样赖在床上的。"

我看了一眼后门旁边的木钟，发现才八点十分。怪不得脑子这么糊涂。我有条不紊地将奶酪、青椒和洋葱切成薄片，把它们放在黑麦面包上，再把单片三明治放入烤箱。等待奶酪融化的时候，我一直背对着鲍比和那位警官，我把三明治装到一个盘子里，随后又给自己倒了一杯咖啡。从鲍比的呼吸我可以判断，他的火气越来越大。当我把食物放在桌子上，叉开腿坐在他对面的椅子上时，他的脸已经变红了。

"我对那个小塞耶几乎一无所知，鲍比。"我抱歉地说，"我知道他曾经是芝加哥大学的学生，现在他已经死了。我是读了《太阳时报》上的文章才知道他死的。"

"别跟我在这儿装腔作势，维姬。你知道他死了是因为你找到了他的尸体。"

我咽下一大口烤奶酪和青椒。"呃,我是读了《太阳时报》上的文章才猜到那个男孩可能是塞耶,刚看到尸体的时候,我当然不知道他是谁。对我来说,他只是另一具尸体。夭折在人生的春季。"我虔诚地说。

"省省你的悼词吧,告诉我,你怎么会去那儿?"鲍比问。

"你了解我,鲍比。我对犯罪有一种直觉。邪恶在哪里猖獗,我就会出现在哪里,我会派自己去消灭它。"

鲍比的脸变得更红了。麦克格尼格客气地咳嗽了一声,在他的老板发飙之前及时转换了话题。"这是不是哪个客户的要求,华沙斯基小姐?"他问。

当然,我料想到他们会问这个问题,不过,我还是不确定自己到底要怎么做。然而,犹豫不决的人会迷失在侦探这个行业里,于是,我选择透露部分信息。

"有人雇我说服彼得·塞耶上商学院。"鲍比气得说不出话来。"我没撒谎,鲍比。"我诚恳地说,"我去那儿是为了见这个孩子。他公寓的门开着,于是我就……"

"你到那儿的时候门开着,还是撬了锁之后?"鲍比打断我的话。

"于是,我就走了进去。"我继续说,"不管怎么说,我没完成任务,恐怕彼得·塞耶永远也上不了商学院了。我不敢确定现在是不是还有客户。"

"谁雇了你,维姬?"鲍比的语气平静了一些,"约翰·塞耶?"

"为什么约翰·塞耶会雇我呢,鲍比?"

"这应该由你来告诉我,维姬。也许他想找到一些丑闻做杠杆,把那个孩子从瘾君子堆里撬出来。"

我喝掉杯子里剩下的咖啡,郑重其事地看着鲍比。"前天晚上,一个男人找到我,自称是约翰·塞耶。他想让我帮他找他儿子的女朋友安妮塔——安妮塔·希尔。"

"那个组织里没有安妮塔·希尔。"麦克格尼格主动接话,"有一个安妮塔·麦格劳。好像他和一个女孩住在一个屋子里,但是整个组织是不分男女的,所以你也分辨不出谁跟谁在一起。"

"不管怎么说,当我发现大学里没有安妮塔·希尔的时候,我开始怀疑那个家伙是想让我白跑一趟。后来我更肯定了这种想法。"

"为什么?"鲍比问。

"我在迪尔伯恩堡信托银行要到一张塞耶的照片,并不是来找我的那个客户。"

"维姬,"鲍比说,"我觉得你简直太讨厌了。我想,如果托尼知道你在干什么,会死不瞑目的。但你不是傻瓜。别告诉我你没要任何身份证明。"

"他给了我一张名片,还给了我他家里的电话号码和一笔预留金。我想我能再联系上他。"

"让我看看那张名片。"疑心重的混蛋。

"是他的名片。"我说。

"反正,请你拿给我看看。"他俨然一副父亲的口吻,就像是在面对一个拒不服从的孩子时勉强压住心中的怒火。

"你什么也看不出来,我都没看出什么来,鲍比。"

"我不相信他给了你一张名片。"鲍比说,"你认识这个家伙,而且你是在替他掩护。"

我耸了耸肩,走进卧室,从最上面的抽屉里取出那张名片。我用一条围巾擦掉上面的手印,然后把它拿给鲍比。迪尔伯恩堡的标志位于左下角；约翰·L.塞耶，信托银行，执行副总裁，他办公室的电话号码写在中间。我用潦草的笔迹在名片的最下方记下了那个所谓宅电。

鲍比满意地哼了几声，把它放进一个塑料袋。我没告诉他现在卡片上唯一的指纹是我的。这么难得，为什么要扫他的兴呢？

鲍比把身子向前倾。"你下一步打算做什么？"

"呃，我还不知道呢。有人花钱让我找一个女孩，我觉得我应该把她找到。"

"你是想从中获得启示吗，维姬？"鲍比的幽默索然无味，"还是有什么事要继续做下去？"

"我可能会找一些人谈谈。"

"维姬，如果你发现了什么与这次谋杀有关的东西，而你不打算告诉我的话——"

"我会第一个告诉你的，鲍比。"我向他保证。这并不是一个彻头彻尾的谎言，因为我不确定埃贾克斯保险公司是否卷入了这起杀人案，但是至于什么和什么有联系，我们都有各自的看法。

"维姬，这个案子由我们俩负责。你没有必要做任何事情向我证明你有多么聪明或者可爱。不过，请你帮我一个忙，就算是帮托尼的忙吧，请让我和麦克格尼格警官来找那个凶手。"

我平静地盯着鲍比。他诚恳地把身子向前倾着，说道："维姬，你在尸体上发现了什么？"

"他是被人开枪打死的，鲍比。我没有对他进行尸检。"

"维姬，如果有人给我两分钱，我会在你漂亮的小屁股上踢一脚。你所从事的工作，任何一个好女孩连碰都不会碰一下，但你不是个笨蛋。我知道你是什么时候进到那个公寓里去的，现在我们暂时不考虑你是怎么进去的——你没有像一个正常的女孩那样尖叫或者呕吐。你把那个地方仔细检查了一遍。如果那具尸体上没有什么当场令你震惊的地方，你出门的时候被人用枪把脑袋崩开花都是活该的。"

我叹了一口气，没精打采地靠在椅子上。"好吧，鲍比，那个孩子是被人算计了。开枪的人不是什么抱有激进思想的瘾君子。当时应该有一个他认识的人在场，他可能还会邀请那个人坐下来喝一杯咖啡。在我看来，朝他开枪的人是个职业杀手，因为这一切做得太完美了——只有一发子弹，而且正中目标。不过，跟着一起来的应该还有他认识的人，或者那个熟人本身就是个了不起的神枪手……你在调查他的家庭情况？"

鲍比没有理睬我的问题。"我猜是你自己弄明白的。既然你已经聪明到足以料想到这件事的危险性，所以我要求你不要再管这件事了。"我打了一个哈欠。鲍比决定不发脾气。"听着，维姬，别蹚这个浑水了。我嗅出一股有组织犯罪的味道，工会和很多组织都参与了，所以你不该搅和到这里面来。"

"你这么认为是因为那个男孩有一些激进的朋友，他们手里挥动着加入工会的宣传单，是吗？得了吧，鲍比！"

鲍比一边想让我退出塞耶一案，一边又要替警方保守秘密，这两者之间的斗争全都写在他的脸上。最后他说："我们有证据，那个男孩从一个公司弄到了一些宣传单，而'磨刀人'的大部分印刷业务都是交给那个公司干的。"

我伤心地摇了摇头。"太糟糕了。"磨刀人国际兄弟会因它和黑社会的关系而臭名昭著。他们在时局动荡的二十世纪三十年代雇用了一批打手，从那以后，他们就再也没有摆脱过这种人。结果是，他们的大部分选举和很多财务活动都滋生了腐败。我突然明白那个令人难以捉摸的客户是谁了,为什么安妮塔·麦格劳的名字听起来这么耳熟,为什么那个人会偏偏从电话簿里找出我的名字。我把身子向后靠在椅子上,但是什么也没说。

鲍比的脸又红了。"维姬,如果你在这个案子上碍了我的事,我会把你供出去,这都是为了你好!"他起来得太猛,把椅子都弄翻了。他向麦克格尼格做了一个手势,两个人"咣"的一声把门从身后关上。

我又给自己倒了一杯咖啡,然后拿到浴室,我在浴缸里撒了一大把水蓝矿物盐,我要美美地泡一个热水澡。身体沉入浴缸之后,深夜饮酒的后遗症从骨头里渗出来,这令我回想起二十多年前的一个夜晚。门铃声响起来的时候,母亲正在哄我睡觉,住在我们楼下的那个男人摇摇晃晃地走了进来。那个男人身材魁梧,跟我父亲年龄差不多,也许会年轻一些——在小女孩的眼里,大块头的男人总是很显老。我躲在门口偷看,因为每个人都慌乱起来,我看见他满身是血,后来,我母亲突然冲过来骂我,催促我赶紧上床。她陪我待在卧室里,我们一起听到了谈话的片段:那个男人挨了枪子儿,可能是有人雇流氓干的,但是他害怕报警,因为他自己也雇了流氓,他需要我爸爸帮他。

托尼确实帮了他,为他包扎了伤口。但是他命令对方——对于一个一贯很斯文的男人来说,这么做非比寻常——离开这个社区,永远不要再来找我们。那个男人就是安德鲁·麦格劳。

我再也没有见过他,也从来没把他和一〇八分会的现任主席,也就是实际上整个工会的主席,那个也姓麦格劳的人联系在一起。但是很显然,他记得我的父亲。我猜他曾经去警察局找过托尼,当他听说托尼已经死了的消息,就把我从黄页里挑了出来,他琢磨着我可能就是托尼的儿子。不过,我不是;我是他的女儿,而且我跟我爸爸不是一个类型的人,我的脾气可没那么随和。我继承了意大利母亲的干劲,而且我努力效仿她，坚持把战争进行到底。但是，先撇开我是哪类人不谈，麦格劳可能发现自己惹上了麻烦，而且这次即便是随和的托尼也无法帮他摆脱困境。

我又喝了一些咖啡，在水中伸展了几下脚趾。洗澡水泛着绿松石般的光泽，不过很清澈。我端详着泡在水里的脚趾，努力想把自己知道的一切整理出一个头绪。麦格劳有一个女儿：既然她那么致力于工会运动，很可能她是爱他的。如果孩子憎恨自己的父母，他们通常不会支持他们的事业或者工作。她失踪了，还是他把她藏了起来？他知道是谁杀死了年轻的彼得吗？她是因为这个才跑掉的？或者，他认为是她杀死了那个男孩？我提醒自己，大多数谋杀发生在恋人之间，这一点使她颇受数据的青睐。她是凶手这个可能性有半数以上的胜算。麦格劳和那个与国际兄弟会相处得如此融洽的职业杀手到底有什么关系？他雇一个人开枪到底有多容易？那个男孩可能会请他进去聊天，不管他们对彼此的感觉如何，毕竟麦格劳是他女朋友的父亲。

洗澡水是暖和的，但喝完咖啡后，我浑身发抖。

第四章 你吓唬不了我

磨刀人国际兄弟会、剪刀会和刀锋会的总部位于埃文斯顿南边的谢里登路。那幢十层的大楼是大概五年前建起来的，楼的侧面镶着白色的意大利大理石。芝加哥还有一幢建筑物的奢华程度可以与之相比，那就是印第安纳标准石油公司的总部。据我推测，兄弟会获取的超额利润可以与石油业相提并论。

一〇八分会的总部在第九层。我把名片递给那个楼层的接待员。"麦格劳先生在等我。"我告诉她。我被领进北边的走廊。麦格劳的办公室设在一个可以欣赏湖景的前厅里，路易十四见了都会为之感到骄傲。麦格劳的秘书守在门口。我很想知道，国际会的兄弟们看到用他们缴纳的会费盖起来的建筑时会作何感想。或许有一些破旧的办公室是为普通工作人员准备的。

我把我的名片递给那个秘书，她是一个中年女人，满头都是灰白色的香肠卷，穿了一条红白相间的裙子，露出上臂可恶的赘肉。看到她，我忍不住要想，我应该减掉五磅的体重才能让我的肱三头肌看起来更结实。我一边看着她，一边琢磨是不是有时间的时候去一趟斯坦体育用品商店买几只杠铃。

"我和麦格劳先生已经约好了。"

"预约单上没有您的名字。"她粗鲁地说着，都没用正眼看我。我穿了一件海军蓝的丝质套装和一件夹克衫。这套衣服让我看起来光彩夺目，我以为怎么也能赢得更多的关注，哪怕是一点点。也许是那些松垂的肱三头肌在作怪。

我的脸上浮现出微笑。"我肯定您和我一样清楚，麦格劳先生的某些业务是由他自己来打理的。他安排我和他私下会面。"

"有时候，麦格劳先生也会和妓女来往，"她说着，脸涨得通红，眼睛盯着桌面，"但这绝对是他第一次让人到他的办公室里来。"

我克制着自己的冲动，没抓起台灯朝她的脑袋上狠狠砸去。"有您这么美丽的女士在前台工作，他并不需要从外边引进人才……现在，请您告诉麦格劳先生我在这儿，好吗？"

她那张不成形的脸摇晃着。"麦格劳先生在开会，不能打扰他。"她声音颤抖。我忽然有点厌恶自己。我无法找到一个女孩或者一个凶手，但我确实懂得如何殴打中年秘书。

麦格劳的办公室是隔音的，但是会场的噪声还是传进了前厅。这个会开得可真热闹。我刚要表达想坐下来等一会儿的想法，就听见一句话从喧闹声中升腾起来穿透红木门。

"该死，你害死了我儿子！"

在过去的四十八小时之内，有多少人的儿子可能被算计，而且还跟磨刀人有关系呢？也许不止一个，但是不可能有这种概率。在香肠卷的强烈抗议声中，我推开了通往里间办公室的门。

这个房间没有马斯特斯的办公室大，但绝对谈不上寒酸，从这里可以俯瞰密歇根湖，还有一小片漂亮的私人属地。目前看来，气氛实在不够和平。两个男人刚才坐在角落里的一个圆桌旁，现在其中一个人站着大喊大叫，表述自己的观点。即便他的脸因愤怒而变得扭曲，我还是可以毫不费力地认出他就是迪尔伯恩堡信托公司年度报告上那张照片的本尊。而我进门时那个站起身来大吼反驳的人当然就是我的客户。他又矮又壮,但是并不算胖,穿着一件闪闪发亮的灰色西装。

他们看见我出现,立刻停了下来。

"你他妈的在这儿干什么!"我的客户喊道,"米尔德丽德?"

香肠卷摇摇摆摆地走进来,眼睛里冒着火光。"我告诉她您不想见她,但是她一定要闯进去,好像她……"

"麦格劳先生,我是维·艾·华沙斯基。"我抬高声调努力把吵闹声压下去。"你也许不想见我,但是和那些很快就会追杀你的家伙相比,我就像个天使……你好,塞耶先生。"我接着说,并伸出一只手。"我为您儿子的事感到难过。我就是发现尸体的那个人。"

"没事了,米尔德丽德。"麦格劳有气无力地说,"我认识这位女士,而且我确实想和她谈一谈。"米尔德丽德瞪了我一眼,然后转过身大踏步地走了出去,她关门的时候凶巴巴的,其实根本没这个必要。

"塞耶先生,是什么让您觉得麦格劳先生害了您的儿子?"我在角落里的一张皮椅子上坐下来,用聊天的口气问道。

那位银行家已经恢复了常态。怒气已经从他的脸上抹去了,取而代之的是威严和茫然。"麦格劳的女儿在和我儿子交往。"他说着,嘴角露出一个浅浅的笑容。"当我知道我的儿子已经死了,而且是被人枪杀了以后,我就想过来问问麦格劳是不是了解什么情况。我并不认为是他害死了彼得。"

麦格劳气得没法和塞耶一起演戏。"你他妈说什么呢?"他吼叫着,扯着沙哑的大嗓门,"自从安妮开始和那个面色苍白的北岸矮子约会,你就总是来这儿骂她,你还骂我。现在那个孩子死了,你又想诋毁她!上帝可以做证,你是不会逃脱惩罚的!"

"好吧!"塞耶厉声道,"如果这是你的游戏方式,那么咱们就这么玩！你女儿，我看她第一眼的时候就知道她是哪种人。彼得从来没有机会——这个天真的孩子，他太理想主义了，他放弃我和他母亲为他筹划的一切，就是为了这个女孩，而她却跑到别人的床上——"

"不许你咒骂我的女儿！"麦格劳怒吼道。

"我简直是恳求麦格劳把他的女儿拴起来。"塞耶继续说，"这样，我也许还能挽救我的尊严。这种人不会对任何人类的感觉做出反应。他和他的女儿为彼得设了一个圈套，因为他来自一个富裕的家庭。后来，他们没能从他身上得到任何钱，就把他给杀了。"

麦格劳气得脸都紫了。"您和警察说过这个想法吗，塞耶先生？"我问。

"如果你这么做，塞耶，我会把你送上法庭，告你造谣中伤。"麦格劳插了一句。

"别威胁我，麦格劳。"塞耶吼叫着，犹如约翰·韦恩[①]灵魂附体。

"您和警察说过这个想法吗，塞耶先生？"我又把问题重复了一遍。

他精心晒黑的皮肤下透出微微的红晕。"没有，我不希望看到报纸上胡说八道，也不想让任何邻居知道彼得做过什么。"

我点了点头。"但是，您真的确信麦格劳先生或者他的女儿，或者他们两个人一起给彼得设了个圈套，并叫人杀了他吗？"

"是的，我敢肯定，该死！"

"您有什么证据可以支持这项指控呢？"我问。

"没有，他没有证据，该死！"麦格劳大喊，"没人会赞同这个该死的混账说法！安妮塔爱上了那个北岸的讨厌鬼。我告诉她，这是个

[①]约翰·韦恩（John Wayne, 1907—1979），以演西部片著称的好莱坞明星。

天大的错误。跟那些老板搅和在一起，你会吃不了兜着走的。你看，现在发生了什么！"

在我看来，这些老板才是这个案子里吃不了兜着走的人，只是我并不觉得说出来对我有什么好处。

"您以前来这儿的时候是不是给过麦格劳先生您的名片？"我问塞耶。

"不知道。"他不耐烦地说，"我来的时候可能把名片给了他的秘书。不管怎么说，这跟你有什么关系？"

我笑了。"我是一个私人侦探，塞耶先生。我在为麦格劳先生调查一件私事。有一天晚上，他给了我一张您的名片，我很纳闷他是从哪儿搞到的。"

麦格劳不自在地扭了扭身子。塞耶满腹狐疑地盯着他。"你把我的名片给她了？你他妈的为什么要这么做？那件事，你干吗要告诉一个私人侦探？"

"我有我的原因。"麦格劳看上去很尴尬，似乎有点心虚。

"我肯定你有原因。"塞耶加重语气，接着他转向我。"你替麦格劳先生做了什么？"

我摇了摇头。"我的客户为他的隐私付了费。"

"你调查什么事？"塞耶问，"离婚案？"

"大多数人见到私人侦探时都会想到离婚。坦白地讲，离婚这种事微不足道。我调查过很多工业案件……您知道爱德华·珀塞尔吗，他过去是通康的董事会主席。"

塞耶点了点头。"我听说过他。"

"是我调查的那件案子。他雇用我是因为他的董事会强迫他找出可动用资产的去向。不幸的是，他在雇我之前没有掩藏好行踪。珀塞尔接下来的自杀和深受重创的通康公司的重组让全芝加哥的人都纳闷了十来天。"

塞耶把身子向我这边靠。"既然如此，你在为麦格劳做什么？"他缺少麦格劳身上那种粗暴的威胁感，但同样也是一个强有力的男人，他也时常恐吓他人。他把他的性格力量施加在我的身上，我则坐直身体加以抵抗。

"这跟您有什么关系吗，塞耶先生？"

他对着我皱了皱眉头，仿佛我是信托公司里一个不听话的低级职员，"如果他把我的名片给了你，那就是我的事。"

"这和您毫不相干，塞耶先生。"

"好了，塞耶，"麦格劳喊道，"现在从我的办公室里滚出去。"

塞耶把身子转向麦格劳，我稍稍放松了一些。"你不会用你的肮脏交易往我身上抹黑吧，麦格劳？"

"小心点儿，塞耶。我的名字和我的业务在这个国家的每个法庭上都是清白的，包括国会在内。别跟我说这些废话！"

"是啊，国会替你开脱了。德里克·伯恩斯坦在参议院听证会即将召开的时候死了，你觉得很幸运，是不是？"

麦格劳径直走到银行家面前。"你这个婊子养的。你现在就给我滚出去，否则我会叫人把你扔出去，把你趾高气扬的总裁尊严全部打碎。"

"我不害怕你的打手，麦格劳。你休想威胁我。"

"好了！"我大声喊道，"你们两个人太强悍了，简直把我吓得要死。你们能别像两个毛头小伙子一样吗？为什么您要这么在乎呢，塞耶先生？麦格劳先生本可以到处散发您的名片，但是他并没有用自己肮脏的生意诋毁您的名声，如果他确实做着什么肮脏交易的话。是什么令您的良心如此不安呢？或许，您只是想证明无论您身处哪一个人群，都是态度最强硬的那个？"

"请注意跟我说话的方式，小姐。我在这个城市里有很多有权有势的朋友，他们可以——"

"我就是这个意思。"我打断他的话，"您那些有权有势的朋友可以撤销我的执照。毫无疑问。但是您在乎的又是什么呢？"

他沉默了一会儿。后来，他终于说话了："反正跟麦格劳搅在一起你得小心点儿。法庭可以宣判他无罪，但是他卷入了很多丑陋的交易。"

"好吧，我会小心的。"

他恶狠狠地瞪了我一眼，然后离开。

麦格劳赞许地看着我："这么对付他就对了，华沙斯基。"

我假装没听见他说的话。"那天你为什么告诉我一个假名字，麦格劳？为什么你给自己的女儿也起了一个假名字？"

"别说这个了，你是怎么找到我的？"

"刚看见麦格劳这个名字的时候，它就开始在我的脑海里翻腾。你被枪击的那个晚上，我就记住了你，马洛里警官提到磨刀人时我又想起来了。你为什么要找我呢？你认为我爸爸会像过去那样帮你的忙吗？"

"你在说什么？"

"哦，不会吧，麦格劳，当时我也在场。也许你不记得我了，但是我记得你。你进门的时候浑身是血，我爸爸帮你包扎好肩膀，还把你送出了大楼。你以为这次无论是什么麻烦他都会帮你摆平，直到你发现他已经死了。然后呢，然后你在电话簿里找到了我的名字，你以为我可能是托尼的儿子？嘿，为什么你要用塞耶的名字？"

他内心的挣扎减弱了一些。"如果你知道我是谁，我不敢确定你是否会为我工作。"

"不过为什么是塞耶？为什么要把芝加哥最大银行的头头儿拽进来？为什么你不随便起个老百姓的名字？"

"不知道。那只是个突如其来的念头，我觉得。"

"突如其来？你没那么愚蠢。这样滥用他的名字，他可以告你诽谤之类的。"

"那你他妈的为什么还要让他知道我做了这件事。我可是发工资给你的人。"

"不，你雇我是为了独立地干一些专业的活儿，你并不发给我工资。这又回到了最初的那个问题：不管怎么样，你为什么要雇我？"

"为了找我女儿。"

"那你为什么给她起了一个假名字？这样我怎么可能找到她呢？不，我认为你雇我是为了找到那具尸体。"

"嘿，听着，华沙斯基——"

"你给我听着，麦格劳。很显然，你知道那个孩子已经死了。这事你是什么时候发现的？是不是你开枪把他打死的？"

他的眼睛消失在那张厚重的脸上，他靠近我说："别对我伶牙俐齿，华沙斯基。"

我的心跳得更快了，但是我没有退缩。"你是什么时候发现那具尸体的？"

他又瞪了我一分钟，然后似笑非笑地说："你不是个软蛋。我并不反感有勇气的女士……我很担心安妮塔。她通常星期一晚上来看我。那天她没来，我觉得是不是应该去看看她到底怎么样了。你知道那个社区很危险。"

"你知道吗，麦格劳先生，现在还是有很多人认为芝加哥大学位于一个不太安全的社区，这一点着实令我震惊。太奇怪了，为什么父母会把孩子送到那个学校去呢？真是让人无法理解。咱们说点实话吧。你来找我的时候是不是已经知道安妮塔失踪了，否则你绝不会把她的照片给我。你为她担心，希望能找到她。你认为是她杀了那个男孩吗？"

这句话引发了麦格劳爆炸般的反应。"不，我不这么认为，该死。如果你非要知道的话，我就告诉你。星期二她下班回到家的时候，发现了他的尸体。她吓坏了，给我打了个电话，紧接着她就失踪了。"

"她有没有指责你杀了他？"

"她为什么要这么做？"他还在嘴硬，但明显心存不安。

"我能想出很多理由。比如，你憎恨小塞耶，你认为你女儿正在把自己出卖给那些老板。所以，在父性焦虑症发作时，你错手杀死了那个孩子，你以为这样就能将女儿拉回到你的身边。然而，事实正好相反——"

"你疯了吗，华沙斯基？没有哪个家长会那么变态。"

我见过很多更变态的父母，但是，我决定不和他在这点上争论下去。"好吧，"我说，"你不喜欢那个想法，那么咱们就试试这个。不知怎么的，彼得听到了一点风声，说你跟磨刀人卷入了一些可疑甚至可能是违法的活动。他把这种担心传递给了安妮塔，但是因为他爱她，所以不愿意把你交给警方。另一方面，由于年纪小，再加上理想主义作祟，他必须和你当面对质。然而，他无法被金钱收买，于是，你开枪打死了他，或者派人打死了他。安妮塔知道这件事肯定是你干的，于是，她逃之夭夭。"

麦格劳的敏感神经又被刺激了。他咆哮、怒吼，咒骂我。最后，他说:"既然她那么想告发我,我他妈的为什么还会让你帮我找女儿呢?"

"我不知道。也许你只是想冒险一试。你认为你们的关系一直很亲近,她不会背叛你的。可麻烦的是,警方过不了多久就会把你和安妮塔联系在一起。他们知道这些孩子和兄弟会有关联,因为那所房子里有你的出版商印的文学书。他们可不是傻子,每个人都知道你是工会的头儿。他们还知道那个公寓里也住着一个姓麦格劳的人。

"他们办案的时候不会在乎你的女儿或者你和她之间的关系。他们手头上有一桩凶杀案要解决。他们会很高兴指控你犯法,特别是当一个处在塞耶那个位置上的人向他们施压的时候。如果你把知道的情况告诉我,我可以,但是不敢保证,我也许能救你和你的女儿,当然,你必须是清白的。"

麦格劳的眼睛盯了一会儿地板。我这才意识到讲话的时候我的手一直紧紧抓着椅子的扶手,于是,我小心翼翼地放松了一下肌肉。终于,他抬起头看着我说:"如果我告诉你一些事,你能不能保证不跟警察说?"

我摇了摇头。"我什么也保证不了,麦格劳先生。如果知情不报,我会丢饭碗的。"

"不是那种事,该死!真该死,华沙斯基,你这副样子好像是我犯下了该死的杀人罪。"他喘了几分钟的粗气,最后,他说:"其实我想告诉你的是,你说得对,我确实,确实是——我发现了那个男孩的尸体。"对他来说,把这句话说出来需要费很大的力气,其余的就容易多了。"安妮——安妮塔星期一晚上给我打了一个电话。她不在公寓里,也不愿意说她到底在哪儿。"他把屁股在椅子上挪了挪,"安妮塔是个头脑冷静的好孩子。小时候,她从来没有得到过特别的宠爱,后来她长大了，知道如何独立生活。我和她，嗯，我们的关系很近，一直以来，她都支持工会，但她不是那种依附爸爸的女孩。而且，我也从来不希望她成为那种人。

"那个星期二的晚上，我差点儿认不出她来了。她的状态糟糕透了，近乎歇斯底里，她喊了很多毫无意义的蠢话。但是，她没有提到那个孩子被杀的事。"

"她喊了些什么？"我语气平和地问。

"哦，就是胡说八道，我也不明白她说的到底是什么。"

"同一首歌的第二段。"我评论道。

"什么？"

"和第一段一模一样。"我解释道，"只是更大声一点，更差劲一点。"

"我再说最后一遍，她没有指责我杀死彼得·塞耶！"他声嘶力竭地喊道。

看来，事情的进展并不怎么顺利。

"好吧，她没有指责你谋杀彼得。那么，她有没有告诉你他死了？"

他停顿了片刻。如果他的回答是肯定的，那么下一个问题就是，如果她不认为这起谋杀是麦格劳干的，那她为什么还要溜之大吉呢？"不，就像我刚才说的那样，她只是歇斯底里。她，嗯，后来，我看见那个尸体以后，我思索着她给我打电话是因为，因为，那个……"他又停了下来，但是这次是为了搜罗一些记忆的片段。"她挂断电话后，我试着给她打回去，可是没有人接，于是我就亲自跑了一趟。然后我就发现了那个男孩。"

"你是怎么进去的？"我好奇地问。

"我有钥匙,是安妮搬进去以后给我的,但是我以前从没用过。"他翻了翻口袋,从里面掏出一把钥匙。我看了一眼那把钥匙,然后耸了耸肩。

"那是星期二晚上的事?"

他点点头。

"你等到星期三晚上才来找我?"

"我等了一整天,希望有别的人发现那具尸体。但一直没有相关的新闻报道,你说得是对的。"他悔恨地笑了笑,整张脸忽然变得有些迷人了。"我希望托尼还活着。我已经很多年没跟他说过话了,他警告过我要彻底远离斯坦利奈克那件事,我以前不知道老托尼厌恶他,但他是我能想到的唯一可以帮助我的人。"

"你为什么不报警呢?"我问。

他的脸色又沉了下来。"我不想这么做。"他简略地回答。

我想了一下。"很可能你想通过自己的渠道调查这个案子,但是你在警察局的那些熟人却帮不上什么忙。"这次他并没有反驳我。

"磨刀人是不是有养老金和迪尔伯恩堡信托公司挂钩?"我问。

麦格劳的脸又红了。"把你该死的手从我们的养老基金上拿开,华沙斯基。已经有太多爱管闲事的人四处打探,以保证它在下个世纪仍绝对干净。而且,我也不需要你。"

"你和迪尔伯恩堡信托公司之间有没有金融交易?"

听了这话,他简直是震怒,我也不知道碰了他的哪根神经,不过,他断然否认了。

"那么埃贾克斯保险公司呢?"

"哦,他们又怎么了?"他向我发问。

"我不知道,麦格劳先生,你从他们那儿买过保险吗?"

"不知道。"他面容呆滞,用冰冷严厉的眼神盯着我,毫无疑问,当堪萨斯城四三一八分会年轻的蒂米·莱特试图说服他举行一次干净的选举时,麦格劳也用这种眼神看过他。(两个星期后,蒂米·莱特的尸体出现在密苏里河上。)这比他红着脸怒吼更具威慑力。对此我感到很疑惑。

"那么你自己的养老金呢?埃贾克斯保险公司可是办理养老金业务的巨头。"

"该死的,华沙斯基,赶快从我的办公室里滚出去。我雇你是为了找到安妮塔,而不是让你问很多跟你没有他妈的一点关系的问题。现在就滚出去,别再来了。"

"你想让我找到安妮塔吗?"我问。

突然,麦格劳泄了气,双手捂住脑袋。"哦,上帝,我不知道该怎么办。"

我怜悯地看着他。"有人勒索你?"

他只是摇头,但是不愿意回答我的问题。我们就这么安静地坐了一会儿。后来,他看着我,面色惨白。"华沙斯基,我不知道安妮在哪儿。我也不想知道了。但是,我要你找到她。如果你找到她了,就告诉我一声她一切都好。这是五百美元,你可以用它继续工作一整个星期。钱花光了就来找我。"这算不得是正式的道歉,但是我接受了,然后离开了那里。

我在巴伯烧烤店停下来吃了顿午饭,又给我的代客接听电话服务所打了电话。电话里有一个留言,是埃贾克斯保险公司的拉尔夫·德弗罗留给我的。他问我今天晚上七点半能不能和他在"车轮"见面。我给他打电话,问他是不是发现了彼得·塞耶工作上的什么问题。

"听着,"他说,"你能告诉我你叫什么名字吗?我怎么可能一直管一个人叫维艾①呢?"

"英国人就一直这么叫。你发现了什么?"

"什么也没查出来。我没调查,而且也不会找到什么。那个孩子没经手过什么敏感的东西。你知道为什么吗,维·艾?因为保险公司不碰敏感的东西。我们的产品,我们如何制造它,我们为此收取多少费用都由六十七个州立和联邦代理公司控制管理。"

"拉尔夫,我叫维多利亚;我的朋友管我叫维克。他们从来不叫我维姬。我知道你对保险这个东西不太敏感,但是它为贪污提供了诱人的机会。"

一段意味深长的沉默。"不,"过了一会儿,他终于说话了,"至少这里不是这样的。我们不负责开支票或授权做这件事。"

我又仔细考虑了一下这句话。"埃贾克斯保险公司负责处理磨刀人的养老金吗?"

"磨刀人?"他重复着,"那帮流氓能和彼得·塞耶有什么联系?"

"我不知道。不过,你们那儿有他们的养老金吗?"

"我表示怀疑。这是一家保险公司,不是犯罪团伙的老窝。"

"好吧,你能帮我查一下吗?你能查出来他们是不是在你们那儿买过什么保险吗?"

"我们卖各种各样的保险,维克,不过,没有工会可以买的东西。"

"为什么没有?"

"你看,"他说,"说来话长。七点半咱们在'车轮'见面,到时我会细细地跟你讲。"

"好吧。"我同意了,"不过无论如何你帮我查一下,好吗?"

---

① 维艾,英文为 V.I.,是以 V 和 I 开头的两个词的缩写。

"I代表什么？"

"见鬼，这关你什么事。"我挂断了电话。I代表伊菲革涅亚①。我的意大利裔母亲曾经非常喜欢维克多·伊曼纽尔二世②。这分激情以及她对歌剧的热爱导致她让我背负着这个疯狂的名字。

我喝了一听弗莱斯卡③，又点了一份厨师沙拉。我本来还想要排骨和薯条，但是想起米尔德丽德松垂的胳膊，也就作罢了。沙拉不怎么合我的口味。我把炸薯条坚决地从我的脑子里赶了出去，我要思考问题。

安妮塔·麦格劳打过电话，至少她把谋杀的事告诉了她父亲。我敢肯定她指责她父亲牵涉其中。所以说，彼得已经发现了与磨刀人有关的不光彩的事，而且他已经把这件事告诉了她。他很可能是在埃贾克斯保险公司发现的，也可能是在银行。我喜欢养老金的想法。忠诚联盟养老基金对他们处理或胡乱处理磨刀人的养老金做过许多宣传，但是两千万美元在一个大银行或者保险公司里会很容易被搁置一边。此外，养老金为人们提供了太多进行欺诈活动的机会。

麦格劳为什么要亲自去那个公寓呢？嗯，首先，他早就知道了塞耶发现的那些可耻的秘密，无论秘密是什么。他担心安妮塔可能熟悉内情并参与其中。年轻的恋人往往不懂得保守秘密。而且，如果她打电话是因为她发现男朋友的脑袋上有一个洞，那么麦格劳可能会猜测她就是下一个牺牲品，无论她是不是他的女儿。于是，他跑到海德公园，唯恐再看到她的尸体。相反，她消失不见了。到目前为止，一切

---

①伊菲革涅亚（Iphigenia），在希腊神话中，伊菲革涅亚是迈锡尼王阿伽门农之女，被父亲作为牺牲献给女神阿耳忒弥斯，后被女神赦免，做女神的祭司。
②伊曼纽尔二世（Victor Emmanuel Ⅱ，1820—1878），意大利统一后的第一任国王。
③弗莱斯卡，可口可乐公司生产的一款不含咖啡因和卡路里的柠檬味碳酸饮料。

顺利。

现在如果我能找到安妮塔，我就能知道那个秘密。或者说，如果我能找到那个秘密，我就可以把它宣扬出去，这样就可以使她少受一些煎熬，也许还能劝她回来。这个主意听起来不错。

可是，塞耶呢？为什么麦格劳要用他的名片？为什么这会让他如此心烦意乱？只是个简单的原则问题吗？我应该找他单独聊聊。

我结了账，折回海德公园。学院的政治科学系在一幢老教学楼的四层。在这样一个炎热的夏日午后，楼道里空无一人。从楼道里的窗户望出去，一群群学生躺在草地上，或读书，或睡觉。几个精力充沛的男生在玩飞盘。一只爱尔兰塞特犬迈着大步子到处跑，试图叼住那只盘子。

系办公室里有一个学生在值班。他看上去大概十七岁，长长的金发遮住了他的额头，不过他没长胡子。他好像还没准备好要长胡子。他穿了一件T恤衫，左边的腋窝下破了一个洞，他正弓着背看书。听到我说"你好"时，他不情愿地抬起头，但那本书依旧摊开放在他的膝上。

我开心地微笑着，告诉他我要找安妮塔·麦格劳。他看了我一眼，眼神里充满了敌意，什么话也没说，扭过头去继续看他的书。

"拜托。找她有什么错吗？她是这个系的学生，对不对？"他拒绝抬头。我感觉怒火正在胸中升腾，但是，我想知道马洛里是不是已经先于我来过这里了。"警察是不是来这儿打听过她的情况了？"

"你应该知道啊。"他头也不抬地咕哝着。

"我没穿邋遢的蓝色牛仔裤，所以我就是警察那边的人，你是这样想的吗？"我问，"给我一份系里的课程表行吗？"

他没动地方。我绕了一圈走到他那边，拉开了一个抽屉。

"行了，行了。"他气鼓鼓地说。他把那本书翻过来扣在桌面上。《资本主义与自由》，我早就该猜到的。他在抽屉里翻找着，然后从里面抽出一张共有九页的单子，有复印的痕迹，上面贴着"一九七九年夏，学院课程表"的标签。

我用指尖飞快地翻到政治科学那个部分。这个系的夏季课程占了一页纸。所授课程包括，"亚里士多德与柏拉图之公民权概念""自笛卡儿至伯克莱之理想主义"以及"超级大国政治与世界虚无理念"。太吸引人了！我终于找到了听起来更有希望的一堂课："资本主义僵局：大劳工组织对抗大企业集团"。教这种课的人肯定能吸引像安妮塔·麦格劳这样年轻的工会组织者。这个人甚至可能知道她和什么人交往。任课老师的名字是哈罗德·温斯坦。

我问那个年轻人温斯坦的办公室在哪儿。他把背弓得更厉害了，一头扎在书里，假装没听见我说的话。我不得不又转一圈再次来到他的桌前，我坐在桌子上，面朝着他，一把揪住他的衬衣领子，把他的脸猛地拉起来，这样我才能看见他的眼睛。"我知道，你以为不把安妮塔的行踪透露给那些愚蠢的警察，是帮了革命的大忙。"我冷笑了一声，"也许，当她的尸体被什么人在一个汽车的后备厢里发现后，你会邀请我参加一个聚会，并在那儿庆祝你在面对无法容忍的压迫时，是如何坚守了荣誉准则。"我又晃了晃他，"现在，告诉我哈罗德·温斯坦的办公室在哪儿。"

"你什么都不必告诉她，霍华德。"我背后传来一个声音说道，"如果你听说学生们把警察等同于法西斯主义者，请不要大惊小怪。我看见你正在殴打那个男孩。"

说话的这个人身材瘦削，长了一双愤怒的棕色眼睛和一头不守规矩的乱发。他穿了一件蓝色的工作衬衫，衣角利索地掖在一条土黄色的牛仔裤里。

"是温斯坦先生吗?"我和蔼地说道,随之松开霍华德的衬衫。他把两只手放在臀部,盯着我看的同时也在沉思。这个姿势看起来很有气势。"我跟警察不是一伙的,我是一名私人侦探。当我礼貌地向任何人提出问题时,我希望得到一个礼貌的回答,而不是傲慢地耸一耸肩。"

"安妮塔的父亲安德鲁·麦格劳雇我找他的女儿。我有一种感觉,他也是这么想的,那就是——她也许遇到了什么大麻烦。我们可以找个地方谈谈吗?"

"你有一种感觉,是吗?"他语气沉重,"好啊,那就去别的什么地方感觉它吧。我们不喜欢警察,不管是公共的还是私人的,我们不想看到他们出现在校园里。"说完,他转过身,昂首阔步沿着走廊往回走。

"真帅气。"我鼓起掌来,"您一直在研究阿尔·帕西诺①吧。既然您已经把感情宣泄出来了,现在我们可以谈谈安妮塔了吗?"

他的后脖颈红了,这种颜色一直蔓延至他的耳朵,不过,他还是停下了脚步。"她怎么了?"

"我敢肯定您知道她失踪这件事,温斯坦先生。您可能也知道她的男朋友彼得·塞耶死了。我正在设法找到她,为了不让她和他遭受同样的命运。"我停顿了一下,让他回味这段话。"我想,她现在一定藏在什么地方,她认为这么做就不会被杀死彼得的人找到,无论那个人是谁。不过,恐怕她遇到的这类杀手很阴险。这种人有很多钱,他们

---

①阿尔·帕西诺(Al Pacino,1940—),美国著名电影演员,曾在《教父》及《教父2》中出演第二任"教父",继承了父亲沉着、冷静、精明和坚强的性格,从而带领家族走向辉煌。

可以花钱掩盖他们犯下的骇人听闻的罪行。"

他转了一下身,现在我能看见他的侧脸了。"别担心,菲利普·马洛①——我不会接受他们的贿赂,更不会暴露她的行踪。"

我心里抱着希望,也许折磨他能让他开口。于是,我大声说:"您知道她在哪儿吗?"

"无可奉告。"

"您认识她在这儿的好朋友吗?"

"无可奉告。"

"哎,温斯坦先生,您可真是乐于助人啊。您是我最喜欢的教授。我多么希望我上学那会儿您就在这儿教书。"我掏出名片递给他。"如果什么时候您愿意奉告了,打这个电话就能找到我。"

回到室外的炎热空气中,我心情压抑。我的海军蓝丝质套装确实很漂亮,但是对于这种天气来说太厚了。我在流汗,很可能汗水已经把腋下的布料沤坏了。我对这一路上遇到的人似乎都不怎么友好,此时更是希望能狠狠地照霍华德的脸上来一拳。

教学楼对面有一个圆形的石凳。我走过去坐了下来。也许我会放弃这个愚蠢的案子。商业间谍案才是我的专长,而不是对付一个腐败的工会和一大群拖着鼻涕的小孩。也许我会用麦格劳给我的那一千美元去密歇根半岛避暑。也许那会让他愤怒到派一个打着水泥绑腿的人来追我。

神学院就在我身后。我叹了口气,费力地站起来,移到石墙围成的阴凉里。过去,这里的地下室有一个咖啡馆,为学生们提供煮过头的咖啡和温吞的柠檬汁。我向楼下走去,发现那个地方还在营业。看

---

①菲利普·马洛,推理小说作家雷蒙德·钱德勒笔下的侦探形象。

到临时搭起来的柜台后面那些年轻的脸孔,这种熟悉的感觉让人很安心。他们和善而且幼稚,宣讲着残暴的教义,相信那些盗贼正在遭受社会压迫,所以对那些他们偷走的财物也拥有一分权利,然而,如果有人让他们端起机关枪,他们一定会吓得魂飞魄散。

我拿了一听可口可乐,退到一个黑暗的角落里。椅子不舒服,于是我用下巴抵着膝盖靠坐在墙上。十几个学生围坐在摇摇晃晃的桌子旁,有些学生试图在昏暗的灯光下看书,大多数人在聊天。一些谈话的片段传到我的耳朵里。"当然,如果你辩证地看它,他们唯一能做的是……""我告诉过她,如果她不坚决反对的话,他会……""是啊,但是,叔本华说过……"我打起了瞌睡。

几秒钟后,我猛然惊醒。一个人扯着嗓门喊:"你们听说彼得·塞耶的事了吗?"我抬起头来。说话的人刚进屋,是个胖乎乎的姑娘,留了一头疯狂的红发,穿着一件粗俗的、不合身的衬衫。她把书包随便往地上一扔,走到屋子的中央,那儿有三个人围坐在一张桌子旁。"我刚下课,鲁斯·扬克斯就把这事告诉了我。"

我站起身,又拿了一听可乐,然后坐在红头发后面的一张桌子上。

同样留着一头乱发,只是头发是深色的一个瘦瘦的年轻人正在说话:"哦,是的,今天上午警察把政治科学系的办公室挤得水泄不通。你知道,他和安妮塔·麦格劳住在一起,可是从星期日开始就没人再见过她。温斯坦训斥了他们。"他羡慕地补充道。

"他们是不是认为她杀了他?"红头发问。

一个肤色偏深、年龄稍大的女人用鼻子哼了一声。"安妮塔·麦格劳?我认识她两年了。她也许无法忍受一个警察,但她不会朝自己的男朋友开枪。"

"玛丽,你认识彼得·塞耶?"红头发低声说。

"不认识。"玛丽简短作答,"我从来没碰到过他。安妮塔加入了大学女子联合会,我就是这么认识她的。杰拉尔丁·阿拉塔也是那个联合会的,她也是安妮塔的室友,不过,杰拉尔丁这个夏天不在学校。如果她还在的话,警察很可能会怀疑她。他们总是先找女人的碴。"

"我很惊讶,既然她有男朋友了,你们怎么还允许她加入大学女子联合会呢?"一个留着胡子的年轻人插话道。他身肥体壮、衣冠不整,T恤衫破了个洞,露出一大片讨人嫌的肚子。

玛丽轻蔑地瞟了他一眼,耸了耸肩。

"女子联合会的人并不都是同性恋。"红头发被激怒了。

"这么多像鲍勃一样的人在身边转来转去的,如果不这样才令人费解呢。"玛丽懒洋洋地拉长声调。胖男孩的脸涨得通红,嘴里嘟囔着什么,我只听到"阉割"这个词。

"不过,我没碰到过安妮塔。"红头发继续说,"我是从五月份开始才参加大学女子联合会的活动的。她真的失踪了吗,玛丽?"

玛丽又耸了耸肩。"如果那些愚蠢的警察把彼得·塞耶的死归咎于她,我是不会感到惊讶的。"

"也许她回家了。"鲍勃在一旁发表看法。

"没有。"小瘦子说,"如果她那么做了,警察就不会来这儿找她了。"

"怎么说呢,"玛丽说,"我,就我个人而言,希望他们别抓她。"她站起身来。"我要去听伯伦特唠叨中世纪文化了。如果他再敢拿女巫开玩笑,说她们是歇斯底里的女人,下课后他就等着挨揍吧。"

她把背包吊在左肩膀上,晃晃悠悠地走了出去。她走后,其他人靠得更近了,他们转换了话题,开始激烈地讨论起同性恋和异性恋的关系。可怜的鲍勃赞成后者,但好像没有太多机会积极地论证自己的观点。那个瘦男孩大力维护女同性恋。我听得很开心。大学生对很多话题感兴趣，并持有狂热的观点。到了四点钟，柜台后面的那个男孩告诉大家他要关门了。人们开始收拾书包。那三个人又继续聊了几分钟，直到柜台后面的那个男孩朝他们大声喊。"嘿，伙计们，我要走了。"

他们不情愿地拎起书包，朝楼梯的方向走去。我扔掉纸杯，慢悠悠地跟着他们走了出来。我在楼梯顶上碰了一下那个红头发的胳膊。她停下来看着我，脸上的表情友好而天真。

"我听你提到大学女子联合会，"我说，"能告诉我她们在哪儿聚会吗？"

"你是新生吗？"她问。

"我是老生，不过今年夏天我恐怕得在校园里待上一段时间。"我真心实意地回答。

"哦，我们在大学的一幢楼里有一个房间。就是由大学接管的那种老房子。每个星期二的晚上，大学女子联合会的会员都会在那儿碰面，其他妇女组织在其余的日子里活动。"

我向她打听了妇女中心的情况。显然，地方不会很大，但总聊胜于无。我上学那会儿，即便是妇女激进主义者也把"妇女解放"视为肮脏的词汇。她们有一个妇女健康咨询组，教授自我防卫课程，她们还赞助了一些说唱组合，并组织大学女子联合会的每周例会。

我们一起朝校园中心漫步，我的车停在那儿。我主动要求送她回家，她像个小狗似的跳到前面的座位上，一路上精力旺盛、天真幼稚地谈论着社会对妇女的压迫。她想知道我是做什么的。

"自由职业者，大部分时间是为公司工作。"说完这句话，我盼望她继续打听下去，没想到她这么容易就心满意足了，她还问我会不会摄影。我这才明白，原来她认为我是个自由作家。我担心如果我把事情的真相告诉她，她会让大学女子联合会的所有人都知道这件事，这样我就不可能查到任何有关安妮塔的事了。但是，我不想说太过分的谎话，因为如果真相败露，这些激进的年轻女人会越发敌视我。于是我回答"不会摄影"，又问她是不是搞摄影的。车已经在她公寓的门口停下来了，她还在欢快地喋喋不休。

"我叫盖尔·舒格曼。"她一边笨拙地挣扎着下车，一边自我介绍。

"你好，盖尔。"我礼貌地回应她，"我叫维·艾·华沙斯基。"

"维·艾！"她大声叫着，"这个名字可真少见。是非洲名字吗？"

"不是，"我严肃地说，"是个意大利名字。"把车开走时，我从后视镜里看见她快速地爬上公寓前的几个台阶。她让我觉得自己老得不可思议。即便在我二十岁的时候，也从来没拥有过她那分天真和跃动的友善。现在的这一切令我感觉自己是那么玩世不恭，对世事漠不关心。事实上，我因为欺骗了她而产生了一点点羞愧。

第五章 黄金海岸布鲁斯

　　湖滨大道是一条长街，路面上巨大的凹坑挖开又填好。这条路只开放了两条向北的车道，车堵了好几英里远。我决定赶紧离开这里，沿着史蒂文森快速路向西开，然后折返到北边的肯尼迪路。这条路一直向北通向机场附近的北部工业区。高峰时刻的交通状况因许多人急于在窒息沉闷的星期五晚上出城而越发恶化。我花了一个多小时总算到了贝尔蒙特出口，从这儿向西还要走十五个街区才是我住的地方。到家的时候，我的脑子里只想着喝上一大杯冷饮，舒舒服服地好好洗个澡。

　　上楼的时候，我没注意到有人跟在后面，当我把钥匙插进锁眼里转动时，我感觉一只手放在我的肩膀上。我在这个楼道里被抢过一次，当即条件反射般地转过身，迅速调动膝盖，奋力地朝攻击者裸露的胫骨踢去。他低哼了一声，向后退去，接着，又回过头照我脸上来了一记重拳。我一低头，拳头落在我的左肩上。我这么一躲，那一拳损失了不少冲劲。虽然我摇晃了一下，但还是占了上风。

　　他是一个又矮又壮的男人，穿了一件不合身的格子夹克。他有点上气不接下气，这让我很高兴：因为这意味着他的身体状况欠佳，而且当一个女人对抗一个身体欠佳的男人时，形势会对她更有利。我等待他出击或者跑掉。相反，他拔出一把枪。我只好站在那儿一动不动。

"如果这是抢劫,我的钱包里只有十三美元。不值得为这点钱杀了我。"

"我对你的钱不感兴趣,只想让你跟我走一趟。"

"跟你去哪儿?"我问。

"到那儿你就知道了。"他朝我晃着枪,用另一只手向下指着楼梯。

"这可难倒我了,为什么收入那么高的流氓却总是穿得这么邋遢呢?"我对他品头论足,"夹克不合身,衬衫没掖好——你看起来简直是糟透了。如果你是警察,我还可以理解,他们——"

他怒吼一声,打断了我的话。"我不需要一个该死的臭婆娘来告诉我怎么穿衣服!"他抓住我的一只胳膊,把我朝楼下推,其实他根本不需要用那么大的力气。不过,他离我太近了。我稍微一转身,然后举起手朝他握枪的那只手腕迅猛地砍了下去。他放开了我,但是枪没有落到地上。随后,我半转过身,把我的右胳膊肘抵在他的腋窝下,再楔入我的右拳和前臂,紧接着,用左手手掌猛击他的肋骨,接着,我听到一声令人满意的爆裂声,这是在告诉我,我的手掌已经深深地击入了他的第五根和第六根肋骨中间的位置,而且已经将它们分开了。他痛苦地大叫着,松开了那只枪。我伸手去够它,但是,他的神志还算清醒,一下子踩住了我的手。我用头去撞他的肚子,他终于放开了我,可我却失去了平衡,狠狠地坐在了地上。有人在我身后哒哒哒地跑上楼,在扭过头看他是谁之前,我只有一点时间能伸出脚把那把枪踢开。

我原以为是被噪声惊扰了的邻居,但看起来他们好像是同伙,为了和第一个打手配成对,他穿得很整洁,只是个头大了不少。他看见自己的兄弟靠在墙上呻吟,于是朝我猛扑过来。我们滚在地上扭打在一起,我用两只手托住他的下巴,把他的脖子拧过去。他挣脱我,然后猛击我头部的右侧，打得我连后背都在发抖，但是我没有屈服。我继续滚着，然后用后背顶着墙站起来。我不想给他时间掏枪，于是为了保持平衡，我抓住身后的镶板，抬脚踢他的胸口，把他撞得脚步踉跄，但是我也摔倒在他的身上。在我把身体扭开之前，他又朝着我的肩膀重重地来了一拳，还好没打到我下巴。他的身体比我强壮，可是我更健康、也更敏捷，我先于他就站了起来，于是狠劲地踢了一下他的左侧腰际。这下他彻底起不来，我本想回过头再补一脚，可是他的同伙已经恢复过来了，他捡起枪，并用枪顶住我的左耳。这时，我的脚已经踢了出去，接着，我开始坠落，坠落，我记得自己向下滚落，一直滚出世界的边缘。

　　我不省人事的时间并不长，但足以让他们把我推搡到楼下。对于两个半残的人来说，他们干得还算不错。我琢磨着，任何听到这个声音的邻居都会警觉地把电视的音量调高以淹没这种噪声。

　　他们把我推进汽车里时，我又恢复了想要呕吐的知觉。虽然努力控制着，但我还是吐在了其中一个人的身上，接着，我再度陷入昏迷。第二次，我醒来得更慢。我们仍在移动。是那个肋骨裂开的男人在开车，我又吐了另一个人一身，那股味道十分浓烈。他神情木然，我想，他也许快要哭了。两个大男人追赶一个女人，在损伤了一条肋骨和一个肾脏后才把她抓住，而且，她还把你的夹克给吐脏了，不仅如此，既不能动弹，又不能清洗衣服，这实在不是什么好事。如果让我碰上这种事，我也不会喜欢的。我在夹克口袋里翻找着面巾纸。我还是感觉很恶心，太恶心了，以至于不想说话，也不想帮他擦干净，于是，我把面巾纸扔在他身上，身子向后靠去。他愤怒地发出尖叫，把面巾纸抖落在地上。

　　我们在靠近密歇根北街的地方把车停下来，那里离阿斯特区不远。

这是个富人聚居区，这里大多是漂亮的维多利亚风格的老宅、公寓、以及巨大的现代高层公寓楼。我右手边的那个伙计冲到门外，脱下夹克，把它扔在了街上。

"你的手枪露出来了。"我告诉他。他看了看手枪，又看了看夹克，顿时满面通红。"你这个该死的婊子。"他说。他把身子伸进车里，想再次挥拳打我，可是因为角度不好，胳膊使不上力气。

"肋骨"大声说了一句。"好了，乔，时间不早了，厄尔可不喜欢等人。"这么简单的一句话对乔的作用可不小。他不再挥舞拳头，而是把我一把从车里猛地拉出来，"肋骨"在一边推着我。

我们走进一幢富丽堂皇的老房子，我一直想拥有这样一座房子，如果哪天我能把一个经营油轮的亿万富翁从国际绑匪的手中解救出来，他肯定会用一辈子衣食无忧来报答我。这座房子有着暗红色的砖墙，台阶和前窗上安了优雅的铸铁栏杆。最初这座房子是为一个家庭建造的，如今它已经被分割成三套公寓。入口大厅和楼道处贴着赏心悦目的黑白图案的壁纸。栏杆是用雕花木头做的，很可能是胡桃木，擦得锃亮。我们三个人沿着铺着地毯的台阶笨拙地走到二楼。"肋骨"好像连抬胳膊都成问题，乔的肾被我踢了几脚，走起路来一瘸一拐的。我自己也很不舒服。

另一个持枪的人打开了二楼的房门。他的衣服更合身，但是看起来档次不高，真不像是住在这种社区里的人。他头上竖着一堆浓密的黑发，仿佛是金属丝编成的灌木丛。右脸上有一道暗红色的Z字形的刀疤。颜色很暗，好像是什么人用深色口红画上去的。

"什么事耽搁了这么久？厄尔都生气了。"他一边说一边把我们带进一个宽敞的门厅。地上铺着棕色的长毛绒地毯，摆着一张漂亮的路易十五小边桌，墙上挂着几幅照片。这个地方很迷人。

"厄尔警告过我们这个该死的婊子沃超茨很狡猾,但是他没说她还是个该死的空手道专家。"这是"肋骨"在说话。他把我的名字念成了"沃超茨"。我谦虚地低下头盯着自己的手。

"是乔和弗雷迪吗?"一个鼻音很重的男高音在里面尖叫,"是他妈的什么事让你们去了这么长时间?"声音的主人出现在门口。矮壮、粗胖、秃头,我刚开始在执法部门工作的时候就很熟悉他。

"厄尔·司麦森。太令人高兴了。但是你知道吗,厄尔,如果你给我打个电话让我来见你,这样我们聚在一起就会省却不少麻烦。"

"是啊,沃察斯基,肯定是这样的。"厄尔成立了卖淫集团,专门向来访的国会代表提供高级妓女,此外,他还从事一些敲诈勒索的活动,他们就是这样在北边为自己赢得了一个不错的位置。同时他也做点毒品生意,有传言说,如果价格合适的话,他会通过安排谋杀来强迫一个朋友就范。

"厄尔,你这个地方不错嘛。看来,通货膨胀没怎么影响你的生意啊。"

他没理我。"你的夹克去哪儿了,乔?你在芝加哥就这么到处溜达,是想让每一个巡逻的警察都看见你的枪吗?"

乔的脸又红了,嘴里开始嘟囔着什么。我插嘴道:"这恐怕是我的错,厄尔。你的朋友没做自我介绍就闯进了我的家,也没说他们是你派来的。我们之间发生了一点小小的争吵。弗雷迪的肋骨断了,但是他振作起精神将我打晕了。我醒过来的时候,吐了乔一身。所以,他把那件衣服扔了,你可千万别怪他。"

厄尔怒气冲冲地朝着向后退缩的弗雷迪。"你让一个该死的女人打断了肋骨?"他吼叫着,声音变得越发尖利,"我付给你钱,而你却连抓住一个臭婆娘这种简单的小活儿都干不利索?"

这份工作有一点是令我憎恨的,那就是这些卑鄙的恶棍总是沉迷于低俗的脏话。我还很讨厌"婆娘"这个词。"厄尔,能不能等我不在的时候,再批评你的手下?今天晚上我有个约会。如果你能告诉我为什么这么着急见我,我会感激不尽的,为了让我准时到这儿,你甚至派了两名打手来抓我。"

厄尔狠狠地瞪了弗雷迪一眼,把他轰走看病去了。他示意我们其他人去客厅,这时,他发现乔瘸着腿走路。"你也需要医生吗?她把你的腿打折了?"他挖苦道。

"肾。"我谦虚地回答,"这全是秘诀。"

"是啊,我了解你,沃察斯基。我知道你是个狡猾的家伙。我听说你对乔·科瑞尔做的事了。如果弗雷迪能把你打昏,我会颁给他一枚奖章。我只是想让你明白,你不能在我这儿捣乱。"

我瘫坐在一把宽大的扶手椅上。头一阵阵抽痛,无法把精力集中在他的身上。"我没给你捣乱,厄尔。"我诚恳地说,"我对你的事情不感兴趣,比如卖淫、高利贷,或者——"

他照着我的嘴来了一拳。"闭嘴!"他把声音拔得很高,那双眼睛在那张胖脸上变得更小了。我隐约感到血流到了下巴上,一定是他的戒指划伤了我。

"这么说,这只是一般性的警告了?你是不是想把芝加哥所有的私人侦探都抓起来,告诉他们'现在你们都给我听着,别给厄尔·司麦森捣乱'?"

他又向我挥拳头,但是,我用左臂挡住了他。他惊讶地看着自己的手,好像很纳闷刚刚发生了什么。

"别跟我装傻了,沃察斯基。我可以叫很多人进来抹掉你脸上的傻笑。"

"我认为不需要那么多的人,"我说,"但我还是不明白,我到底侵犯了你哪块地盘?"

厄尔向看门人做了一个手势,那个人走过来把我的肩膀按在椅子上。乔在我身后走来走去,脸上带着恶毒的表情。我的胃轻微绞痛。

"好吧,厄尔,我怕了。"我说。

他又打了我几拳。明天我的样子一定惨不忍睹。我希望自己没有颤抖;我的胃部因为焦虑而打了结。我的横膈膜向下运动,深吸了几口气,以便减轻紧张感。

最后一巴掌好像令厄尔很满意。他在我椅子旁边的一张深色的沙发上坐了下来。

"沃察斯基,"他尖叫着,"我叫你来这儿是告诉你,别再管塞耶那件案子。"

"你杀了那个男孩,厄尔?"我问。

他又站了起来。"我可以给你留下漂亮的记号,漂亮极了,从此没人想再看你那张脸。"他大吼道,"照我说的做,别多管闲事!"

我决定不和他争论,我觉得自己实在没力气对付两个人,他和那个看门人。那个人一直把我的肩膀往后按。我想知道他那道疤会不会因为激动而变得更红,不过,还是不要问他为好。

"假设你真的把我毁容了,那警察怎么办?"我质疑他的做法,"鲍比·马洛里会对这件事穷追不舍,不管他犯过什么错,你都无法收买他。"

"我不担心马洛里。"厄尔的声音回到了正常的音区,所以我推断,突发性的精神错乱即将过去。"而且,我不是在收买你,我是在告诉你。"

"谁把你卷进去的,厄尔?大学里的那些孩子不归你管,除非小塞耶闯入了你的毒品地盘?"

"我以为我刚才已经告诉过你了,别打听我的事。"说着,他又要站起来。厄尔决意揍我一顿。也许这样更好,打完就结束了,早完早了,免得受他好几个小时的折磨。他向我扑过来的时候,我把脚收回来,然后正对着他的裤裆踢了下去。他痛苦地号叫着,朝沙发垫上倒了下去。"抓住她,托尼,抓住她。"他尖叫着。

我不可能打得过托尼,那个看门人。他接受过专门的训练,他能把那些拖欠贷款的人毒打一顿,却不留一丝痕迹。他打完以后,厄尔从沙发那边一瘸一拐地走过来。"这只是让你稍微感受一下,沃察斯基。"他嘴里发出嘶嘶的声音,"放弃塞耶的案子,你同意吗?"

我看着他,没说话。他的确能杀掉我并逃脱惩罚,他对其他人做过这种事。他在市政府有熟人,很可能在警察局也有关系。我耸了耸肩,向后缩了一下。他好像接受了这种表示同意的方式。"把她弄出去,托尼。"

托尼无礼地将我丢出门外。我在台阶上坐了几分钟,在酷暑中直打冷战,但是,我努力振作精神。趴在栏杆上狂吐了一阵,这倒让我的头痛减轻了一些。这时,一个女人在一个男人的陪同下从我身边走过,那个女人说:"真恶心,刚入夜就碰上这种事情。警察就不应该让这种人进咱们的社区。"我同意她的说法。我站起来,尽管摇晃得很厉害,但还是能走路。我摸了一下胳膊,很疼,但哪里都没断。我蹒跚着走到一英里外和湖滨大道平行的内车道上,招手想叫一辆出租车送我回家。第一个司机看了我一眼,把车开走了;还好,第二辆车接纳了我。这个司机叽叽喳喳的,像犹太母亲那样大惊小怪,他想知道我怎么把自己弄成了这个样子,还提议送我去医院或者警察局,或者两个地方都去。我对他的关心表示了感谢,同时向他保证我没什么事。

第六章 凉爽的夜晚

我和弗雷迪扭打的时候把钱包落在家门口了，于是，我让司机跟我上一趟楼，我好把车钱付给他。因为住在顶层，所以我很肯定我的包还在。它确实在那里，钥匙还挂在门上呢。

司机又试图说服我，这大概是最后一次了。"谢谢。"我说，"我只要洗个热水澡，喝点东西就没事了。"

"好吧，女士。"他耸了耸肩，"反正这是你自己的事。"他接过钱，最后看了我一眼，走下楼去。

我的公寓没有厄尔家那么富丽堂皇。狭窄的过道上没有铺满整个地板的大地毯，只铺了一小块地毯；只有一个伞架，也没有路易十五的方桌。然而，这里也没充斥着流氓。

我惊奇地发现才七点钟，距离我晚上第一次上楼才过去了一个半小时。我怎么感觉自己好像是搬到了另外一个时区居住似的。我洗了那天的第二个澡，倒了一英寸高的苏格兰威士忌。然后泡在水里，水的热度我勉强可以承受。我躺在黑暗中，用一条湿毛巾包住头。头痛渐渐消失了。我非常疲惫。

泡了三十分钟，再度加入热水之后，我才感觉能勉强做些动作。我在身上围了一条大毛巾，在公寓里来回走，为的是不让肌肉凝固在身上。我唯一真正想做的事情是睡觉，但是，我知道如果我现在就睡，可能一个星期都走不了路。我小心翼翼地锻炼着身体，用黑方来增强体力。突然，我的眼睛扫到挂钟，突然想起我和德弗罗还有一个约会。我已经迟到了，不知道他是不是还在那儿。

我费了一番力气才在电话簿里找到了那家餐馆的名字，然后拨通了电话。这家餐厅的领班非常合作，他表示愿意去酒吧帮我找一下德弗罗先生。几分钟过去了，我开始怀疑那个领班回话的时候肯定说他已经回家了。

"你好，拉尔夫。"

"最好是好事。"

"如果我非要解释给你听，可能需要几个小时的时间，而且你还不一定相信我说的话。"我回答道，"能再等我半个小时吗？"

他犹豫了一下。我猜想他正在找寻骄傲，说出那个"不"字，英俊的男人通常不习惯被人放鸽子。"当然可以。"他最后说，"可是，如果八点半还不到的话，你就可以自己回家了。"

"拉尔夫，"我小心地控制着自己的声音，"今天我一无所获。我想度过一个愉快的夜晚，了解一点保险知识，尽量忘记先前的事情，可以吗？"

他有些尴尬。"当然可以，维姬。不，我是说，维克。咱们酒吧见吧。"

挂了电话，我开始在衣橱里找衣服，我想穿一件优雅的同时又宽松飘逸的衣服去"车轮"，我找到了一条棕灰色的墨西哥风格的裙子，好久没穿这条裙子了，我都快把它给忘了。一共是两件套，一条宽摆的伞裙，外加一件针织的方领上衣，中间收腰，下摆松垂。长袖子可以遮住我肿胀的胳膊，我不必穿裤袜或衬裙。再配上一双软木凉鞋，这身行头就算凑齐了。

我在浴室的灯光下审视自己的脸，这令我重新考虑到底还要不要去公共场所。我的下嘴唇肿着，厄尔淡粉色的戒指把那儿划了一道口子；我的左下巴上有一处紫色的淤痕；一条静脉般的红线从脸颊一直延伸到眼睛，像是一只裂了缝的鸡蛋。

我试着化了点妆。粉底打得并不厚，无法遮住最可怕的淤紫，但确实盖住了蛛丝一般的红印。浓浓的眼影将人们的注意力从最初的黑眼圈那边拉过去，暗色的口红涂得比平时浓很多，肿了的嘴唇看起来翘翘的，很性感。如果灯光足够昏暗的话，可能会产生这种效果。

我的两条腿变得很僵硬，但是每天跑步确实有好处。跟楼梯较劲的时候，双腿只是轻微地颤抖。有一辆出租车从霍尔斯特德街上开过，它把我放在橡树街的汉诺威酒店门前，时间是八点二十五分。

这是我第一次去"车轮"。对我来说，这是个枯燥乏味的地方，一个典型的金钱多于理性和聪明、但空虚的北部人常光顾的地方。酒吧在入口的左侧，那里灯光幽暗，钢琴声很大，正在播放的歌曲能让耶鲁的毕业生眼中含泪。酒吧里人头攒动，这是芝加哥星期五的晚上。拉尔夫坐在吧台的末端，面前放着一杯酒。我走进去的时候，拉尔夫抬起眼，向我微笑，敷衍地挥了一下手，但是没站起身。我集中精力，尽量将脚步放稳，以便成功到达他所坐的位置。他看了看表。"你刚好做到了。"

不单是这样，还有其他的意思，我想。"哦，不喝完酒你是不会离开的。"一张空凳子都没有。"能不能证明一下你比我大方，比如把位子让给我，再请我喝一杯威士忌？"

他咧嘴笑了，抓住我，想把我拉到他的膝盖上坐。一阵剧烈的疼痛穿透我的肋骨。"哦，上帝，拉尔夫，别这样！"

他立即松开了我，拘谨且安静地站起身来，把吧凳让给了我。我窘迫地站在那里。我不喜欢吵闹，也不愿意花费精力安抚拉尔夫。他好像天生是个阳光型的男人,也许是因为离了婚,女人才给了他不安全感。看来,我应该把真相告诉他,然后再忍受他的同情。我不打算向他透露那天下午司麦森是如何残忍地羞辱了我。痛苦地瘸上一两天也够他受的。

我把注意力拉回到拉尔夫的身上。"你想让我送你回家吗?"他问我。

"拉尔夫,我想就这个机会跟你解释一下。我知道这看起来一定是我不想来这儿,才会迟到一个小时。你是不是太生气,不想听我说了呢?"

"怎么会呢。"他礼貌地说。

"好吧,我们能找个地方坐下来吗?这件事有点复杂,站着不好说。"

"我去找一张桌子。"他走开后,我心存感激地坐在吧凳上,点了一杯黑牌威士忌。我得喝多少杯,它们才能和我疲倦的肌肉融合在一起令我入睡呢?

拉尔夫带回一个消息,说我们还要再等十分钟才能有自己的座位。十分钟延长为二十分钟,我用手托着没受伤的那半边脸,他则僵直地站在我身后。我小口啜饮着威士忌。酒吧里的冷气开得太大了。通常情况下,那条厚厚的棉布裙足以保暖,但现在我开始轻微地发抖。

"冷吗?"拉尔夫问。

"有点。"我承认。

"我可以抱着你。"他试探着问。

我抬头看了他一眼,笑了。"那太好了。"我说,"不过你要轻柔些,拜托了。"

他从背后抱住我。起初,我有点闪躲,可是那种温暖和压迫感令我感觉好极了。我靠在他身上。他低头看着我,眯起了眼睛。

"维克,你的脸怎么了?"

我挑了一下眉毛。"没什么。"

"不,说真的。"他说着,低下头离我更近了,"你被割伤了,这好像是块瘀青,而且你的脸也肿了。"

"真的那么糟糕吗?"我问,"我以为化妆品能把它们掩盖得很好啊。"

"哦,这个星期他们不会让你上 Vogue 杂志的封面了,不过,不是很可怕,就像一个遭遇车祸后来我们这里索赔的老人,这种事情我见得多了。你跟他们挺像的。"

"我感觉也是这样。"我同意他的说法,"不过说实话,是不是——"

"你没去看医生吗?"他打断我的话。

"你说话的方式就像今天下午把我送回家的那个出租车司机。他催促我赶紧去帕萨望医院;实际上我希望他跟我一起进门,好给我炖碗鸡汤喝。"

"你的车是不是被撞得很严重?"他问。

"我的车什么事都没有。"我发脾气了,而且是毫无理性地发作,我知道,不过,他这么刨根问底不得不令我采取守势。

"没坏?"他重复着,"那你这是怎么了——"

就在这时,酒吧服务员告诉我们桌子已经准备好了。我站起身来,朝那个领班走去,留下拉尔夫付酒水钱。领班也没等拉尔夫就把我带走了,等我坐下来时,他才追上我们。我的暴躁脾气传染了他。他说:"我讨厌那些不等同来的男士就把女士拉走的服务员。"他说得很大声,就是为了让那个领班听见。"对不起,先生。我没意识到您是和这位女士一起来的。"他非常有尊严地说了一句，然后离开了。

"嘿，拉尔夫，别生气了。"我轻声说，"这是不是有点自欺欺人。这是我的错，同样也是你的错。咱们别这样了，说点实在的，从头开始吧。"

一个服务员实现了我的想法。"吃正餐前，你们想喝点儿什么？"

拉尔夫气愤地抬起头。"你知道为了这张桌子我们在吧台等了多久吗？不，我们不想喝，至少，我不想。"他转向我问，"你呢？"

"不，谢谢。"我和他的想法一致，"再喝我就睡着了，很可能我再也没有机会让你相信今天晚上我不是故意不来见你了。"

"准备好点餐了吗？"那个服务员还没走。拉尔夫厉声命令他离开五分钟。然而，我说的最后一段话让他恢复了他天生的好脾气。"好了，维·艾·华沙斯基，如果你真的不是故意把这个夜晚搞得这么糟，以至于我再也不会邀请你出来，就请你说服我吧。"

"拉尔夫，"我谨慎地注视着他，"你知道厄尔·司麦森吗？"

"谁？"他好像没听懂，"这是不是一种侦探猜谜游戏？"

"是，我想是的。"我回答道，"从昨天下午到今天下午，我和很多不同的人谈过话，他们要么认识塞耶，要么认识他的女朋友——那个消失的女孩。除此之外，还有你和你的老板。

"嗯，今天将近傍晚的时候我到了家，两个狗腿子正在等我。我们打了一架。我能抵抗一会儿，但其中一个人把我打昏了。他们把我带到厄尔·司麦森的家。如果你不认识厄尔，也别打算见他了。他开始武装到牙齿了——敲诈勒索、组织卖淫。十年前我做公诉律师的时候，他好像还很正经地做卡车运输的生意。现在他豢养了一批难缠的家伙，每个人手上都端着枪。他可不是什么善碴。"

我停下来整理一下我的汇报思路，用眼角的余光瞥见那个服务员又朝我们这边过来了,但是拉尔夫一挥手叫他走开了。"总之,他命令我放弃这个案子,为了吓唬我,他还唆使一个听话的打手把我狠狠地揍了一顿。"我停顿了一下。接下来,在厄尔的公寓里发生的事情在我心中腾起一股刺痛。当时我经过仔细盘算,决定最好让那件事快点儿过去,我必须让厄尔相信我很害怕,而不是整晚坐在那儿遭受愈演愈烈的暴力攻击。尽管如此,想到我当时那么无助,他们殴打我的情景还是像对待一个不忠的妓女或者逃避债务的借款人那样,我如此脆弱,几乎令人无法忍受。我下意识地将左手攥成拳头,之后才意识到自己正在用它捶打桌面。拉尔夫看着我,脸上露出不确定的表情。他所从事的工作和郊区生活让他对这种情绪毫无准备。

我摇了摇头,尝试换一种轻松点的情绪。"不管怎么说,我的胸口有点疼,这就是为什么在酒吧里的时候你想抓我,我却又喊又躲的原因。不过,那个令我困扰的问题是,是谁告诉厄尔我在四处打听情况。或者更确切地说,是谁这么在乎我的存在,以至于要求厄尔或者花钱让他把我吓跑?"

拉尔夫看起来还是有点恐惧。"你报警了吗?"

"没有。"我不耐烦地说,"我不能因为这种事去找警察。他们知道我对这个案子感兴趣,也让我别插手,尽管态度更礼貌一些。即便鲍比·马洛里——那个负责这件案子的警官——知道我被厄尔打了,司麦森也会一概否认,如果我可以在法庭上证明这件事,他能找出一百个逼迫他打我的借口。而且,马洛里也不会给予我任何同情,总之,他也不愿意我掺和这件事。"

"你不认为他说得很对吗?谋杀案真的应该交给警方处理。况且,你参与进来确实激怒了这群人。"

我感觉胸中的怒火向上蹿,每当感觉有人向我施压的时候我都会生气。我强努出一个微笑。"拉尔夫,我累了,而且浑身疼。今天晚上我无法跟你解释为什么这是我的工作——但是请相信,这就是我的工作,所以我不能把事情丢给警察,然后跑开。我确实不清楚到底发生了什么,但是我真的了解司麦森这种人的秉性和遇事的反应。我通常只跟白领罪犯打交道,但是如果他们被逼急了,也跟司麦森这种敲诈艺术家没太大区别。"

"我明白了。"拉尔夫停顿了一下,思考之后露出迷人的笑容。"我不得不承认,我认识的恶棍并不多,除了那些偶尔遇到的想敲保险公司竹杠的骗子。可是,我们会和他们对簿公堂,而不是这样徒手格斗。不过,我会努力相信你知道自己能做什么。"

我有些尴尬地大笑起来。"谢谢。我尽量不会像贞德表现得那么过分——骑上马,四处冲锋陷阵。"

那个服务员又回来了,看起来有点胆战心惊。拉尔夫点了烤牡蛎和鹌鹑,而我则选择了塞内加尔汤和菠菜沙拉。我筋疲力尽,没了饱餐一顿的欲望。

我们聊了一会儿无关紧要的事,我问拉尔夫是否关注芝加哥小熊队的比赛。"不好意思,我是一个狂热的球迷。"我解释道。拉尔夫说如果碰巧赶上了,他和儿子也会偶尔看一场比赛。"不过,我不明白为什么会有人狂热地支持芝加哥小熊队。到目前为止他们打得还算不错——把辛辛那提红人队干掉了。不过,他们早晚会完蛋的。不过,还是纽约扬基队比较好。"

"扬基队?"我告诫他说,"我不明白怎么会有人支持他们,这就像在支持科萨·诺斯特拉[①]。你知道吗,他们花钱雇打手才赢得比赛,

---

[①]科萨·诺斯特拉(Cosa Nostra),美国黑手党犯罪集团的秘密代号,意为"咱们的行当"。

但是这不足以让你为他们喝彩。"

"我喜欢看精彩的比赛。"拉尔夫坚持己见,"我无法忍受芝加哥那些球队瞎胡闹。你看今年威克把芝加哥白袜队搞得乌烟瘴气的。"

服务员把第一道菜端上来的时候,我们还在争论这件事。汤很好喝,清淡、有奶油香,还隐隐透出些咖喱味。我开始感觉好些了,于是又吃了一点面包和黄油。拉尔夫点的鹌鹑上来后,我又要了一碗汤和一杯咖啡。

"现在你给我解释一下,为什么一个工会不在埃贾克斯保险公司买保险呢?"

"哦,他们可以这么做。"拉尔夫嘴里塞满了食物,嚼了几口咽了下去。"但只是为他们的总部买——也许是为大楼投保火灾法律责任险,为秘书投保劳工赔偿金,诸如此类的东西。保险范围不可能涵盖很多人。像磨刀人这种工会,你明白吗,他们在工作地点获得保险。劳工赔偿金这种大险种是由公司出钱的,而不是工会。"

"也包含伤残费,是吗?"我问。

"对,还有死亡,如果和工作有关的话。即便没有损失时间,也要支付医疗费用。我觉得这种安排很滑稽。你的保险费率取决于你所从事的行业类型。比如,工厂就比公司付的钱多。但是,如果一个人因公致残,保险公司就会被缠上,免不了每个月都出钱,而且一出就是好多年。我们有一些案例,幸运的是,并不是很多,这还要追溯到一九二七年。不过你看,如果我们有许多伤残赔偿需要处理,保险人就不需要再付钱了,或者说钱没有以前交得那么多了。当然,我们可以取消那份保单,但是只要有因公致残的人已经开始得到保险金,我们就必须继续赔付。

"嗯,现在说得有点跑题了。问题是,有很多人不该残疾却残疾了。这很容易，有很多腐败的医生。但是，很难想象，一个相互勾连的全面性欺诈会给其他人带来多少好处。"他又吃了几口鹌鹑。"不，真正的钱在养老金里，就像你说的那样，或者在人寿保险里。然而，保险公司比任何人都更容易在人寿保险上实行欺诈。你想想'股票基金'那个案子。"

"嗯，你的老板有没有可能卷进这种事情里？磨刀人提供假保险客户，由他来操纵假保险单。"我问。

"维克，你为什么不遗余力地想要证明亚德利是个罪犯呢？他真的不是坏人，我为他工作了三年，从来没有跟他红过脸。"

这句话把我说乐了。"他那么痛快就答应见我，这令我很困惑。我不太了解保险业，但是我以前和大公司打过交道。他是部门经理，就像妇科医生，日程总是安排得满满的，实际上，他们只能处理一半的预约。"

拉尔夫抓了抓头发。"你说得我头晕眼花，维克，你是故意的。一个理赔部的负责人怎么可能像妇科大夫呢！"

"是啊，你领会我的意思了。为什么他答应见我？他从来没听说过我的名字，而且还有一堆人要见，但是我们俩谈话的时候，他甚至连电话都不接。"

"是，不过你事先知道彼得死了，但是他不知道，所以你盼望他表现出某种内疚感，那也正是你所看见的东西。"拉尔夫不同意我的说法。"他当时可能很担心他，担心彼得，因为他已经答应约翰·塞耶要对那个男孩负责。我真的没看出亚德利和你的谈话有什么令人惊讶的地方。如果彼得只是个流浪儿，或许我会——但彼得是亚德利一个老朋友的儿子。那个孩子已经四天没来上班了，他当时没接别人的电话，那是因为亚德利觉得自己对这件事有责任，充满了懊恼。"

我停下来思索。拉尔夫说得有道理。我是不是失去了理智,因为自己本能地讨厌过分亲切的商人,才致使自己无中生有。

"好吧,你可能是对的。不过,为什么马斯特斯就不能卷入一起人寿保险欺诈案里呢?"

吃完鹌鹑,拉尔夫又点了咖啡和甜品。我要了一大杯冰激凌。"哦,保险公司是这样运作的。"等服务员再次走远后,拉尔夫说,"我们公司的业务做得很大——保费总收入排名第三,每年大约有八十四亿美元。这包括所有的险种,也包括组成埃贾克斯集团的十三家公司。出于法律的原因,销售人寿保险的公司不能销售财产和意外伤害保险。所以,埃贾克斯人寿保险公司负责销售所有人寿保险和养老金产品,而埃贾克斯意外伤害保险公司和其他一些小一点儿的公司则负责意外伤害和财产保险。"

服务员把我们的甜点端上来了。拉尔夫要了一种蜂蜜蛋糕,我决定为我的冰激凌配一份卡噜哇咖啡酒。

"像我们这么大的一个公司,"拉尔夫继续说,"负责意外伤害保险的人——比如劳工赔偿、一般责任险,还有一些汽车险——总之,我和亚德利这种人不太了解人寿保险方面的事情。当然,我们认识管理那个部门的人,时不时还会和他们一起吃个饭,但是他们另有一套行政构架,处理他们自己的理赔业务。如果我们接近那部分业务,想要深入探究,我们肯定会臭名远扬的,一个小时之内就得滚蛋。绝对的。"

我心有不甘地摇了摇头,转向冰激凌。埃贾克斯保险公司听起来没什么希望了,而我一直把希望寄托在它的身上。"顺便问一句,"我说,"你查埃贾克斯的养老金了吗?"

拉尔夫大笑起来。"你可真够执着的,维克,我姑且承认这一点。

是的,我给那边的一个朋友打了电话。对不起,维克,暂时还没有结果。他说他会调查一下这件事,看看我们是不是可以得到一些三手的资料。就像忠诚联盟把一些钱交给德莱弗斯管理,德莱弗斯又把一些钱交给我们。不过,那个人想表达的意思是,埃贾克斯才不会去招惹磨刀人。我听了以后也不怎么惊讶。"

我叹了口气,吃完了冰激凌,突然觉得很累。如果人这一辈子什么都唾手可得,我们也就不会为自己取得的成绩感到骄傲了。过去我母亲监督我练习弹钢琴的时候总是这么说。如果她还活着,很可能不同意我干这个工作,不过她绝不会允许我无精打采地坐在餐桌前发牢骚,因为这么做没什么好结果。今天晚上我实在是太累了,不得不努力领会今天所学到的所有东西的含义。

"看起来,你的冒险经历好像会害了你。"拉尔夫说。

我感觉疲惫如海浪般袭来,几乎将我卷走,和它一同入眠。"是啊,我正在枯萎。"我承认,"我想,我最好去睡觉。尽管在某种意义上来说,我讨厌睡觉,因为早晨起来我会浑身酸疼。也许跳舞能让我清醒。如果能一直活动下去,也没什么不好。"

"你这个样子躺在迪厅的地板上就能睡着,维克,我会因为殴打你什么的被逮起来。为什么锻炼会有帮助呢?"

"如果你让血液不断循环,关节就不会变得过分僵硬。"

"嗯,也许这两点我们都可以做到,我的意思是说,睡觉和锻炼身体。"他眼中的微笑包含了两层意思:一半是尴尬,一半是喜悦。

我突然想到今天晚上经历了厄尔和托尼这件事,我需要有人在床上安慰我。"当然。"我说着,又还给他一个微笑。

拉尔夫叫服务员把账单拿过来,随即结了账。他的手有些颤抖。我想过跟他抢着付账,况且我可以把它当成公务开销,但是转念一想还是作罢。一整天下来,我已经够辛苦的了。

我们在门外等门童把车开过来。拉尔夫挨着我站着,他没碰我,但是神情紧张。我意识到他一直在计划着这个结果,但是不敢肯定能否成功,我在黑夜中暗自微笑。车来的时候,我靠着他坐在前座上。"我住在霍尔斯特德,贝尔蒙特的北边。"说完,我就靠在他的肩膀上睡着了。

他在霍尔斯特德和贝尔蒙特的交叉路口把我叫醒,问我地址。我住的那个社区在一个更时髦的城区的西北边,通常街上就有很好的停车位。他在我家对面找到了一个地方。

他费了很大力气才把我从车里拉出来。夜晚的空气温暖舒适,拉尔夫用颤抖的手扶着我穿过马路,进入门厅。向上的三层台阶看起来很遥远,我突然回想起我坐在门前的台阶上,等爸爸下班回家把我背到楼上去。如果我让拉尔夫这么做,他也会把我背上去的。但是,这么做会极大地改变两个人之间的依赖关系。我咬紧牙关,爬上了楼。这次没有人在楼顶埋伏以待。

我走进厨房,从酒柜里取出一瓶马爹利,然后把两只玻璃杯放在桌子上。我妈妈结婚时带过来的嫁妆很少,这两只威尼斯玻璃杯就是嫁妆的一部分。酒杯很漂亮,是清澈的红色,上面画着歪歪扭扭的花枝。已经很长时间没有人到我的公寓里来了,我突然感到害羞而又脆弱。今天我已经在男人面前过度暴露自己了,我还没有准备好再在床上这么做。

当我把酒瓶和酒杯拿回客厅时,拉尔夫正坐在沙发上,心不在焉地翻着一本《财富》杂志。他站起身,把杯子从我手中接过去,用欣赏的目光打量着它们。我解释说,我母亲是在战争即将大规模爆发之前离开意大利的。我姥姥是犹太人,他们希望她能远离危险。她用她的内衣把八只红玻璃杯小心翼翼地包起来,并装进随身携带的手提箱里。每次节日聚餐,这些杯子都被放在最尊贵的位置上。我斟上了两杯白兰地。

拉尔夫告诉我,他来自一个爱尔兰家庭。"这就是为什么德弗罗①这个名字里少一个A,跟法语不一样。"我们一言不发地坐了一会儿,喝着白兰地。他也有点紧张,这样我反而放松了一些。突然,他咧开嘴笑了,脸庞也跟着亮了起来。他说:"我离婚后就搬进城里来住了,因为我有一个理论,那就是在城里可以碰到小妞,对不起,女人。不过实话跟你说,我来这儿半年了,你是我第一个约会的女人,而且,你和我从前遇到的女人都不一样。"他的脸有点红。"我只是想让你知道,我不是那种每天晚上从床上跳上跳下的人。不过我愿意和你上床。"

我没说什么,而是站起来抓住他的手。我们手拉着手,像两个五岁的小孩一样走进了卧室。拉尔夫小心翼翼地帮我脱下外衣,轻柔地抚摸着我肿起来的胳膊。我解开他衬衫的扣子。他脱下衣服,我们爬上床。我一直担心是不是要帮他促成这件事,因为刚刚离婚的男人有时候会有问题,他们非常缺乏安全感。幸运的是,他没有,因为我太累了,帮不了任何人。最后,我只记得他大声地喘着粗气,然后,我就睡着了。

---

①德弗罗,原文为Devereux,法文应为Devereaux。

第七章 朋友帮的小忙

醒来时，房间里充满了临近正午的柔光，阳光从卧室的厚窗帘后面漫射进来。我一个人躺在床上，一动不动地收集思绪。渐渐地，关于昨天的记忆又回来了。我小心移动头部，看了一眼放在床头柜上的闹钟。我的脖子很硬，不得不转动整个身子才能看到时间——11:30。我坐起身来。腹部的肌肉没什么问题，可是大腿和小腿肚都很疼，疼得站不直。我慢慢地拖着步子走进浴室，就像两个月没出门却猛地跑了五英里之后才会有的样子。我拧开浴缸里的热水，把水流开到最大。

拉尔夫在客厅里跟我打招呼。"早上好。"我回了他一句，"你要是想和我说话，必须到这边来，我不想走那么远。"拉尔夫走进浴室，他已经穿戴整齐。我神情忧郁地对着挂在洗手盆上方的镜子研究自己的脸，这时，他来到我身边。最初的黑眼圈变成了黑紫色，旁边还配有黄色和绿色的条纹。没受伤的左眼里充满了血丝。我的下巴已经变成了灰色。整体效果非常不吸引人。

拉尔夫好像和我有同样的感觉。我看着镜子中他的脸，他好像有点反感。多萝西肯定从来没带过熊猫眼回家，郊区的生活可真够乏味的。

"你是不是经常干这种事？"拉尔夫问。

"你的意思是仔细检查自己的身体，还是别的什么？"我问。

他含糊地摆了一下手。"打架。"他说。

"没有小时候那么频繁。我是在南边长大的。我当时住在第九十大街和商业街的交会处，如果你知道这个地方，那儿住着很多波兰裔钢铁工人。他们不欢迎别的种族或者民族的新住户，这种感觉是相互的。丛林法则统治了我上的那所高中——如果你不能挥舞卑鄙的脚指和拳头，你也可以忘记这个法则。"

我从镜子前转过身来。拉尔夫正在摇头，但是，他试图搞明白状况，试图不要因为害怕而退缩。"一个不同的世界。"他慢悠悠地说，"我是在利伯蒂维尔长大的，我觉得我从来没有真正打过一次架。如果我姐姐带个乌眼青回家，我母亲会发疯一个月。你们那儿的人不介意吗？"

"哦，我母亲很讨厌这个，不过我十五岁的时候她就去世了，而我爸爸很欣慰我可以自己照顾自己。"这是真的，加布里埃拉憎恨暴力。然而，她是个斗士，我好斗的性格就是从她那儿继承下来的，而不是从我那个身材高大、性情平和的父亲那里。

"你们学校里所有的女孩都打架吗？"拉尔夫很好奇。

我一边思考着这个问题，一边钻进热水里。"不是，有些人落下了精神创伤。有些人有男朋友保护。其他人学会了自我保护。我有一个同学到现在还喜欢打架，她漂亮极了，一头红发。她喜欢去酒吧，还专门喜欢打那些想要泡她的男人。实在令人赞叹。"

我沉入水中，用热乎乎的毛巾盖住脸和脖子。拉尔夫沉默了一分钟后说："如果你把那个秘密告诉我，我就给你煮一杯咖啡。我实在搞不清状况。我不知道你是不是想把那些盘子留到圣诞节，所以我把它们洗了。"

我露出嘴，但还是用毛巾遮着眼睛。昨天我离开家的时候，把那些该死的盘子给忘了。"谢谢。"我还能说什么呢？"咖啡在冰箱里，是咖啡原豆。一大汤匙就是一杯的量。研磨机在炉子旁边，是电动的。过滤器在上面的碗橱里，咖啡壶还在洗碗池里，除非你已经洗了。"

他弯下腰亲了我一下，然后走了出去。我重新加热了面巾，在热气腾腾的水里伸了伸腿。过了一会儿它们能轻松地动弹了，所以我相信过几天就没事了。拉尔夫端着咖啡回来之前，我已经泡得差不多了，关节也不那么僵硬了。我爬出浴缸，用一条蓝色的大浴巾裹住身子，然后走向客厅，这会儿走路已经不那么困难了。

拉尔夫端着咖啡走进来。他夸奖了我的浴袍，却无法盯着我的脸看。"天气真是变化无常啊。"他感慨道，"我刚才出去买报纸，天气真好，既晴朗又凉爽。想开车出去看看印第安纳沙丘吗？"

我开始摇头，但是疼痛将这个动作打断了。"不，听起来是个好主意，只是我还有一些活儿要干。"

"好了，维克，"拉尔夫在抗议，"让警察来管这件事吧。你的身体状况这么差，应该休息一天。"

"你说得也许是对的。"说这句话的同时，我努力压制内心的怒火，"不过，我以为咱们昨天已经把事情讲清楚了。不管怎么样，我是不会给自己放假的。"

"好吧，那我陪你怎么样。需要有人给你开车吗？"

我端详着拉尔夫的脸，可是我看见的只有友善的关心。他只是男性保护欲突然发作，还能有什么特别的原因不想让我工作呢？作为男友，他可以密切关注我的所作所为，然后再把情况汇报给厄尔·司麦森吗？

"我要去温尼卡找彼得·塞耶的父亲谈一谈。既然他是你老板的邻居，我不敢确定你一起去合不合适。"

"也许不太好,"他同意我的说法,"你为什么要见他?"

"这就像那个男人谈起安纳布尔那峰,拉尔夫,因为它就在那里①。我还有一两件别的事要做,我只是想尽快独自把它们解决掉。"

"今天一起吃晚饭怎么样?"他提议。

"拉尔夫,看在上帝的分儿上,你怎么像只导盲犬似的。不,今天不一起吃晚饭。我非常感谢你的体贴,不过,我需要一些属于自己的时间。"

"好吧,好吧,"他嘟囔着,"我只是想表现得友好一点。"

我站起来,忍着痛走到他坐的沙发前。"我知道。"我伸出一只手臂搂住他,亲了他一下,"而我,只是想表现得不友好一点。"他把我拉到他的膝头。不满从他的脸上消失了,他吻了我。

过了几分钟,我轻柔地挣脱他,一瘸一拐地走回卧室穿衣服。那件海军蓝的丝绸衣服搭在椅子上,衣服上有几条裂口,还粘了不少血迹和尘土。干洗店也许能把它弄好,不过,我并不认为自己还会再穿它。我把它扔在一边,穿上一条绿色的亚麻裤子,一件浅柠檬色的衬衫和一件夹克。这身打扮去郊区再合适不过了。我决定不再担心我那张脸。化上妆走在阳光下比不化妆还要刺眼。

拉尔夫吃烤面包和果酱的时候,我也给自己沏了一份麦乳精。"好了,"我说,"我要向郊区进发了。"

拉尔夫和我一起往楼下走,中途想伸手扶我。"不用了,谢谢。"我说,"我最好习惯自己做事。"到了楼下,他没有流连于说再见,这一点为他加了分。我们匆匆吻了一下。他愉快挥了挥手,然后便穿过马路,上了他的车。我目送他离开视线,然后伸手拦了一辆出租车。

---

① 此处引自二十世纪世界最负盛名的登山家马诺里的一句名言。"为什么要登山?因为山在那里!"

出租车司机把我放在埃迪森北边的谢菲尔德，一个比我住的那个社区还要糟糕的地方，这里的大部分居民是波多黎各人。我按响了洛蒂·赫切尔家的门铃，听到她应门的声音，我松了一口气。"谁呀？"她粗粗的嗓音透过对讲机传过来。"是我，维克。"门响的同时我就把它推开了。

洛蒂住在二楼。爬楼梯的时候，我见她正在门口等我。"我亲爱的维克，到底出了什么事？"她在跟我打招呼，为了强调震惊，她那两根又黑又粗的眉毛简直飞上了云霄。

我已经认识洛蒂很多年了。她是个医生，五十来岁。我觉得她长了一张活泼聪明的脸和一副苗条匀称、活力十足的身体，所以，一般人很难看出她的真实年龄。年轻的时候，她住在维也纳，那时她就发现了永动的秘密。她对很多事固执己见，并把它们应用到医学上，这一点常令她的同事气馁。她是最早一批做流产手术的医生，当时，她和我在芝加哥大学读书时加入的一个地下医疗服务机构合作，那时，对于大多数医生来说，流产还是一个非法且肮脏的字眼。如今，她在街边一个破败的门脸房里开了一家诊所。诊所刚开张的时候，她尝试过义务行医，但是她发现附近的居民并不信任免费医疗服务。到现在，这家诊所还是芝加哥城最便宜的诊所之一，我经常纳闷她究竟是靠什么生活的。

她把门从我身后关上，然后把我请进客厅。和主人一样，客厅里家具不多，但闪烁着浓烈的色彩——窗帘是用艳丽的红橙色印花布做成的，墙上挂着一幅火一般的抽象画。洛蒂让我在一张沙发床上坐下来，接着给我端来一杯浓浓的维也纳咖啡，她常喝这个。

"现在说说吧，维多利亚，你到底是怎么了，一瘸一拐地上楼，像个老太太，脸上还青一块紫一块的？我敢肯定不是车祸，因为这对你来说太乏味了。我说得对吗?"

"你一贯正确,洛蒂。"我回答道,并把我的冒险经历向她简单地复述了一遍。

听完司麦森的故事,她噘起了嘴,接着几乎是刻不容缓地表明自己的立场,我要么去警察局,要么丢下这个案子不管,或者在床上躺一天。我们俩并不是总能达成一致意见,但是洛蒂尊重我的选择。她走进卧室,回来的时候,手上多出了一个大包,黑色的公务包。她拉了拉我脸上的肌肉,用一只检目镜查看我的眼睛。"时间会治愈一切的。"她大声说,接着,她检查了我的腿部和肌肉的反应能力。"是啊,我看出来了,你浑身酸痛,而且还会继续酸痛下去。不过,你是健康的。好好照顾自己,用不了多久,疼痛感就会逐渐消失。"

"是啊,我也这么觉得。"我赞成她的说法,"可是,我没时间等我的腿痊愈。现在由于疼得厉害,我的行动比以前迟缓得多。我需要一种东西可以让我忽略这种疼痛,让我可以做些跑腿的事或者思考问题,但是我不想要那种能让我昏迷过去的可待因。你有我要的东西吗?"

"哦,是的,一种神奇的特效药。"洛蒂露出顽皮的神情,"不要过分相信医生和药物,维克。不过,我会给你打一针保泰松。这种药是给赛马用的,为了不让它们在奔跑的时候感觉到疼痛,在我看来,你就像一匹四处飞奔的马。"

她消失了几分钟,我听见开冰箱门的声音。回来时,她手里拿着一根注射器和一个带橡胶塞子的小瓶子。"现在躺下,我要在你的屁股上打一针,这样药物就会很快进入你的血液循环系统。把裤子再往下褪一点,对了,这个东西好极了,真的,它简称保泰松。亲爱的,过半个小时你就可以去德比郡参加赛马比赛了。"洛蒂跟我聊天的时候,手上也没闲着。我感觉到一点轻微的刺痛,接着就不疼了。"现在坐起来吧，我给你讲点医学常识。你可以把这种'忘忧药'带走。它的药效极强，是一种止痛药。吃这种药的时候不要开车，也不能喝酒。我再给你装点片剂的保泰松。"

我靠在一个大枕头上，尽量不让自己过分放松。躺下来睡觉的念头强烈地诱惑着我。我强迫自己跟上洛蒂快速机智的谈话，问一些问题，但不就她那些稀奇古怪的想法展开辩论。过了一会儿，我感觉药物已经开始起作用了。颈部肌肉的疼痛有了很大程度的缓解。我并不打算徒手格斗，但是我相信开车还是没什么问题的。

洛蒂并没有阻止我起身。"你已经差不多休息一个小时了，暂时不会有什么事。"她把保泰松药片装在一个塑料瓶里，又给了我一瓶"忘忧药"。

我对她表示了感谢。"我应该给你多少钱？"

她摇了摇头。"不用，这些都是样品。等你来我这儿做体检的时候，我会像密歇根大街上任何一个好医生那样向你收费，你早就该做一下体检了。"

她目送我到门口。"说真的，维克，如果你担心司麦森的性格，我这里的客房随时向你敞开。"我向她表示了感谢。这个提议不错，或许我有这个需要。

正常情况下，我会步行去取车。洛蒂家离我住的地方只有八个街区，但是即使打了那一针，我仍然感觉自己的健康状况不太合乎标准。于是，我慢慢地朝埃迪森走去，叫了一辆出租车。那辆车把我送到了办公室，我取了那张上面有温尼卡地址的彼得·塞耶的选民卡，然后又叫了一辆出租车，带我去取停在北边的车。麦格劳要付给我一大笔钱——包括所有这些出租车费，而且单单是那身海军蓝的衣服就花了我一百六十七美元。

很多人在户外享受美好的天气，清洁新鲜的空气大大鼓舞了我的精神。两点的时候，我已经开上了伊登斯高速公路，并朝北海岸开去。我唱起莫扎特的《难道我会忘了你》的片段，但是我的胸腔一个劲儿地抗议，于是我只能满足于收听WFMT电台播放的一段巴尔托克的协奏曲。

出于某种原因，靠近富人区的伊登斯高速公路不再那么美丽了。芝加哥附近的道路两旁是草地和整洁的平房，但是越往远处开，越是冒出来很多购物中心、工业园区和汽车餐厅。但是，一旦我把车向右转向柳树街，朝湖边开去，景色就变得令人难忘了——高大雄伟的住宅与其背后精心修剪的大片草坪融为一体。我又看了一遍塞耶的地址，然后向南转到谢里登路，我用眼角的余光瞟着邮箱上的号码。他的房子在路东，这边的很多房子都面向密歇根湖，那些从格罗顿学校和安杜佛学院放学回家的孩子有自己的私人湖滨和停船泊位。

在双石柱间穿行时，我的雪佛兰感觉有点自惭形秽，特别是当它见到一辆辆奔驰、阿尔法罗密欧、奥迪、福克斯开到车道的一边时，这种感觉会尤为强烈。环形的车道引领着我经过一幢石灰岩豪宅前的迷人花园。门边的一个小指示牌上标明："送货人请到后院。"我是送货的人吗？我不确定自己有什么货要送，但也许主人有。

我从钱包里抽出一张名片，在上面写了短短的一行话："我们谈谈您和磨刀人之间的关系吧。"接着，我按响了门铃。

开门的是一个穿着整洁制服的女人，她的表情让我想起自己的熊猫眼，保泰松让我将这件事暂时抛诸脑后。我把名片递给她。"我希望可以见一下塞耶先生。"我沉着地说。

她半信半疑地看了看我，接过那张卡片，把我关在门外。我听见远处的湖边传来微弱的喊叫声。过了几分钟，我离开门廊，细细研究着车道另一端的一个花坛。门开了,我转过身去。女仆皱着眉看我。

"我没偷花。"我向她保证,"不过既然你们没在等待区放杂志,我也不得不看点什么。"

她深吸了一口气,却只说了一句话,"这边",她连"请"字都没说。一点儿礼貌都没有。不过,这毕竟是个遭遇不幸的家庭。我得体谅他们。

我们两个人迈着碎步疾行,穿过一间很大的用暗绿色的雕像装饰的前室,经过一个楼梯间,然后沿着一个大厅走向后堂。我们俩和从另一个方向走过来的约翰·塞耶相遇。他穿了一件白色的针织衫,一条灰色的格子裤,一副温和的郊区装扮。他的神态十分抑郁,仿佛是在有意识地扮演一个悲痛的父亲。

"谢谢你,露西。我们到那边去。"他挽起我的手臂,把我带进一个房间,房间里摆放着舒服的扶手椅,书柜塞得满满的。书架上的书规规矩矩地排列成行。我想知道他有没有读过其中的一本。

塞耶举着我的名片。"这是怎么回事,华沙斯基?"

"跟上面写的一样。我想跟您聊聊您和磨刀人之间的关系。"

他一本正经地笑了一下。"他们实在是微不足道。既然彼得已经——去了,我希望他们不存在。"

"我不知道麦格劳先生会不会同意这一点。"

他握紧拳头,把我的名片攥成一团。"别绕圈子了。麦格劳雇你来敲诈我,对不对?"

"这么说,您和磨刀人之间确实有联系。"

"没有!"

"既然这样,麦格劳先生又怎么可能敲诈您呢?"

"那种人无所不为。我昨天警告过你,在他身边你要小心一点儿。"

"您看,塞耶先生。昨天,当您得知麦格劳用了您的名字的时候,您简直是火冒三丈。今天,您又唯恐他敲诈您。这里面带有很强烈的暗示。"

他沉着的脸上露出严厉和紧张的神情。"暗示什么?"

"你们之间有不可告人的事,这件事被您的儿子发现了,于是为了让他闭嘴,你们派人把他杀了。"

"一派谎言,华沙斯基,这是该死的谎言!"他咆哮着。

"证明给我看。"

"今天早上警察逮捕了杀害彼得的凶手。"

我头晕目眩,一下子坐在一张皮椅子上。"什么?"我尖声问道。

"有一个警察局局长给我打过电话。他们找到了一个想在那个地方抢劫的吸毒者。他们说,彼得想抓住他,却被他开枪打死了。"

"不对。"我说。

"不对是什么意思?他们逮捕了那个家伙。"

"不对。也许他们逮捕了他,但当时的情景不是这样的。没有人去那个地方抢劫。您的儿子没有当场抓住任何人。我告诉您,塞耶,当时那个男孩坐在餐桌旁,有人向他开了一枪。这不是什么抓住吸毒犯的问题。况且,那里没有一件东西被人拿走。"

"你在找什么,华沙斯基?也许什么东西都没被拿走。也许他因为害怕逃走了。在相信你的故事之前——我开枪打死了自己的儿子——我更相信吸毒者这个解释。"他的脸上有强烈的情绪波动。悲伤、愤怒,还是恐惧?

"塞耶先生,我相信您一定注意到我的脸有多么糟糕。昨天晚上,两个小流氓把我揍了一顿,他们警告我不要再调查您儿子的死因。一个吸毒的人是不可能有那种人脉资源的。我觉得也许是几个人共同策划了这件事,这其中也包括您和安迪·麦格劳。"

"没人喜欢管闲事的人,华沙斯基。如果有人把我痛打了一顿,我就会按对方的暗示行事。"

我太累了,连愤怒的力气都没了。"换句话说,您参与了这件事,但是您以为有人会为您擦屁股。这也就意味着,我不得不自己想办法查出事情的究竟。这真是我的荣幸。"

"华沙斯基,我这么告诉你是为了你好,放手吧。"他走到书桌前,"我看得出来,你是一个尽职尽责的女孩,不过,麦格劳是在浪费你的时间。你不会找到什么的。"他开了一张支票,然后递给我。"拿着。不管麦格劳付给你多少钱,把那些钱还给他,就当你已经尽了那份职责。"

支票上的数额是五千美元。"你这个混蛋。你指控我敲诈,现在又想来收买我?"一阵暴怒让我将疲倦感抛到一边。我把那张支票撕成碎片,任凭纸屑撒了一地。

塞耶脸色苍白。金钱是他的痛处。"警察已经逮捕了嫌疑人,华沙斯基。我没有必要贿赂你。但是,如果你继续做蠢事,就没有什么好说的了。你最好离开这里。"

门开了,一个女孩走了进来。"哦,爸爸,妈妈叫你——"她突然不说话了。"对不起,我不知道你有客人。"她十多岁,是个很迷人的女孩,梳得光溜溜的棕色直发披在肩上,衬托出一张椭圆形的小脸。她穿了一条牛仔裤,套在身上的那件男式条纹衬衫不太合身,大了好几号,也许是她哥哥的。通常情况下,她应该拥有一种富足生活才会赋予人的自信和健康的神态。然而现在,她有点发蔫。

"华沙斯基小姐正要走,吉尔。对了,你为什么不把她送出去呢,我去看看你母亲想要做什么。"

他站起身，向门口走去，一直等我跟着他走到门边后说再见。我没有打算跟他握手。吉尔带我按原路返回。她父亲迅速朝相反方向走去。

"你哥哥不在了，我很难过。"走到那个浅绿色的雕像前，我说。

"我也是。"她说着，咬了咬嘴唇。我们走到前厅，接着，她跟着我走到门外，站在那儿盯着我的脸看，微微蹙着眉。"你认识彼得吗？"最后她问道。

"不，我从来没见过他。"我回答道，"我是一名私人侦探，恐怕我就是那天早晨发现他的那个人。"

"他们不让我看他。"她说。

"他的脸没问题。你不必因为这个做噩梦，他没有毁容。"她想知道更多的信息。如果子弹击中了他的脑袋，他的脸怎么可能没问题呢？我用和缓冷静的语气向她解释了这件事。

"彼得曾经对我说过，你可以通过观察一个人的脸来决定可不可以相信他。"过了一会儿，她说，"但是，你的脸被打坏了，我无从分辨。可是，你把有关彼得的真相告诉了我，谈话的时候也没把我当成一个孩子。"她停顿了一下。我等着她。最后，她问道："是爸爸让你来这儿的吗？"我回答了她的问题，接着，她又问："他为什么要发脾气？"

"哦，他认为警察已经逮捕了杀害你哥哥的凶手，可是我认为他们抓错了人。他就是因为这个发脾气的。"

"为什么？"她问，"我的意思不是说他为什么要发火，而是为什么你觉得他们抓错了人？"

"原因非常复杂。不是因为我知道是谁干的，而是因为我看见了你哥哥和那个公寓，还有其他一些参与这件事的人，他们都对我和他们见面做出了反应。这个工作我已经干了有一段时间了，听到真相的时候,我会有一种敏锐的感觉。一个流落街头的瘾君子跟我看见和听到的情景不符。"

她单脚站着,五官都皱在一起,好像担心自己马上会哭出来。我伸出一只胳膊搂住她,拉着她在前廊的台阶上坐下来。

"我没事。"她咕哝着,"只是,这里的一切都很诡异。你知道,太可怕了,彼得的死,还有所有的一切。他,他——"她抽泣着,"没关系。是爸爸疯了。他很可能一直都这样,只是我从来没注意到。他一遍又一遍愤怒地说安妮塔和她的父亲为了他的钱杀了彼得,还有很多类似的蠢话,接着,他又开始说彼得有多么活该,他很高兴他死了之类的话。"她哽住了,用手抹了一下鼻子,"爸爸总是为彼得玷污了我们的姓氏而烦恼,你知道,他不会的,如果他能成为工会领导人,一定会很成功的。他喜欢把事情弄清楚,他就是那类人,把事情想明白,然后按照最好的方式去办。"她又抽泣起来,"而且,我喜欢安妮塔。我想我再也见不到她了。我不该见她,但是爸爸妈妈不在家的时候,她和彼得有时会带我出去吃晚饭。"

"她失踪了,你知道吗?"我告诉她,"你不知道她去哪儿了吧?"

她抬起头,忧心忡忡地看着我。"你认为她出事了吗?"

"不是。"尽管我这么说是为了打消吉尔的疑虑,但是连我自己都没有信心,"我想她是被吓坏了才跑掉的。"

"安妮塔是个非常好的女孩。"她诚恳地说,"但是爸爸妈妈连见都不想见她。就是从彼得和安妮塔开始约会以后,爸爸才变得古怪起来的。即便是今天警察来的时候,他还觉得警方抓错了人。他一个劲儿地说是麦格劳先生干的。真是太可怕了。"她不自觉地皱着眉头。"哦,这儿就是这么恐怖。没人在乎彼得。母亲只在乎那些邻居。爸爸大发脾气。我是唯一在乎他死了的人。"泪水顺着她的脸颊往下流,她努力克制自己不要哭。"有时候，我甚至会生出一个疯狂的念头，那就是爸爸完全疯了，就像现在这样，是他杀了彼得。"

这才是最可怕的。她刚说完这句话就开始痉挛般地抽泣，而且浑身发抖。我脱下夹克，披在她肩上。我紧拥了她几分钟，任凭她哭泣。

我们身后的门打开了。露西站在那里，愁眉不展。"你父亲想知道你去哪儿了，而且，他不希望你闲站着，和那个侦探说三道四。"

我站了起来。"你干吗不把她领进去，给她裹一张毯子，弄点热的东西给她喝呢？她对眼下发生的一切非常沮丧，需要有人关心她。"

吉尔还在哆嗦，但是已经停止了啜泣。她泪眼蒙眬地朝我淡淡一笑，把夹克还给了我。"我没事。"她低声说。

我从钱包里找出一张名片递给了她。"有需要的时候，请给我打电话，吉尔。"我说，"不管白天还是黑夜。"露西催促她赶紧进去，然后关上了门。我确实使这个社区看起来温和了一些——好在他们无法透过树枝看见我。

我的肩膀和腿又开始疼了，我只好慢慢地朝着我的车走去。雪佛兰的前右挡泥板上有一道刮痕，那是因为去年冬天下大雪的时候，有个人开着车从侧面撞到了我的车。路边的阿尔法、福克斯和奔驰的车况都很好。我则和我的车很相像，然而，塞耶一家人更像是那辆表面光滑、线条流畅、毫无划痕的奔驰。我在哪儿听人说过这样一句话："在城市里生活的时间太长，也许会对汽车和人类有害。"真深奥，维克。

我想回芝加哥，给鲍比打个电话，调查一下那个被他们逮捕的吸毒者的真实情况，不过，在洛蒂的止痛药发挥药效的时间内我还需要做点别的事情。我开车回到伊登斯高速公路，又向南开到丹普斯特出口。这条路经过犹太人聚居的斯科基郊区。我在贝果工厂熟食店和百吉饼店前停下了车。我点了一大份三角牛肉配黑麦面包和一听弗莱斯卡，一边坐在车里吃，一边想着去哪儿弄一把枪。我知道怎么用枪——爸爸见过很多家庭发生开枪走火的事故。他认为，避免家里发生类似悲剧的方法就是让我和母亲学会用枪。我母亲一直抗拒，它们会令她回忆起不幸的战争年代，她总是说，她要用这些时间来祈求一个没有武器的世界。而我却总是在每个星期六的下午和爸爸一起去警察局的靶场练习射击。有一次，我能用一支点四五口径的警枪在两分钟内连续完成擦枪、上膛和射击的动作。不过，自从十年前父亲去世后，我就再也没去练过射击。他死了以后，我把他的枪作为纪念品送给了鲍比，从那个时候开始，我就没需要过枪。我杀过一个人，但那是个意外。当时我正在为一家公司调查库存损失，乔·科雷尔在一个仓库外面猛地向我扑过来。我挣脱他的手臂，打烂了他的下巴，他倒下去的时候，脑袋正好磕在铲车的边缘上。打碎他下巴的人是我，但他丧命，却是因为脑壳撞在了铲车上。

可是，司麦森底下有很多打手，如果他真的被惹恼了，他会雇更多的人。一支手枪根本保护不了我，不过我想，至少可以降低危险。

牛肉三明治很好吃。我已经很长时间没吃过这东西了，于是我决定这个下午暂时放下保持体重的计划，再要一个三明治。熟食店里有一个电话亭，我任凭手指在黄页上移动。黄页上显示的有关枪支经销商的信息共有四列。在林肯伍德郊区，离我现在的位置不太远的地方有一家。我打电话过去，描述了我想要的枪支类型，但是他们没有这种枪。花了一点二美元的电话费后，我决定在城市的最南边买一把自动连续射击、重量中等的史密斯威森手枪。伤口又开始剧烈地抽痛，我真不愿意再开上四十英里，到城市的另一端去。另一方面，这些伤口就是我需要手枪的原因。我付了牛肉三明治的钱，又就着第二听弗莱斯卡吞下了洛蒂给我的四片药。

开到南边只需要一个小时,但是我头晕得很,脑袋和身体好像分了家。我真不希望芝加哥警察命令我靠边停车。我慢慢地开,又吞下两片保泰松,然后尽一切努力将注意力高度集中。

我从通往南市郊的I-57出口出来时已经快五点了。到莱利的时候,他们已经准备关门了。我坚持要进去买东西。

"我知道我想要什么,"我说,"两个小时前我打过电话,我想要的是一支点三八的史密斯威森转轮手枪。"

店员疑惑地看着我,盯着我的熊猫眼。"你星期一再过来吧,如果到时候你还想要枪的话,我们可以讨论一下哪个型号更适合女士,但肯定不是点三八的史密斯威森。"

"不管你怎么想,我不是家庭暴力的受害者,也没打算买把枪回去杀死我丈夫。我是一个独居的单身女人,昨天晚上我被人攻击了,所以我决定买一把枪,而且那就是我想要的类型。"

"稍等一下。"那个店员说。他匆忙走到商店后面,和站在那里的两个男人低声商量。我走到货柜前,仔细观看摆放在那里的枪支弹药。这个新开的商店很干净,室内的陈设也很漂亮。他们在黄页上刊登的广告上把莱利说成是史密斯威森手枪专卖店,但实际上这儿有很多枪型,可以满足任何射击口味。有一面墙上挂满了来复枪。

那个店员和其中一个男人一起回来了,那是个笑容可掬的中年男子。"我是罗恩·贾弗里,"他说,"这儿的经理。可以为您做点儿什么吗?"

"两个小时前我打过电话,询问一款点三八的史密斯威森转轮手枪。我想要一把。"我重复道。

"您以前用过这种枪吗?"那个经理问。

"没有，我更习惯用点四五的柯尔特，"我回答道，"不过，史密斯威森更轻，也更符合我的需要。"

经理走到其中一个柜子前，打开了锁。那个店员走到门口，阻止其他想要在最后一分钟进店的顾客。

我从经理手中接过那把枪，在手中掂量着，然后摆出那个经典的警察开枪的姿势：转过身，锁定一个尽可能小的目标。枪的手感不错。"买之前我想试一试。"我告诉经理，"你们这儿有射击场吗？"

贾弗里从柜子里取出一盒子弹。"我不得不说您看起来好像会用枪。后面有个射击场——如果您决定不买这把枪，我们会收取子弹的费用；如果您买了，这盒子弹就算我们送给您的。"

"好的。"我说。我跟着他推开一道门来到后面，那里通向一个小射击场。

"星期日下午我们这里有免费授课，其余时间顾客可以带着自己的枪在这儿练习。需要我们帮您上子弹吗？"

"我也许可以。"我告诉他，"我可以在三十秒内上膛射击，但这是过去的事。"由于疲倦和疼痛，我的手开始有些颤抖，用了几分钟才将八发子弹装进去。经理把保险栓和扳机的位置指给我看。我点了点头，转向靶子，抬起枪，开了一枪。我把这个动作做得流畅自然，好像十天前还用过枪，实际上，我上次开枪已经是十年前的事了，只不过子弹离目标太远。我打光了全部的子弹，但是没有一发命中靶心，只有两枚子弹打在内环里。不过，枪确实不错，动作稳定，没有明显的变形。"我想试着再打一轮。"

我清空了弹膛，贾弗里又给了我几发子弹。他给了我两个瞄准器。"显然您知道自己在做什么，不过缺乏练习，而且养成了一些坏习惯。您的站姿不错，但是耸着肩，把肩膀放下来，只抬胳膊就行了。"

我再次上膛射击，尽量不端着肩膀。他的劝告确实有用，除了两发子弹，其余都射进了红圈，还有一个从靶心掠过。"好吧，"我说，"就买这个了。给我两盒子弹，再给我一套完整的清洁工具。"我想了一下，"还有一个挂肩枪套。"

我们回到商店里。"拉里！"贾弗里喊道。那个店员走了过来。"你帮这位女士把枪擦好后包起来，我给她开一个单子。"拉里拿起枪，我和贾弗里往收银机那边走。收银机后面装了一面镜子，我看着镜子中的自己。有那么几秒钟，我险些没认出自己来。现在我左边的脸已经完全变成了紫色，肿得很厉害，右眼则痛苦地圆睁着，活像保罗·克利①作品中的人物。我差点儿要扭过头去看看这个被打伤的女人究竟是谁，后来才意识到，我盯着的那个人就是自己。难怪拉里一开始不想让我进商店。

贾弗里把账单递给了我。"四百二十二美元。"他说，"其中三十美元是枪钱，十美元是第二盒子弹的钱，挂件和枪套是五十四美元，清洁套装是二十八美元。其余的是税钱。"我缓慢费力地开了一张支票。"我需要驾驶执照，两张主要的信用卡或者一张银行联合会认可的卡。"他说，"我还得要求您填一张表。"他看了一眼我的驾驶执照。"星期一您要去一下市政厅，把这把枪登记入册。我把一张注明所有主要购买商品的单子交给当地警察局，他们很可能会把你的名字上报给芝加哥警察局。"

我点了点头，默默地把身份证件放回皮夹。我从麦格劳那儿拿了一千块钱，买这支枪就花去了一半，而且我也不可能理直气壮地让他帮我报销这笔费用。拉里把枪装进一个漂亮的丝绒盒子。我看了看，

---

①保罗·克利（Paul Klee, 1879—1940），瑞士抽象派画家，在二十世纪现代艺术中占有极重要的地位。

让他们帮我把盒子装在一个袋子里。罗恩·贾弗里彬彬有礼地把我送上车，这个人真不错，他竟然对我糟糕的面容视而不见。"你住的地方离这儿很远，不过如果你想过来用一下射击场，就把收据也一起带来，在我们这里购物一次，可以免费练习六个月。"他为我打开车门。我谢过他后，他转身走回店里。

保泰松还在努力阻止疼痛将我击倒，但我真的精疲力竭了。我把最后的一点力气都用在买枪和打靶上了，不可能再开三十英里回家。我发动车，沿着那条街缓慢地前行，一路上寻找汽车旅馆。我找到了一家"最佳西方"①，这里有房间背靠小巷，远离我现在所处的繁华街道。服务人员好奇地打量着我的脸，但没有发表评论。我交了现金，领了钥匙。

房间不错而且安静，床很结实。我打开洛蒂给我的那瓶忘忧药，喝了一大口。我剥去身上的衣服，给手表上了发条，放在床头柜上。接着，我钻进被单，盘算着要不要给代客接听电话服务所打个电话，但是我断定，即便发生了什么，我这么累，也处理不了。我把空调冷气调到最高，以淹没街上的噪声，让我可以在这个足够凉快的房间里舒舒服服地蜷缩在毯子下面。我躺下来思考约翰·塞耶的事，想着想着就睡着了。

---

①最佳西方，全球最大的连锁酒店。

第八章 有些访客不敲门

我从熟睡中慢慢醒过来,静静地躺在那儿。起初还不清楚自己身在何处,接着,我又打了一个盹儿,不过,这次睡得很轻。再次醒来时,我已经恢复了精神和意识。厚重的窗帘遮挡了外界的所有光线,我拧开床头灯,看了一下表——七点半。我睡了将近十三个小时。

我坐起来,小心翼翼地动了动腿和脖子。我的肌肉在睡眠中再度僵硬起来,不过,没有前一天早上那么糟糕。我挣扎着从床上爬起来,带着一点轻微的刺痛,费力地走到窗前。我把窗帘拉开一条缝,看见早上明媚的阳光。

塞耶所讲的那件警察逮捕疑犯的事令我困惑不解,我想也许晨报上能登出一则消息。我套上裤子和衬衫,下楼来到大堂,要了一份周日出版的《明星先驱报》。回到楼上后,我又把衣服脱掉,一边泡热水澡,一边读那份报纸。"银行业继承人谋杀案之吸毒者被捕"这条新闻位于头版的右下角。

警方已在圣爱丽丝路四三〇二号逮捕了上星期一涉嫌杀害银行业继承人彼得·塞耶的唐纳德·麦肯齐。警察局局长助理蒂姆·苏利文表扬了侦办此案的警员,并指出他们已于星期六清晨逮捕了嫌犯。和彼得·塞耶住在同一幢公寓楼的一位住户指认,麦肯齐就是那个最近常在大楼附近出没的人。据信，麦肯齐吸食可卡因成瘾，七月十六日星期一，他以为塞耶的公寓没人，于是闯了进去。当他发现彼得·塞耶正在厨房吃早餐时，惊慌失措之中将其开枪打死。苏利文警官还说，那支发射致命子弹的勃朗宁自动手枪目前还没有找到，但警方有充足的理由相信可以将那件武器追回。

接着这则报道转向第六十三页。和这个案子有关的内容占据了整个版面。报上登出了塞耶一家的照片，照片里有吉尔，彼得的另一个姐妹，还有时髦的塞耶夫人。报纸上还登了一张彼得的单人照，这张照片是他在新特里尔高中上学时拍的，照片中的他穿着棒球服。还有一张安妮塔·麦格劳的生活照。一则相关的报道宣称"工会领导人的女儿依然踪迹难寻"。这则报道还指出："尽管警方已经逮捕了嫌疑人，但麦格劳小姐仍有可能返回芝加哥，并给家人打电话。与此同时，她的照片已经被传送至威斯康星、印第安纳和密歇根州立警察局。"

事情好像就是这样。我躺倒在水里，闭上眼睛。看来，警察一定是在四处寻找那支勃朗宁手枪，向麦肯齐的朋友打听情况，并搜查他经常出没的地方。但是我并不认为他们能找到那支枪。我努力回想厄尔雇来的打手拿的是什么枪。弗雷迪有一把柯尔特，不过托尼好像有一把勃朗宁。为什么塞耶这么愿意相信是麦肯齐杀了他的儿子呢？按照吉尔的说法，他一开始坚持认为是麦格劳干的。有件事一直困扰着我，但是我不能加以干涉。有证据表明这是麦肯齐所为吗？另一方面，我又有什么证据说这不是他干的呢？我僵硬的关节，那个公寓里的东西根本没被碰过的事实……但是，这一切又能说明什么呢？我想知道是不是鲍比抓的那个人。鲍比是不是也在那群敬业的警察中间，接受了警察局局长助理苏利文慷慨的溢美之词。我决定返回芝加哥，找他谈一谈。

脑子里盘算着这些事，我穿好衣服，离开了汽车旅馆。我意识到，自从昨天下午吃了那两份牛肉三明治后，我几乎粒米未进，于是我走进一个小咖啡馆，要了一份奶酪煎蛋卷、一杯果汁和一杯咖啡。最近我吃得太多，却没做任何运动。我偷偷地用手量了一下腰，好像一点都没细。

我就着咖啡又吃了几片洛蒂给我的药，等我到贝尔蒙特的肯尼迪时已经感觉好多了。星期天早上，路上的车不多，刚过十点我就到了霍尔斯特德。我家对面有一个停车场，那里停着一辆深色的车，车身上没有警用标志，但车顶上安了警用天线。我心存疑问地挑起眉头。山自己来找穆罕默德了？[①]

我穿过马路，走到那辆车前，往里面一看，麦克格尼格警官一个人坐在那儿，手里捧着一份报纸。他看见我后，放下报纸，下了车。他穿了一件薄薄的运动夹克，一条灰色的裤子，他的挂肩枪套在右腋窝下鼓出一个小包。他是左撇子，我想。"上午好，警官。"我说，"天气不错，是不是？"

"早上好，华沙斯基小姐。介意我跟你一起上去问几个问题吗？"

"我不知道。"我回答道，"这要看是什么问题了。鲍比派你来的？"

"对。我们要调查几件事，而且他觉得我最好过来看看你现在还好不好，你这个熊猫眼可够厉害的。"

[①] 出自《古兰经》的一个经典故事：伊斯兰教的先知穆罕默德，带着他的四十个门徒在山谷里讲经说道。他声称可以让大山走到他面前，但连呼三声后，大山依然屹立不动。于是他说："既然山不过来，那我过去好了。"

"是啊。"我认同他的说法。我帮他顶着大楼的门,等他进去后,我才松开手,跟着他走了进去。"你来多久了?"

"我昨天晚上来过,但是你没在家。我还打过几次电话。今天早上来的时候,我还以为得等到中午才知道你能不能出现。马洛里担心万一我汇报你失踪了,队长会发布寻找你的全境通告。"

"我明白了。我很高兴我决定回家。"

我们来到顶层。麦克格尼格停下脚步。"你离开家的时候总不关门吗?"

"从来没有过。"我走到他前面。门裂了一道缝,像喝醉了酒一样悬挂着。是有人用枪把门锁打坏了以后进去的——对付这种锁,只用蛮力是没有用的。麦克格尼格掏出枪,用力推开门,然后就地滚进了房间。我背靠着走廊的墙,也跟着进去了。

我的公寓里一片狼藉。有人在里面发了疯。沙发靠垫被划开了,照片扔在地上,书也掉在地上,书脊朝上打开着,书页都皱了。我们在公寓里走了一圈。我的衣服散落在卧室的地板上,抽屉被倒空了。面粉和食用糖被倒在厨房的地上,平底锅和盘子到处都是,有一些被粗鲁地摔碎了。餐厅里,红色的威尼斯玻璃杯被胡乱地扔在桌子上,其中有两个已经掉到地上。一个安全地被地毯托住,另一个撞到了木地板,碎了。我捡起七个完整的杯子,把它们放在碗柜的隔板上,接着坐下来捡其他杯子的碎片。我的手在颤抖,特别小的碎片根本捡不起来。

"别再碰其他的东西了,华沙斯基小姐。"麦克格尼格的声音很亲切,"我要给马洛里警官打个电话,然后叫一些指纹专家过来。很可能他们也发现不了什么,但咱们必须试一试。这时候,恐怕你要尽量让现场保持原样。"

我点了点头。"电话在沙发旁边——曾经是沙发。"我头也没抬地说。上帝，下一步会怎么样？到底是谁来过这里，为什么？这不可能是偶然的入室抢劫。为了寻找贵重的物品，一个内行可能会把这个地方拆开——但是他们会把沙发撕碎吗？把瓷器摔在地上？我母亲是用手提箱把那些玻璃杯从意大利运过来的，没打碎过一个。她和芝加哥南部的一个警察度过了十九年的婚姻生活，没打碎过一个。如果我像她所希望的那样成为一名歌手，绝对不会发生这种事。我叹了口气。手已经抖得不那么厉害了，于是我捡起那些小碎片，把它们放进桌子上的一个盘子里。

"拜托，什么都不要碰。"站在门口的麦克格尼格又说了一遍。

"真该死，麦克格尼格，你给我闭嘴！"我厉声道，"即使你真找到了一枚指纹，它不属于我，也不属于我的哪个朋友，你认为他们会检查所有的玻璃片吗？我猜你一定是在萨沃伊酒店就餐吧，谁进这里来都会戴手套的，不管怎么样，你什么都他妈的找不到。"我站了起来。"我想知道，这场龙卷风袭来的时候你在做什么？坐在大门口读你的报纸？你是不是认为那个噪声是从谁家的电视机里传出来的？你在这儿的时候，又有谁进出过这幢楼？"

他的脸红了。鲍比也会问他同样的问题。如果他不费点心思把这些问题搞明白，可就真的遇到麻烦了。

"我并不认为这是我在的时候发生的事，不过，我会问一下你楼下的邻居是不是听到了什么动静。我知道，回到家却发现家被毁了，确实令人心烦意乱，不过，华沙斯基小姐，拜托，如果我们希望找到这些家伙，就必须在这里采集指纹。"

"好吧，好吧。"我说。他出去找楼下的人调查情况了。我走进卧室。我的帆布箱子敞着口躺在地上，幸运的是，没有被割破。我不认为帆布上能留下指纹，于是把它收拾好，放在拆开的弹簧床垫上，接着，整理散落在地上的外衣和内衣。我把新买的枪连同盒子都拿进来了，然后坐在床边给洛蒂打电话。

"洛蒂，我现在不能跟你聊天，我的公寓被抢了。我能到你那儿住几个晚上吗？"

"当然可以，维克。你需要我来接你吗？"

"不用，我没事。我一会儿就过去。我先得跟警察谈一谈。"

打完电话后，我把手提箱拎到楼下的车上。麦克格尼格在二楼，那家的门半开着，他背朝着走廊说话。我把手提箱放在后备厢里，正要锁车门回楼上，这时，鲍比的警车尖叫着开到路边，他的身后还紧跟着两辆巡逻警车。他们把车并排停放，车灯闪烁，一群孩子聚在街的尽头，瞪大了眼睛看。警察喜欢当着老百姓演戏——除此之外，没有任何必要这样作秀。

"你好，鲍比。"我尽量让语气听起来很轻快。

"到底他妈的发生了什么事，维姬？"鲍比问道。他很生气，忘了作为一名警察的基本准则是不要在女人和孩子面前说脏字。

"不管发生了什么，反正不是好事：有人把我的家翻了个底朝天。他们还摔碎了加布里埃拉的一个杯子。"

鲍比想往楼上冲，正要把我硬挤到一边时，听了这句话，他停住了——新年的时候，他用那些杯子干掉了不少酒。"上帝，维姬，我很难过，可是不管怎么说，你他妈的为什么要那么多管闲事呢？"

"为什么你不让你手下的男孩们上楼，咱们俩坐在楼下聊一会儿？上边可没有地方坐，说实话，我都不忍心看。"

他琢磨了一会儿。"是啊，就坐在我车里聊吧，我还有几个问题等着要问你呢。芬奇利！"他大声喊。一个年轻的黑人警察走上前来。

"你带着全体人员上楼，采集一下那里的指纹，如果可以的话，再找一下还有什么线索。"他转向我，"有什么贵重物品不见了吗？"

我耸了耸肩。"谁知道对那个抢劫犯来说什么才是贵重的东西？有几件名贵的首饰，是我母亲的；我从来没戴过，太过时了——一个镶着白金丝的钻石挂坠和与之相配的一副耳环，还有几枚戒指。还有几副银制的刀叉什么的。我不知道，一个电唱盘。我什么也没找，只是随便看了看。"

"是啊，好吧。"鲍比说，"继续。"他挥了一下手，几个穿制服的警员向楼上走去。"还有，让麦克格尼格下来见我。"他冲着他们的背影喊了一声。

我们向鲍比的汽车走去，然后一起坐在汽车的前座上。他沉着那张红红的圆脸——他在生气，不过我觉得不是在生我的气。"星期四我告诉过你，不要再管塞耶这个案子了。"

"我听说昨天警方已经把凶手，唐纳德·麦肯齐，绳之以法了。那还有塞耶这个案子吗？"

鲍比假装没听见。"你的脸怎么了？"

"我撞到门上了。"

"别自作聪明了，维姬。你知道我为什么要派麦克格尼格过来跟你聊聊吗？"

"我交代。他爱上我了，想过来看看我，你给他找了一个借口？"

"今天上午我真的是拿你没办法！"鲍比扯着嗓门大吼，"一个孩子死了，你的家被毁了，你的脸惨不忍睹，所有这一切只让你想到怎么惹我发脾气吗？该死，直截了当地跟我说话，注意听我说的是什么。"

"好吧，好吧，"我心平气和地说，"我投降。你为什么要派他来见我呢？"

鲍比喘了几分钟粗气。之后他点了点头，好像是在确认自己已经恢复了自控力。"因为昨天晚上约翰·塞耶告诉我你挨打了，而且你不相信是麦肯齐杀了彼得。"

"塞耶。"我半信半疑地重复着这个名字，"昨天我跟他谈过，他把我从他家里轰出去了，因为我不接受他所谓麦肯齐是凶手的说法。现在他为什么又去把这件事告诉你？无论如何，你怎么跟他聊上了？"

鲍比苦笑了一下。"我们不得不去温尼卡问最后几个问题。既然去的是塞耶家，我就只能等他方便的时候去，而昨天正好是他方便的时间……他相信是麦肯齐干的，但是他想要确定的消息。现在跟我说说你的脸是怎么回事。"

"没什么可说的。看上去比实际情况更糟糕，你知道熊猫眼是怎么弄的。"

鲍比捶打着方向盘，难得他这么有耐心。"维姬，和塞耶聊过以后，我让麦克格尼格查阅了一下汇报材料，看看是不是有人上报了一些有关一个被打的女人的情况。我们发现一辆出租车曾经停在市政厅站，他提到在阿斯特搭载过一个女人，并把她送到了你这个住址。真是个巧合，你说呢？那个人很担心，因为你的样子非常糟糕，但是谁也无能为力，因为你没有填表报警。"

"你说得一点都没错。"我说。

鲍比绷紧嘴唇，但是没发脾气。"维姬，"他继续说，"麦克格尼格很纳闷，你浑身是血地在阿斯特干什么？那里并不常常发生拦路抢劫案。后来他记起来了，厄尔·司麦森在阿斯特有一套公寓，从州立大街那儿进去——人们管那儿叫林荫大道，从那儿开始就进入了托尼管辖的城区。所以现在我们想知道，厄尔为什么要打你。"

"这是你的故事。是你在说他打我,你给我一个理由吧。"

"他很可能对你像小丑一样的胡闹忍无可忍了。"鲍比说着,嗓门又抬高了。"给我两分钱,我就把你该死的另一只眼睛打青。"

"这就是你来的原因吗,想威胁我?"

"维姬,我想知道厄尔为什么要打你。我能想到的唯一原因就是他和小塞耶有关——有人告发他的时候,他就找人把小塞耶给杀了。"

"那么你不认为麦肯齐应该对此事负责了?"鲍比沉默了。"是你下的逮捕令吗?"

"不是。"鲍比态度生硬。我能看出来他不好受。"是卡尔森警官下的命令。"

"卡尔森?我不认识他。他为谁效力?"

"韦斯普奇队长。"鲍比惜字如金。

我挑起眉毛。"韦斯普奇?"我听起来像是在鹦鹉学舌。韦斯普奇曾经是我父亲的同事,一个他耻于说起的人。这些年来他和很多警方的丑闻有牵连,大多数丑闻与警察局收买犯罪团伙,或者对管辖区域内的犯罪活动置之不理有关。总是找不到足够的证据可以理直气壮地把他赶出警察队伍,据传闻,这也是因为他背后的关系很硬,总能让人们闭嘴。

"卡尔森和韦斯普奇的关系很近吗?"我问。

"对。"鲍比不说话了。

我想了一下。"有没有人,比如说厄尔,向韦斯普奇施加压力,强迫他下这个逮捕令?唐纳德·麦肯齐是不是又一个落入陷阱的笨蛋,他正好在他不该去的地方瞎溜达?他在那个公寓留下痕迹了吗?你能找到那把枪吗?他坦白交代了吗?"

"不,对于星期一的这个时间,他无法给出一个解释,而且我们非常确定他与在海德公园发生的一些入室行窃案有关。"

"但是你并不赞同他是凶手的说法?"

"就警察局而言,这个案子已经结了。今天早上我亲自和麦肯齐谈过。"

"然后呢?"

"然后就没什么了。我的队长说,逮捕他是合理合法的。"

"你们队长是不是欠韦斯普奇什么?"我问。

鲍比的上身剧烈地抖动了一下。"不要这样跟我说话,维姬。我们现在手头上有七十三起悬而未决的凶杀案。如果我们能每个星期结一个案子,队长有权利高兴。"

"好吧,鲍比。"我叹了口气,"对不起,卡尔森逮捕了麦肯齐,韦斯普奇告诉你你的队长让你放手,这个案子已经结了……不过,你还是想知道厄尔为什么要打我。"鲍比的脸又红了。"你不能脚踏两条船。如果麦肯齐是凶手,为什么司麦森要在乎我和彼得·塞耶呢?如果他打了我——我说的是如果——可能出于很多原因。他也许想调戏我,被我拒绝了。厄尔不喜欢拒绝他的女人,你知道,以前他打过两个这样的女人。第一次见到厄尔的时候,我还是一个新手,一个脑子里充满幻想的公诉律师。我当时出庭为一个被厄尔殴打的女士辩护——一个不想为他工作的年轻漂亮的妓女。对不起,我刚刚犯下了诽谤罪:她声称厄尔打了她,但是我们不能就此定他的罪。"

"那你就不能控告他了。"鲍比说,"现在说说你的公寓吧。我还没看到,听说已经不像样子了,麦克格尼格跟我简单描述过。有人想找什么东西。是什么东西呢?"

我摇了摇头。"这可难倒我了。我的客户从来没告诉过我什么可以让我中子弹的秘密,也没有人送给我哪怕是一管新出的牙膏。我根本不处理这类事情。如果真的有什么容易消失的证据，我会把它锁在办公室的保险箱里……"我的声音渐渐变弱。为什么我没早点儿想到这个呢？如果有人把我的家拆了，一定是为了找什么东西，那么他们现在很可能就在我的办公室里。

"把地址给我。"鲍比说。我把地址给了他，接着他打开车内的对讲机，命令一辆巡逻车去那里查看。"维姬，我希望你跟我说实话。这是非正式的谈话，不会载入记录——没有证人，没有录音带。告诉我你把什么东西从那个公寓里拿走了，搞得有些人，我们姑且说是司麦森吧，这么急切地想把它要回去。"他用一种友好、忧虑以及慈父般的眼神看着我。如果我告诉他，我拿走了照片和工资存根，我会失去什么呢？

"鲍比，"我诚恳地说，"我确实查看了那间公寓，但是我没看见任何与厄尔或者其他特别的人能沾上一点边儿的东西。不仅如此，那个地方看起来好像没被任何其他人搜查过。"

麦克格尼格警官来到车前。"你好长官，芬奇利说你找我。"

"对。"鲍比说，"你在这儿监视的时候看见有人出入过这幢楼吗？"

"只有这里的一个住户，长官。"

"你确定吗？"

"是的，长官。她住在二楼。我刚才还跟她谈过话，阿尔瓦雷斯夫人说，今天凌晨三点，她听到很大的噪音，但是她没在意——她说，华沙斯基小姐家里总是来一些奇怪的客人，她不会因为阿尔瓦雷斯夫人干涉这件事而感谢她的。"

谢谢你，阿尔瓦雷斯夫人，我心想。这个城市需要更多像你这样的邻居。真高兴当时我不在家。可是，不管是谁彻底搜查了我的家，他不顾一切想要找的东西究竟是什么呢？那张把彼得·塞耶和埃贾克斯保险公司联系在一起的工资存根？可那并不是什么秘密。还是那张安妮塔的照片？即便警方没有把她跟安德鲁·麦格劳联系在一起，那张照片也起不到这个作用啊。我把这两样东西都放在办公室的一个保险箱里了，那是一个防弹防火的小盒子，砌在墙里，藏在大保险箱的后面。自从两年前通康的董事长雇人从我的保险箱里找回他想要的证据，我就把有关当前案件的资料都存放在那里。但是我并不认为仅此而已。

关于入户抢劫，我和鲍比又聊了半个小时，偶尔也谈到我的伤势。最后，我说："现在你也跟我说说吧，鲍比。你为什么不相信是麦肯齐干的？"

鲍比的目光穿透汽车的挡风玻璃。"我并没有怀疑。我相信是他干的。如果我们能找到一把枪或者一个指纹，我会更开心，不过我相信事实就是如此。"我什么也没说，鲍比依旧茫然地看着前方。"我只是希望是我找到的他。"他终于说话了，"星期五下午，我们的队长接到苏利文的电话，他说他认为我太劳累了，所以他让韦斯普奇分配给卡尔森一个任务，就是让他来帮我。接到睡会儿觉的命令后我就回家了。不是对这个案子撒手不管。只是去睡觉。第二天早上，他们就实施了逮捕。"他转过身来看我。"你就当没听说过这件事。"

我点头表示同意，鲍比又问了几个有关丢失的证据的问题，但是他心不在焉。最后他还是放弃了。"你不想说就算了。只是你要记住，维姬，厄尔·司麦森很难搞定。你也知道法庭制服不了他。不要跟他硬碰硬，你和他根本不是一个重量级的。"

我郑重地点了点头。"谢谢你，鲍比。我会记住的。"我打开车门。

"对了，"鲍比漫不经心地说，"昨天晚上我们接到榛峰的一家莱利枪店打来的电话,说一个叫维·艾·华沙斯基的人在他们那儿买了一把小手枪,他很担心,她看起来很疯狂。你知道那不会是你认识的什么人吧,维姬?"

我走下车,关上门,从打开的车窗向内看。"我是我们家唯一叫那个名字的人,鲍比——不过,这个城市里还有其他的华沙斯基。"

只有这次鲍比没发脾气。他非常严肃地望着我,"如果你认定了什么事,没有人能阻挡得了你,维姬。如果你打算用那把枪,明天一大早就赶紧去市政厅把它注册了。现在你去告诉麦克格尼格,在你的家修好之前你要去哪儿住。"

我把住址交给麦克格尼格的时候,鲍比的对讲机里传来一声尖叫,是跟我的办公室有关的事情:那个地方也被洗劫了。我不知道我买的业务中断保险是否能赔偿这部分损失。"记住,维姬,你在跟一个老手硬碰硬。"鲍比警告我,"上车,麦克格尼格。"他们把车开走了。

第九章 索赔归档

我到洛蒂家的时候是下午。路上我停下来给代客接听电话服务所打了一个电话——一位麦格劳先生和一位德弗罗先生来过电话,而且留下了电话号码。我把号码记在随身携带的电话本上,但是我决定到了洛蒂家再给他们打电话。她用摇头来表示对我的担忧。"打你还不够让他们开心的,他们又把你的公寓给砸了。你是在和一群疯子打交道啊,维克。"没有谴责,没有惊恐——这是我喜欢洛蒂的原因之一。

她用检目镜仔细检查了我的脸和眼睛。"恢复得不错。已经消肿了。头还疼吗?有一点?完全正常。你吃饭了吗?饿肚子会让病情恶化的。来,来一点美味的煮小鸡,东欧人喜欢在星期日的晚上吃这个。"她已经吃过饭了,我把那只小鸡吃完的时候,她又喝了咖啡。真奇怪我怎么会这么饿呢。

"我能在你这儿待多久?"我问。

"这个月我没有客人要来。你最晚可以住到八月十号。"

"不会超过一个星期的,很可能更短。不过,我想让代客接听电话服务所把家里的电话转到这边来。"

洛蒂耸了耸肩。"既然如此,我就不掐断客床旁边的电话了,我的电话总是一天到晚响个不停——女人要生孩子啦,男孩被枪击啦,他们可不会遵循朝九晚五的日程安排。所以,你可能会接到我的电话,如果有找你的电话，我会告诉你的。"她站起身来。"现在我必须走了。作为医生，我建议你待在家里，喝点什么，放松一下，你的身体状况不佳，而且受到了很大的惊吓。不过，即使你选择漠视我的专业劝告，也不会有人控告我玩忽职守的。"她咯咯地笑着，"我把钥匙放在洗手盆旁边的篮子里了。卧室的电话旁边有一部留言机，如果你打算用出门就把它打开。"她吻了一下我脸边的空气后离开了。

我不安地在洛蒂的公寓里溜达了几分钟。我知道我应该去一趟办公室，估算一下损失；还应该给那个我认识的男人打个电话，他开了一家清洁服务公司，让他过来把我的公寓恢复原貌；我应该给代客接听电话服务所打个电话，让他们把我的电话转到洛蒂这边来；此外，我还要去一趟彼得·塞耶的家，看看那儿是不是有那个把我的公寓砸碎，就因为坚信一定有什么东西在我手上的人。

洛蒂说得很对，我的状态并不好。公寓被毁确实令我心惊胆战，愤怒令我身心疲惫。那是一种受到伤害却无法还击的愤怒。我打开手提箱，取出装着手枪的盒子。我打开盒子，从里面抽出那把史密斯威森手枪。装子弹的时候，我幻想着给司麦森或者什么人一些暗示，把他们拉回我的公寓，我则端着枪站在门口突突突地向他们扫射。这个幻想非常逼真，我把这个画面在脑子里从头到尾播放了好几遍。这么做确实有发泄作用，那么多的愤怒就这样渐渐耗尽了，我感觉现在可以给代客接听电话服务所打电话了。他们记下了洛蒂的电话号码，并同意把我的电话转接过来。

我终于坐下来给麦格劳打电话了。"下午好，麦格劳先生。"他接起电话时，我是这么说的，"我听说你一直设法和我取得联系。"

"是的，关于我女儿的事。"他听起来有点局促不安。

"我没忘记她，麦格劳先生。事实上，我有一条线索，不是直接关系到她的,而是与一些也许能知道她去向的人有关。"

"你跟他们——这些人进展到哪一步了?"他突然问。

"依据时间,尽我所能。我不会只是为了堆高费用账单而拖延办案时间的。"

"是啊,没人指责你这个。我只是不希望你再查下去了。"

"什么?"我简直不敢相信,"这一系列的事件都是因你而起的,现在你又不想让我找安妮塔了?她是不是出现了?"

"没有,她没出现。但是,我想她离开公寓的时候我的火发得有点大。我以为她可能会被不明所以地牵扯到小塞耶的凶杀案里去。现在警察已经逮捕了那个瘾君子,我看两者之间并没有什么关联。"

我的怒气又回来了。"你这么认为?也许是神的启示?公寓里没有被抢劫的迹象,也没有迹象表明麦肯齐去过那里。我不相信是他干的。"

"听着,华沙斯基,你以为你是谁,可以质疑警察?到现在为止,那个该死的朋克已经被关进去两天了。如果他没干那件事,现在早就该被放出来了。你又他妈的上哪儿去说'我不相信'?"他粗野地模仿着我说话的样子。

"上次我跟你谈过话之后,麦格劳,我被打了一顿。为了不让我掺和这个案子,厄尔·司麦森把我的公寓和办公室几乎都给毁了。如果麦肯齐是凶手,司麦森为什么会这么在乎?"

"厄尔做了什么跟我毫不相干。"麦格劳回答道,"我告诉你不要再找我的女儿了。我既然可以雇用你就可以解雇你。把你的费用清单寄过来吧,也可以把公寓的损失算进去——如果你想这么做的话。不过,请你住手吧。"

"变化真是大啊。星期五你还担心你女儿,担心得要死。那之后发生了什么事?"

"这个案子你别管了,华沙斯基。"麦格劳怒吼道,"我说过我会付给你钱,不要再为这个争吵了。"

"很好,"我压住怒火,"我被解雇了。我会给你寄一份账单。但是有一件事你错了,麦格劳,你可以把我和厄尔区别开来,你可以解雇我,但是你无法除掉我。"

我挂断了电话。漂亮,维克! 漂亮的辞令。也许司麦森相信他能胁迫我放弃。所以为什么要那么女里女气地在电话里高喊叫板呢? 我应该在黑板上写一百遍——"三思而后行"。

至少麦格劳已经承认他认识厄尔,或者至少知道他是谁。然而,既然磨刀人认识芝加哥城里大部分的暴徒,这就变成了一个猜想,而不完全是瞎猜。但是,他认识厄尔这个事实并不意味着他会怂恿他砸了我的公寓,或者杀死彼得·塞耶。不过,这一定是我所掌握的线索中最好的一条。

我给拉尔夫打了一个电话。他不在家。我又踱了一会儿步,认为行动的时机已到。我不想再进一步思考这个案子了,也不再担心托尼发出的冷枪。我脱下绿色的便裤,换上了牛仔裤和跑步鞋。我找出我收集的万能钥匙,放在一个口袋里,又把车钥匙、驾驶执照、私人侦探许可证和五十美元放在另外一个口袋里。我把挂肩枪套固定在一件宽松的男士衬衫上,然后练习拔枪,直到把这个动作做得迅速且自然。

离开洛蒂家前,我在浴室的镜子前审视自己的脸。她是对的,我的气色确实好多了。左半张脸还是有一点颜色,事实上,黄黄绿绿的地方好像更多了,但是,肿消了不少。左眼是完全睁开的,没有发炎,尽管紫色的面积更大了。我的心情好了一点。我打开洛蒂的留言机,然后套了一件牛仔夹克向门外走,并小心地把门从身后锁上。

芝加哥小熊队和圣路易斯队连赛两场,埃迪森路上人头攒动,到处都是看完第一场比赛的人和赶来看第二场比赛的人。我打开WGN电台，正好听见迪黑苏斯第一局局末的时候把球猛击到游击手的位置。一开始他很容易就被切击了，但是至少他没造成双杀。

一旦瑞格利球场附近的交通顺畅了，开车只要二十分钟就能到市中心。那天是星期天，我可以把车停在办公楼外面的街道上。警察已经离开了那个地方，可是我刚走进大楼，一个巡警就朝我走了过来。

"您有什么事吗，小姐？"他的语气很严厉，但并没有令人不快。

"我是维·艾·华沙斯基。"我告诉他，"我在这儿办公，今天有人闯进了我的办公室，我来检查一下损毁的情况。"

"请出示一下您的证件。"

我掏出驾驶执照和附有照片的私人侦探证。他检查了一下，点了点头，又把它们还给我。"好的，您可以上去了。马洛里警官告诉我要警惕一点，只能允许租户进入这幢大楼。他还跟我说，您很可能会过来一趟。"

我对他表示感谢后走进了大楼。电梯终于能用了，于是我选择乘电梯而不是爬楼梯，等我的状态不那么糟糕的时候，我再考虑保持身材健美吧。办公室的门关着，但是门上边的玻璃碎了。我进去以后才发现，这里的损坏程度并没有家里那么厉害。当然，所有的档案文件都被扔了一地，不过办公家具完好无损。没有一个保险箱是牢不可破的：有人打开过大保险箱后面的那个小保险箱。不过肯定至少花了五个小时。怪不得他们火冒三丈地冲进我的公寓，费尽力气却一无所获。幸亏那时候我家里没有放钱或者其他敏感的文件。

我决定把那些文件留在原处：明天我要找一个"凯利女孩"[①]来

[①]凯利是一家提供临时工作人员的劳务公司。

把所有的文件重新登记入册。不过,我最好再找一家木板公司把门修一下,否则这个地方会被小偷洗劫一空。我已经损失了加布里埃拉的一个杯子,我可不希望再失去"好利获得"牌打字机。一个二十四小时服务公司已经答应派人过来,于是我下了楼。当我把我所做的事对那个巡警讲述一遍后,他好像不是很高兴,但是最终他还是答应跟马洛里商量一下。我留下他打电话,自己继续朝南边去了。

天气依旧晴朗凉爽,我心情愉快地把车向南开去。与天际相接的湖面上点缀着几条帆船。湖岸上有几个来游泳的人。比赛已经进行到了第三局的尾声,金曼三击出局,打了圣路易斯队一个二比〇。芝加哥小熊队的日子也不好过,实际上,很可能比我的情况更糟。

彼得·塞耶过去住的公寓楼后面有一个购物中心,我把车停在那里的停车场,然后重新走入那幢楼。鸡骨头已经不见了,但尿骚味还在。没人出来质疑我进入这幢房子的权利,我也就毫不费力地找到一把钥匙打开了三楼公寓的门。

我对混乱不堪的景象应该已经做好了心理准备,但是真的看到了还是吓了一跳。我上次来的时候,这只是一个典型的杂乱无序的学生公寓。现在,将我的公寓捣毁的那个人或者那些人却在这里故伎重演。我摇了摇头,让自己清醒过来。当然。他们丢了什么东西,而且他们是最先到过这里的人。他们在这里没找到那个东西才去我家。我一边低声吟唱着《西蒙·波卡涅拉》[①],从第一小节唱到第三幕,一边琢磨着到底该怎么办。我想知道到底丢的是什么东西,很可能是一张纸。也许是欺诈行为的证据,或者一张照片,但我不认为是一件实物。

它不太可能还在这间公寓里。小塞耶可能已经把它交给安妮塔了。

---

① 《西蒙·波卡涅拉》(*Simon Boccanegra*),威尔第的著名歌剧。

如果这个东西真在安妮塔手里，她的处境应该比现在还要危险。我挠了挠头。看上去，司麦森手底下的人已经考虑了所有的可能性——扯破的沙发靠垫，以及丢了一地的报刊和书籍。我相信他们已经逐一查看了所有的东西。只要我没找出任何东西，我就会继续把这个活儿干下去。这个学生公寓里有几百本书，想要仔细检查每一本书需要耗费很长时间。依旧完好无损的只有电器和地板。我有条不紊地检查了所有房间里松动的地板和瓷砖。我用一把从厨房的洗手盆下面找到的锤子把松动的地板或瓷砖撬起来。不过，除了一些白蚁破坏的旧痕迹，我没有发现更有趣的东西。接下来，我把浴室里的固定设备逐个检查了一遍。我摘下浴帘杆，往里面看，还有马桶和洗手盆的管子。这是个不小的工程，我不得不到车上取工具，又强行进入地下室关掉水阀。我花了一个多小时的时间才把生锈的接头拧松，把管子打开。除了水，什么也没有，这没什么好奇怪的，如果有人对它们感兴趣，可能会更容易打开。

回到厨房时，已经六点半了，太阳已经开始西沉。彼得·塞耶曾经坐过的那把椅子背对着炉灶。当然，那个找不到的东西可能不是被故意藏起来的，而是不小心掉在了什么地方。一张纸可能在不经意间飘到炉灶下面去。我趴在地上，用手电筒往里面照。什么也看不见，而且那个空隙非常小。我到底想彻底搜查到什么程度？肌肉开始酸痛，我却把保泰松忘在洛蒂家了。不过，我还是走进了客厅，从砖木混合的书柜上取下几块砖。我用从汽车后备厢里拿来的千斤顶做杠杆，用砖石做楔子，慢慢地把炉子撬离地面。这是一个不可能完成的任务，千斤顶会抓住并举起东西，我把一块砖刚踢到一边，它就会再次滑下去。最后，我把桌子拉到一边，把千斤顶楔在底下，才将一块砖垫在了右边。这样，左边就更容易抬起来。我检查了一下煤气管道，以确定它没有破损,然后小心翼翼地用另一块砖将炉灶垫起来。然后,我又趴在地上往上看。它在那儿,一张沾了油渍的纸贴在炉子底下。我慢慢地把它揭下来,小心地不把它撕破,然后拿到窗前仔细看。

这是一张八英寸见方的副本。左上角是埃贾克斯保险公司的标志。中间部分这样写道:"此系草案:不可流通。"这是开给约瑟夫·吉尔茨沃斯基的,他的地址是:伊利诺伊州马特森南英格尔赛德一三二二七。他可以拿着这张单子去银行核实一下,这个时候埃贾克斯保险公司就会给银行支付二百五十美元的劳工赔偿金。这个名字对我来说毫无意义,这笔交易听起来也简单至极。那么这张单子为什么会那么重要呢?拉尔夫可能会知道,但我不想在这儿给他打电话——最好先把炉子放下来,趁早溜之大吉。

我又用桌子当楔子,把炉灶支了起来,接着把砖块拉了出来。炉子落地时发出"砰"的一声响——我希望楼下的邻居不在家,或者过于在意自己的安危而不去骚扰警察。我把工具收拾起来,把理赔单折起来揣进衬衫的口袋后离开了。二楼公寓的门开了一道缝,从那儿经过时,我说:"水管工,今天晚上三楼停水。"门关上了,我迅速离开了那幢楼。

等我回到车上时,比赛早就结束了,我必须听八点的新闻才能知道最后的比分。芝加哥小熊队在第八局渡过了难关。好样的老杰里·马丁挥出了一支二垒安打。安迪沃洛斯做出一垒打,了不起的戴夫·金曼用本赛季第三十二个本垒打把他们三个人统统赶回了家。所有这一切只有两次出局。我知道小熊队今天晚上心情如何,于是我在回家的路上唱了一小段《费加罗的婚礼》,借以抒发感情。

第十章 美丽的人

我走进客厅时,洛蒂挑起浓密的眉毛。"哎,"她说,"看你走路的样子,一定是成功了。你的办公室还好吗?"

"不好,但是我找到了他们要找的东西。"我掏出那张草案给洛蒂看。"能说明什么问题吗?"

她戴上眼镜,噘着嘴专心地看。"有时候我也能见着这种东西,你明白吗,就是我帮了那些因公意外受伤的人,他们给我报酬的时候。这看起来完全合乎程序,据我所知,当然,我不看内容,只是扫上一眼,就把它们交给银行了。吉尔茨沃斯基这个名字对我来说没有任何意义,他应该是个波兰人,你说呢?"

我耸了耸肩。"我不知道。对我来说也没什么意义。我最好复印一份保存起来。你吃饭了吗?"

"亲爱的,我一直在等你。"她回答。

"那我带你出去吃吧。我现在需要这个,我费了不少力气才找到这个东西,我指的是身体上的,尽管智力也帮了不少忙,可不像大学那会儿,还给你上逻辑课。"

洛蒂同意我的说法。我洗了一个澡,换上一条体面的裤子,一件时尚考究的衬衫,外加一件宽松的夹克,一套衣服就算配齐了,挂肩枪套服服帖帖地待在左臂下。我把理赔单塞进夹克的口袋里。

我回到客厅里时，洛蒂把我仔细检查了一遍。"你藏得很好啊，维克。"我被她搞糊涂了，她却大笑起来。"亲爱的，你把那个空盒子丢到厨房的垃圾里了，我知道我没往这个家里拿过史密斯威森手枪。我们可以走了吗？"

我笑了笑，什么也没说。洛蒂把车开到贝尔蒙特和谢里登，我们在切斯特顿酒店的酒窖里高高兴兴地吃了一顿简单的晚餐。一家奥地利葡萄酒商店扩大营业面积后兼并了一家小餐馆。洛蒂对这里的咖啡赞不绝口，还吃了两块油腻的维也纳糕点。

回到家后，我坚持要检查一下前后门，但是没有人来过。进门后，我给拉里·安德森，我那个开保洁公司的朋友打了个电话，给他布置了一项任务，就是把我的公寓恢复正常。明天不行，他接了一个大活儿，不过星期二他会亲自带着他最好的员工去我那儿的。不用客气，他会很高兴的。我找到了拉尔夫，并答应他第二天晚上和他在亚哈见面吃饭。"你的脸怎么样了？"他问。

"好多了，谢谢。明天晚上再见你的时候，我看起来会比较像样。"

十一点钟，我睡眼蒙眬地和洛蒂道了一声晚安就倒在了床上。我立刻就睡着了，沿着一个黑洞落入了一种毫无知觉的状态。再后来，我开始做梦。红色的威尼斯玻璃杯在母亲的餐桌上排成行。"你必须唱到高音C，维姬，继续。"我母亲说。我努力保持着那个音高。在我惊悸的目光下，那排杯子融化成一潭红色的池水。那是我母亲的血。我费了很大劲儿才从梦中醒过来。这时，电话铃在响。

等我在这张陌生的床上找到方向后，洛蒂已经在卧室里接起了电话。我拿起听筒，听到她清脆悦耳的声音。"对，我就是赫切尔医生。"我放下电话，眯着眼睛看了一眼放在床头的那只闪着亮光的闹钟：五点十三分。可怜的洛蒂，我想，她过的是什么日子啊。接着，我又翻身睡了过去。

几个小时后，电话铃声再次将我拽回生活中来。我隐约记得刚才有一通电话，不知道洛蒂回来了没有，于是，我把手伸向电话机。"喂？"我说，我听到洛蒂在另一个分机上。我刚想把电话挂掉，这时那个人用很小的声音颤颤巍巍地说："华沙斯基小姐在吗？"

"在，我就是。我能为你做点什么？"我听见洛蒂那边"咔嗒"一声把电话挂了。

"我是吉尔·塞耶。"那个小声音颤抖着，努力平静地说，"你来一下我家，行吗？"

"你是说马上？"我问。

"是。"她低声说。

"当然了，亲爱的。我马上就过去。你现在能告诉我你有什么麻烦吗？"我把听筒夹在耳朵和右肩膀之间，开始往身上套衣服。现在是早上七点半，阳光透过洛蒂家的粗麻布窗帘照了进来，我可以借着这个亮光穿衣服，不需要手忙脚乱地找电灯开关。

"是这样，我现在不能跟你说。我母亲在找我。反正你过来吧，求你了。"

"好的，吉尔。守住堡垒。我四十分钟后就到你那儿。"我挂断电话，急忙穿上昨天晚上穿过的衣服，同时也没忘了左肩下的手枪。走之前，我先去了一趟厨房，洛蒂正在吃烤面包，当然少不了维也纳浓咖啡。

"这么说，"她说，"这是今天的第二起突发事件了？一个蠢孩子做了一个失败的流产手术后大出血，因为她一开始不敢来找我。"她皱了皱眉，"当然，不能让她母亲知道这件事。你那边是怎么回事？"

"我要去一趟温尼卡。也是一个孩子的事，不过她不愚蠢，还挺招人喜欢的。"一份《太阳时报》铺在洛蒂面前。"塞耶家有什么新闻吗？听起来她好像是受到了很大的惊吓。"

洛蒂给我倒了一杯咖啡，我不怕烫地吞下几大口，一边还用眼睛瞄着那张报纸，什么也没发现。我耸了耸肩，从洛蒂那儿拿了一片抹了黄油的烤面包，走之前吻了一下她的脸。

本能的谨慎促使我在出大门之前仔细地检查了一遍楼道和步行通道。上车之前，我甚至检查了车的后座和引擎，以免发生什么不幸。司麦森真的把我吓坏了。

赶上星期一的早高峰，肯尼迪路上塞满了车，在乡下度完假的人们非要拖到最后一刻才晃晃悠悠地往家走。然而，一等我上了出城的伊登斯高速公路，基本这条路就属于我自己了。我把我的名片给吉尔·塞耶，主要是想让她觉得有人在关心她，并没指望她向我发出紧急求救信号。我有一半的脑子在寻找超速监视区，另一半在琢磨她为什么要呼救。作为一个生活在郊区而且从来没见过死人的孩子，她可能把任何事都跟死亡联系在一起，并为此心烦意乱，不过，她留给我的基本印象是她是个头脑清醒的孩子。我想也许是她父亲的情绪彻底失控了。

我七点四十二分离开洛蒂家，八点零三分时开上柳树路，对于十五英里的车程而言，这个速度还算挺快的，况且有三英里是在交通阻塞的埃迪森路上。八点零九分，我把车停在塞耶家门前。终于到达目的地了。不管发生了什么，这都将令我激动不已。一辆温尼卡的警车堵住了入口，警灯闪烁，我向院子里张望，那里挤满了警察，车也比以前多了。我把雪佛兰向后倒了一点，停在石子路边。我熄了火下车后才看到那辆星期六停在院子里的表面光滑、线条流畅的黑色奔驰。只是，它没停在院子里，而是以一个奇怪的角度倾斜在路旁，而且它也不再光滑流畅了。前轮的车胎瘪了，前挡风玻璃是一堆从放射状的圆圈上掉下来的玻璃碎片。我猜是子弹，而且是很多子弹才造成了现在的惨状。

在我住的那个区域，如果遇到这种事，肯定有一大帮吵吵嚷嚷的人张大嘴巴看热闹。然而，这里是北岸，一群人聚了过来，不过跟霍尔斯特德和贝尔蒙特相比，这种事情吸引过来的人少了许多，也更安静。一个瘦瘦的、留着小胡子的年轻警察正拦着围观群众，不许他们靠近。

"天啊，他们真的动了塞耶先生的车。"我慢慢走过去跟那个年轻人说。

灾难来临时，警察喜欢对外封锁消息。他们从来不会告诉你发生了什么事，他们从不回答最重要的问题。温尼卡的警察也不例外。"你想干什么？"那个年轻人满腹狐疑地说。

我刚要对他坦率地说明真相，可是我突然想起来，如果这么做我绝不可能在车道上越过这道人墙。"我叫维·艾·华沙斯基。"我说着，向他露出一个微笑，我希望这个微笑给他一种圣洁的感觉。"我曾经是吉尔·塞耶小姐的家庭教师。今天早上发生了这种事，她就打电话给我，让我过来陪陪她。"

年轻的警察皱了皱眉。"你有证明身份的证件吗？"他问。

"当然，"我很正经地说。我不敢肯定驾照是否能证实我的故事，不过我还是很有礼貌地把它掏出来交到他的手上。

他看了好一会儿，想把那个号码记下来。"好吧。"他说，"你可以跟中尉说一声。"

为了把我送到门口，他需要离岗一段时间。"警官！"他喊道。站在门口的一个男人抬起头来。"这是塞耶小姐的家庭教师。"他把一只手圈在嘴边喊。

"谢谢您,警官。"我在模仿琼·布罗迪小姐①的做派。我沿着车道走到门口,把我的故事又跟那个中尉复述了一遍。

这次轮到他皱眉头了。"我们没听说过要来一个家庭教师。恐怕现在谁也不能进去。你不是报社的吧?"

"当然不是!"我厉声道,"听着,中尉,"我露出一抹淡淡的微笑,表明我们之间的僵局是可以和解的,"要不你让塞耶小姐到门口来。她可以告诉你她是不是想见我。如果她不想,我可以走开。但是,既然她要找我,如果你们不放我进去,她可能会生气。"

激怒塞耶家的人,哪怕是像吉尔这么年轻的姑娘,好像都会令这个中尉担心。我担心他们会把露西叫过来,不过相反他们派了一个人去找塞耶小姐。

过了几分钟,还没有人出现,我开始琢磨露西是不是看见我了,然后告诉警察根本就没有家庭教师这回事。但是最终出来的还是吉尔。她鹅蛋形的脸上露出痛苦和焦虑,棕色的头发也没梳。看见我时,她的脸色亮了一点。"哦,是你!"她说,"他们告诉我我的家庭教师来了,我还以为是老威尔肯斯夫人。"

"她不是你的家庭教师吗?"巡警问。

吉尔带着痛苦的表情看着我。我走进门。"你就告诉这个人是你把我叫来的。"

"哦,对,对,是我叫她来的。一个小时前我给华沙斯基小姐打了电话,恳求她快点过来。"

那个巡警半信半疑地看着我,但是我已经进了门,而且是一个有

---

①琼·布罗迪小姐,英国女作家穆丽尔·斯巴克在小说《琼·布罗迪小姐的青春》中描写了二战期间爱丁堡女子学校的年轻女老师琼·布罗迪小姐试图打破沉闷社会桎梏的经历。

钱有势的塞耶家的人叫我来的。他妥协了，不过他要求我把名字一个字母一个字母辛辛苦苦地写在他的笔记本上。我在拼写名字的时候，吉尔使劲拽着我的一只胳膊，等终于拼写完了，不容他多问问题，我就在吉尔的身上轻轻地拍了一下，然后催促她朝大厅的方向走。她把我带进绿雕塑旁边的一间小屋，关上门。

"你刚才说你过去是我的家庭教师？"她还想把这件事搞明白。

"我担心万一跟他们说实话，他们不让我进来。"我解释道，"警察不喜欢看到私人侦探出现在他们的地盘上。现在就告诉我吧，到底发生了什么事。"

沮丧的表情再次出现。她皱眉蹙额。"你看见外边那辆车了吗？"我点点头。"我父亲，那是他的车，他们开枪打死了他。"

"你亲眼看见他们那么干的？"我问。

她摇了摇头，用手揩了一下鼻子和额头。突然，眼泪顺着她的脸颊流了下来。"我听见了。"她痛哭起来。

这个小房间里有一张靠背长椅和一张桌子，桌子上放着几本杂志。窗户的两边各摆着一把分量不轻的扶手椅，从那扇窗户望出去是南边的草坪。我把椅子搬到桌前，让吉尔坐在其中的一把椅子上。我则坐在她对面的那张椅子上。"我很遗憾你经历这些事，但是，你必须告诉我到底发生了什么。不过，别着急，想哭就哭吧。"

吉尔一边低声啜泣，一边道出了原委。"我爸爸七点到七点半之间出门上班，"她说，"有时候他会早一点儿出门，如果有什么特殊的事情，银行里发生什么特殊的事的时候。一般他出门的时候，我都在睡觉。露西过去给他做早餐，然后我起床，她再给我做早餐。母亲在她自己的房间里吃烤面包，喝咖啡。她总是要节食。"

我对着她点点头，意思不只是告诉她我明白了这些细节，而且我想问她为什么要把这些情况告诉我。"可是今天你没睡觉。"

"没有。"她认同我的说法。"关于彼得的那些事——你知道吗,昨天我们为他举行了葬礼。我确实受到了惊吓,所以,我不可能,不可能睡得很好。"她想停止哭泣,努力控制着自己的声音。"我听见爸爸起床的声音,但是我没下楼和他一起吃饭。这段时间他很奇怪,你知道,我不想听他讲任何有关彼得的坏话。"突然,她抽泣起来。"我不想跟他一起吃饭,可是现在他死了,我再也没有这个机会了。"这些话从啜泣的间隙猛烈地迸发出来。她一直重复着这些话。

我抓住她的手。"是,我知道,这让你很难接受,吉尔。但是,他不是因为你不和他一起吃饭才死的,你要知道这一点。"我轻拍着她的手,沉默了片刻。"告诉我到底发生了什么,亲爱的,这样我们才能试着找出答案。"

她努力振作精神,然后她说:"没有太多东西可说了。我的卧室就在这上边,我能从我的房间看见房子的侧面。我恍惚地走到窗前看着他,看着他开车上路。"她停下来,咽了一口唾沫,但是她能控制自己。"我看不见路,因为路都被前边的灌木丛挡住了,反正,从我的房间不能一眼看到底。但是根据声音,我断定他下去了,而且已经开到了谢里登路上。"我点点头,鼓励她继续说下去,我的手仍旧紧握着她的手。"后来,我回到床上,我想我可以穿上衣服,这时我听见了枪声。只是我不知道,不知道是怎么回事。"她小心地擦掉刚流出来的两滴泪。"那个声音太恐怖了。我听见玻璃破碎的声音,然后是一声短促的尖叫,你知道,就是汽车急转弯时发出的那种声音,我以为,也许是爸爸出了车祸。你知道,他表现得很疯狂,也许他开着车在谢里登路上猛冲,撞倒了什么人。

"所以,我连睡衣都没脱就冲下楼去,露西从房子后面跑出来。她嘴里喊着什么，大概是想让我回楼上穿件衣服，我不管不顾地跑了出去，跑到车道上，找到了那辆车。"她的脸扭曲着，闭上眼睛，努力不让眼泪流出来。"太可怕了。爸爸，爸爸在流血，他趴在方向盘上。"她摇着头，"我还是认为他出了车祸，但是，我看不见其他的车。我想也许他们把车开走了，你知道，就是那种任凭轮胎呼啸着跑掉的肇事者。可是露西好像猜到了有人开枪。无论如何，她都不让我靠近那辆车。我没穿鞋，光着脚。那个时候已经有很多人下车看。她——露西，让其中一个人用他的民用波段呼叫警察。她想让我回家，但是我不肯，我要等警察赶过来。"她翕动着鼻翼，"我不想把他一个人孤零零地留在那里，你知道的。"

"是啊，当然了，亲爱的。你做得真的很好。你母亲出来了吗？"

"没有，警察来了以后我们就回到家里，我上楼穿了衣服，然后想起了你，就给你打了一个电话。但是你知道我是怎么挂断电话的吗？"我点点头。"露西去叫母亲起床，把事情告诉了她，接着她，她就开始哭，让露西把我找来，她就是在那个时候进门的，我不得不挂断电话。"

"所以你根本没看见那个杀死你爸爸的人？"她摇摇头。

"警察是不是相信那个人就在那辆扬长而去的车里？"

"是，大概跟弹壳有关。我想，他们没有找到弹壳之类的东西，所以认为一定是在那辆车里。"

我点点头。"这么说有道理。现在我提几个重要的问题。吉尔，你要我过来安慰支持你，我很乐于帮这个忙，还是你想让我采取某种行动？"

她用灰色的眼睛盯着我，对她这个年纪来说，最近她见过和听过太多的事情。"你能做什么呢？"她问。

"你可以雇我找出杀害你爸爸和哥哥的凶手。"我实事求是地说。

"除了零用钱，我一分钱都没有。等我到了二十一岁才能得到一部分委托金，可是我现在才十四岁。"

我大笑起来。"别担心。如果你想雇我，给我一美元就行，我再给你开一张收据，这样就相当于你雇了我。不过，你得跟你母亲说一声。"

"我母亲在楼上。"她说着站起身，"你是不是认为杀害彼得和我爸爸的是同一个人？"

"看起来很有可能，不过我没有任何事实依据。"

"你认为会不会有人可能——嗯，是不是有人想要杀死我们全家？"

我考虑了一下。不是完全没有可能，不过这么做实在是太戏剧化了，而且太慢了。"我不敢肯定，"最后我说，"不是完全不可能，但是如果他们想这么做，为什么不趁昨天你们都在车上的时候把你们一网打尽呢？"

"我去拿钱。"吉尔说着，朝门口走去。她打开门时，露西出现了，她正从大厅那边往这边走。"原来你在这儿啊。"她严厉地说，"你怎么能就这么跑开了呢，你母亲正在找你，"她往屋子里面看。"你可别告诉我那个侦探就在里面！嘿，你，"她对我说，"出去！你不来瞎搅和，我们的麻烦就已经够多的了。"

"对不起，露西，"吉尔用成年人的口吻说道，"是我请华沙斯基小姐来的。如果要她走，也得我来说。"

"那你母亲就有话要说了。"露西厉声道。

"我会亲自跟她谈的。"吉尔厉声回应。

"我去拿钱，你能在这儿等着吗？"她接着对我说，"还有，你介意跟我一起去见我母亲吗？我想，我一个人跟她解释不清楚。"

"我完全不介意。"我礼貌地说，并给她一个鼓励的微笑。

吉尔走后，露西说："我只能说塞耶先生不希望在这里见到你，如果他能看见你，他会怎么说——"

"咱们俩都知道他不可能看见我。"我打断她的话，"可是，如果他能对我或者其他人解释他当时脑子里在想什么，很可能今天早上他还活着。

"听着，我喜欢吉尔，我想帮她的忙。她今天早上给我打电话并不是因为她知道作为一个私人侦探我能为她做些什么，相反，她对此一无所知，而是因为她感觉我给了她勇气和信心。你不认为她在这里被忽略了吗？"

露西表情阴郁地看着我。"也许是这样，侦探小姐，也许是这样。但是如果吉尔能替她母亲考虑考虑，也许反过来她能得到一点关心。"

"我明白了。"我面无表情地说。吉尔回到了楼下。

"你母亲在等你。"露西严肃地提醒她。

"我知道啦！"吉尔喊着，"我这就来。"她递给我一美元，我从手提包里找出一小片纸，郑重其事地在上面开了一张收据。露西愤怒地注视着这一切，嘴唇抿成一条细线。然后我们沿着星期六走过的长厅原路折返。我们经过书房的门，径直朝后院走去。

露西推开左边那个房间的门，说："她来了，塞耶夫人。她和一个可怕的侦探在一起，那个人想把她的钱抢走。星期六，塞耶先生把她从这儿赶了出去，现在她又回来了。"

站在门边的一个巡警怔怔地看着我。

"露西！"吉尔暴怒，"你在说谎。"她推开这个唱反调的人走进屋里。我站在露西身后，目光越过她的肩膀往里面看。这是一个赏心悦目的房间，三面落地窗，从这儿可以眺望东边的湖和一片漂亮的草地，北边还有一个草地网球场。房间里的家具是用白竹做的，搭配着亮丽的红黄色靠垫、落地灯和地板。繁茂的植物营造出一种温室效果。

位于这个迷人场景正中的是塞耶夫人。即便没有化妆、脸上还留着些许泪痕，她依旧非常清秀，很容易就能认出她就是登在《明星先驱报》上的那张照片里的人。一个很漂亮的年轻女人，吉尔的成年版，焦虑不安地坐在她身边；一个相貌英俊、身穿马球衫格子裤的年轻男子坐在她对面，他看上去有些局促不安。

"吉尔，你和露西在说什么，我一个字都听不懂，求求你别喊了，亲爱的，我的神经真的承受不了。"

我绕过露西，进了屋子，走到塞耶夫人的沙发前。"塞耶夫人，得知您丈夫和儿子的事情，我很难过。"我说，"我叫维·艾·华沙斯基，是一名私人侦探。您的女儿今天早上让我过来，看看是不是能帮上什么忙。"

那个年轻男子伸着下巴答话："我是塞耶夫人的女婿，我可以有把握地说，既然我岳父在星期六把你撵出了这个家，这很可能意味着这个家不需要你。"

"吉尔，是你叫她来的？"那个年轻女人吃惊地问。

"是，是我叫的。"吉尔执拗地咬紧牙关。"你不能把她赶出去，杰克。这儿不是你的家。是我让她来的，而且我雇她找出杀害爸爸和彼得的凶手。她认为这两起谋杀是同一个人干的。"

"真的吗，吉尔？"另一个女人说，"我认为我们可以把这件事交给警方处理，何必把这个花钱雇来的侦探带过来烦扰母亲呢？"

"我就想这么对她说，桑代尔夫人，但是很显然，她不愿意听。"

这次是得意扬扬的露西在说话。

吉尔的脸又紧缩在一起,好像要哭。"别着急,亲爱的,"我说,"大家已经够激动的了,就别让他们更生气了。你干吗不给我介绍一下?"

"对不起,"她咽了一口唾沫,"这是我的母亲;我的姐姐,苏珊·桑代尔;还有她的丈夫,杰克。杰克以为他可以对苏珊发号施令,也就可以对我做同样的事情,但是——"

"冷静,吉尔。"说着我把一只手放在她的肩膀上。

苏珊的脸变成了粉红色。"吉尔,如果这些年你不是被宠坏了,肯定会对杰克这种人表现出一点尊重,因为他远比你有经验。你知道人们会怎么谈论爸爸吗,他死的方式和所有这一切?为什么,为什么看起来他像是被暴徒杀害的?这么看上去,他好像跟暴徒有牵连。"她在最后一句话上挑了一个高音。

"黑帮。"我说。苏珊茫然地看着我。"看起来是像黑帮干的。有些暴徒可能喜欢这种行事风格,但通常情况下,他们并没有这样的资源。"

"现在你给我听着,"杰克愤怒地说,"我们已经让你出去了。你为什么还不走,反而在这里卖弄唇舌、自作聪明!就像苏珊说的那样,我们很难给塞耶先生的死法找出一个合理的解释,我们更没有必要解释为什么要把一个私人侦探卷到这里来。"

"这就是你们关心的一切?"吉尔大喊道,"彼得死了,爸爸也死了,你们却只在乎人们怎么说?"

"彼得被枪杀,没有人比我更难过。"杰克说,"但是,如果他按照你父亲的想法,住在一个体面的公寓里,而不是跟那个婊子一起住在堆满垃圾的贫民窟里,他绝不会被人开枪打死。"

"哦！"吉尔尖叫着，"你怎么可以这样说彼得！他只是想做点温暖真实的事情，正相反——你才是个伪君子。你和苏珊只在乎赚了多少钱，邻居们会怎么说！我恨你们！"说完，她泪流成河，扑进我的怀里。我抱住她，用右臂搂住她的肩膀，同时伸出左手，在手提包里摸索着面巾纸。

"吉尔，"她母亲用温柔却嗔怪的声音说，"吉尔，宝贝，请你不要在这里大喊大叫。我的神经真的承受不住。彼得死了，我和你一样难过。但是，杰克是对的，宝贝。如果他听你父亲的话，这一切都不会发生，你父亲也不会——不会……"讲到一半，她突然不讲了，开始静静地流泪。

苏珊用一只胳膊搂住母亲，轻轻拍打她的肩膀。"现在看你干的好事。"她恶狠狠地说，不知道这句话是对着我，还是对着她妹妹说的。

"已经被你搞得够乱的了，你这个波兰种的侦探，我才不管你叫什么名字。"露西开始说话了。

"你怎么敢这样跟她讲话！"吉尔喊道，她的声音有一部分被我的肩膀遮住了。"她是华沙斯基小姐，你应该叫她华沙斯基小姐！"

"好了，塞耶夫人，"杰克的话音里带着悔恨，"很抱歉把你卷到这里边来，不过既然吉尔不听我和她姐姐的话，能否请你告诉她，那个女人必须从这个家里出去？"

"哦，求你了，杰克。"岳母靠在苏珊身上说。她向他伸出一只手，眼睛却没看他，我发现一个很有趣的现象，她哭过，但是眼圈没红。"吉尔闹情绪的时候我可是对付不了她。"她挣扎着坐起身来，仍旧抓着杰克的手不放，她郑重其事地看着吉尔。"吉尔，我简直忍受不了你现在大发脾气的样子。你和彼得从来都不听任何人的话。如果彼得听话，他现在就不会死了。彼得死了，约翰也死了，我真的再也经受不了任何打击了。所以,不要再跟这个私人侦探讲话了。她是想利用你在报纸上出名,我再也无法承受任何有关这个家的丑闻。"

还没等我说什么,吉尔已经挣脱我的怀抱,小脸涨得通红。"别这样跟我说话!"她尖叫着,"我在乎彼得和爸爸,你不在乎!你才是那个把丑闻带进这个家里来的人。谁都知道你不爱爸爸!谁都知道你跟马尔格雷夫医生是怎么回事!爸爸很可能——"

苏珊从沙发上跳起来,重重地在妹妹的脸上扇了一巴掌。"你这个该死的孩子,给我安静点儿!"塞耶小姐真的流下了眼泪。吉尔被各种五花八门、强烈到难以控制的感觉击垮了,又开始抽泣起来。

就在这时,一个穿着西装、神情忧虑的男人走进了房间,身边还跟着一个巡警。他径直走到塞耶夫人跟前,抓住她的手。"玛格丽特!我一听到消息就赶来了。你还好吗?"

苏珊的脸红了。吉尔的抽泣声渐渐消失了。杰克看起来好像被塞住了嘴。塞耶夫人将那双悲痛的大眼睛转向来者的脸上。"泰德,你真好。"她鼓起勇气说,声音比耳语稍稍高那么一点。

"我猜,您就是马尔格雷夫医生。"我说。

他把手从塞耶夫人的腰上放下来,站直了身子。"对,我就是马尔格雷夫医生。"他看着杰克,"她是警察吗?"

"不是。"我说,"我是一名私人侦探。塞耶小姐雇我调查杀害她父亲和哥哥的凶手。"

"玛格丽特?"他怀疑地问。

"不。是塞耶小姐,吉尔。"我说。

杰克说:"塞耶夫人刚刚命令你离开,而且不要再打扰她的女儿。我认为即便是像你这样唯利是图的低级律师也能领会其中的暗示。"

"哦,放松点儿,桑代尔。"我说,"什么事让你这么难受?吉尔让我来这儿，因为她吓傻了——任何一个正常人碰到这种事都会做出类似的反应。但是你们几个人如此戒备，我不得不怀疑你们是不是在掩饰什么。"

"你什么意思？"他面露不悦之色。

"这么说吧，为什么你不想让我调查你岳父的死因？你害怕我发现他和彼得抓住你监守自盗的把柄，所以你派人杀死了他们，这样他们就可以闭嘴了？"

我假装没看见他愤怒地倒吸一口气。"还有你，医生，塞耶先生是不是知道了你和他妻子的关系后威胁要离婚，而你断定要一个富有的寡妇比一个没有充分理由获得赡养费的女人更合算？"

"现在你给我听着，不管你叫什么名字，我没有必要听这种废话。"马尔格雷夫开始讲话了。

"那你就离开这里。"我说，"也许露西想把这儿当成盗窃北岸富裕家庭的中心——毕竟，作为一个女仆，她很可能已经听说首饰、文件和很多东西都保存在什么地方。当塞耶先生和他的儿子嗅出她的踪迹后，她就雇了一个杀手。"我朝着开始胡言乱语的苏珊热情地微笑——这些幻想简直令我激动不已。"我也可以为你想出一个动机，桑代尔夫人。我想说的是，你们这些人对我充满了敌意，所以不得不令我胡思乱想。你们越是不想让我着手调查凶手，我就越是认为有些事情正迎合了我的想法。"

我不说话了，他们也沉默了几分钟。现在坐在塞耶夫人身边的马尔格雷夫又握住了她的手。苏珊看起来就像一只正准备向一只狗吐唾沫的猫。我的客户坐在一把没有扶手的竹椅上，两只手攥成拳头放在膝盖上，脸上露出专注的神色。接着，马尔格雷夫说："你想威胁我们——威胁塞耶一家？"

"如果你的意思是说，我发出威胁是为了找出真相的话，答案是肯定的；如果这意味着与此同时翻出一些污秽的垃圾，那就倒霉了。"

"稍等一下，泰德。"杰克向那个年长一些的男人挥了一下手。"我知道怎么对付她了。"他朝我点了点头。"好了，说个价钱吧！"说着，他掏出支票簿。

我的手指头开始发痒，恨不得拔出史密斯威森，用枪托砸他。"别那么幼稚了，桑代尔。"我厉声说道，"人生在世，有些东西是不能用钱买来的。无论你或者你的岳母或者温尼卡市的市长说什么，我都要调查这起凶杀案——这些凶杀案。"我不悦地笑了笑，"两天前，约翰·塞耶想用五千块贿赂我，让我别再理这个案子。你们这些住在北岸的人生活在某种梦想世界里。你们认为不管生活中做了怎样的错事，都能用钱来掩盖，就像你们雇清洁工把垃圾运走，或者让露西把它收拾干净，再替你们搬到外面去。这样做是行不通的。约翰·塞耶死了，他不可能再花钱把那些污渍从他的身上、乃至他儿子的身上抹去。现在无论是什么造成了他们的死亡，都不再是私人问题。这并不属于你们。任何想知道真相的人都可以把它找出来。我就打算这么做。"

塞耶夫人在轻声呜咽。杰克看上去很不自在。为了尽力挽回尊严，他说："当然，如果你选择四处打听与你无关的事，我们也拦不住你。只是，我们认为这种事最好交给警方解决。"

"是啊，不过他们现在做得并不是很成功，"我说，"他们自以为已经把一个罪犯投入了监狱，怎么知道那个人大早上起来吃牢饭的时候，约翰·塞耶却被人杀了。"

苏珊转向吉尔。"这全是你的错！是你把这个人带到这里来的。现在我们被她羞辱了，搞得如此窘迫不堪——我这辈子从来没这么丢过脸。爸爸被人杀了，你能想到的就是把一个外人带到家里来辱骂我们？"

马尔格雷夫又把身子面向塞耶夫人，杰克和苏珊同时和他说起话来。我走到吉尔身边，跪下来，看着她的脸。她看起来可能会崩溃或者休克。"你看，我觉得你应该远离这一切。你可不可以去哪个朋友或者亲戚家，等这场混乱快过去了再回来？"

她想了一下，然后摇摇头。"真的没什么人。我有很多朋友，但是你知道，我不认为他们的母亲会在这个时候收留我。"她颤抖着笑了一下。"丑闻，你知道，就像杰克说的那样。我多么希望安妮塔在啊。"

我迟疑了片刻。"你想跟我一起回芝加哥吗？他们把我的公寓毁了，我现在住在一个朋友那儿，不过，你来住上几天她也会很高兴。"洛蒂绝对不会介意再收留一个流浪者。我需要吉尔，一是可以问她一些问题，再有就是我想让她离开她的家人。她很坚强，懂得还击，但不需要在遭受失去父亲的打击时再做那种抗争。

她的脸色一下子亮了起来。"真的可以吗？"

我点点头。"你何不趁着大家正争论不休，上楼收拾一下过夜用的东西呢？"

她离开房间后，我向塞耶夫人解释了刚才的做法。不出所料，这又引起了整个家庭新一轮的咆哮。尽管如此，最后马尔格雷夫说："玛格丽特——塞耶夫人需要绝对的安静，这一点很重要。如果吉尔确实给她带来了烦恼，最好还是让吉尔离开几天。我可以调查一下这个人的情况，如果她不可靠，我们总可以把她接回家里来。"

塞耶夫人露出烈士般的微笑。"谢谢你，泰德。如果你说可以，就一定可以。只要你住在一个安全的社区里，这位小姐——"

"华沙斯基。"我冷冰冰地说，"哦，我们那儿这个星期没有人被机关枪射死。"

马尔格雷夫和杰克认为我应该给他们一些联系人的电话。我把这看作他们为了挽回面子所做的努力，于是我把一个教过我法律的老教授的名字给了他们。如果他们向他打听我的性格，他会很吃惊的，但会说我的好话。

吉尔回来的时候，看样子已经梳洗过了。她走到母亲身边，塞耶夫人仍旧坐在沙发上。"对不起，妈妈。"她咕哝着，"我不是故意要对你无礼。"

塞耶夫人惨然一笑。"没什么，亲爱的，我也不期盼你能理解我的感受。"她看着我。"替我好好照顾她。"

"当然。"我回答道。

"我不希望有任何麻烦。"杰克警告我。

"我会记住的，桑代尔先生。"我拎起吉尔的手提箱，她跟在我身后走出了门。

她在门口停下脚步，回头看着她的家人。"好了，再见。"她说。他们都看着她，但没人说一句话。

当我们走到前门时，我对中尉解释说，塞耶小姐要跟我回家住上几天，她需要休息和关心。"警方已经给她录完他们需要的所有供词了吗？"他和上司在对讲机上聊了一会儿，同意我们离开，不过我要把地址留给他。我把地址给了他，然后我们沿着车道走下去。

去伊登斯的路上，吉尔一言不发。她直视前方，无心欣赏乡下的风景。开到向南行的肯尼迪路时，路上的车停停走走，吉尔转过身来看着我。"你说我就这样离开母亲是不是错了？"

我踩了一下刹车，让一辆载重五十吨的半挂车并到我前面去。"吉尔，在我看来，那里的每一个人都在试图利用你的负疚心理。现在你心存内疚，所以他们也许可以从你这里得到他们想要的东西。"

她思考了几分钟。"我爸爸遇害的方式会成为丑闻吗?"

"人们很可能会谈论这件事,这会让杰克和苏珊很不舒服。然而,真正的问题在于,他为什么被杀?对你来说,这个问题的答案不一定是一个丑闻。"我小心地绕过一辆《明星先驱报》的送货车。"问题是,你必须在内心建立属于自己的是非观念。如果你的父亲和那些用机关枪判处他人死刑的人发生冲突,也许是因为他们试图亵渎他的是非之心。那就没有什么丑闻可言。即便是他碰巧与某种不正当的活动有牵连,也不会影响到你,只要你本身不想这么做。"我变换了车道。"我不相信上帝惩罚人的罪孽,也不相信有人忍辱负重二十年,回来报仇雪恨那种故事。"

吉尔扭过头来看着我,一脸的困惑。"哦,可能会发生,不过你必须想要把它变成现实。就像你的母亲———一个不幸福的女人——对吗?"吉尔点点头。"她之所以不幸福,很可能是三十年前的事情造成的。那是她的选择。你同样也有你的选择。假设你父亲做了什么违法的事,然后被我们发现了怎么办?日子一定很难熬,但是,只有在你允许的前提下,它才能成为丑闻,并使你过上悲惨的生活。人这一辈子,不管你做什么,很多事情都会降临在你的头上,哪怕并非是你的错——就像你父亲和哥哥被杀。然而,怎样让这些事件成为你生活的一部分,则是可以由你自行支配的。你可以痛苦不堪,尽管我并不认为你是这种性格的人,或者你可以从中吸取经验教训并随之成长起来。"

我意识到已经过了埃迪森出口,开上了贝尔蒙特匝道。"对不起,我的回答变成了一场布道,我刚才太激动了,忘了从出口出去。不过,我说的话对你能有一点帮助吗?"

吉尔点了点头,再次陷入沉默。我则沿着普瓦斯基向北开,然后向东转到埃迪森。"彼得走了以后,我感觉很孤独。"她最后说,"他是这个家里唯一在乎我的人。"

"是啊,一定很难过,亲爱的。"我温柔地说着,在她的手上捏了一下。

"谢谢你能过来,华沙斯基小姐。"她低声说。

我不得不把头歪过去才听得见她说的话。"我的朋友都叫我维克。"我说。

第十一章 友善的劝告

回家之前,我先在洛蒂的诊所停了一下,我想让洛蒂知道,我未经她的允许就擅自邀请了一位客人,我还想让她给受到惊吓的吉尔看一看,是不是需要用点什么东西来平复一下情绪。有一小群女人在狭小的接待室里候诊,她们大多带着年幼的孩子。吉尔好奇地四处张望。我把头探进里面那扇门,洛蒂的护士,一个年轻的波多黎各女人看见了我。"你好,维克。"她说,"洛蒂在给一个病人看病。你有什么需要帮忙的吗?"

"你好,卡罗尔。告诉她,我想带我年轻的朋友回她的公寓——那个我今天早上出门去见的朋友。她知道我说的是谁。你再问问洛蒂,能不能给吉尔稍微看一下——她是个健康的孩子,只不过最近压力很大。"

卡罗尔走进那家非常小的诊疗室和洛蒂说了几分钟的话。"把她带到办公室去吧。等赛吉夫人走后,洛蒂会给她简单地检查一下。当然了,你可以把她带回公寓。"

从那群患者身边经过时,她们个个都皱着眉头,一定是在心里指责我们,因为她们等的时间更久。我把吉尔带到洛蒂的办公室。等洛蒂的时候,我把她的一些情况告诉了吉尔,她是奥地利战争的难民、伦敦大学医学系的高材生、特立独行的医生、温暖的朋友。洛蒂急匆匆地走进来。

"你就是塞耶小姐了吧。"她活泼地说,"维克把你带过来休息一下吗?太好了。"她用手抬起吉尔的下巴,看她的瞳孔,又让她做了一些简单的测试,这期间她一直在说话。

"出了什么事?"她问。

"她父亲被枪杀了。"我解释道。

洛蒂咋了咋舌,又摇了摇头,然后转身面向吉尔。"现在张开嘴。不,我知道你嗓子不疼,不过这是免费的,而且我是医生,所以我要看一看。好。你什么毛病都没有,不过,需要休息一下,吃点东西。维克,你把她带回家后给她准备一点儿白兰地。话不要说太多,让她休息一会儿。你还要出门吗?"

"对,我还有很多事情要做。"

她撅起嘴想了一会儿。"大约一个小时以后,我会让卡罗尔过去一下。在咱们俩中的一个回到家之前,她会一直陪着吉尔。"

就在这一刻,我意识到自己是多么喜欢洛蒂。只要厄尔对我紧追不舍,我就不放心让吉尔一个人待着。不管洛蒂是否想到这一点,还是她只是认为一个受了惊吓的年轻女孩本不该被单独留下来,反正这份担心现在不必大声讲出来。

"好极了。等她来了我再走。"

我们离开诊所的时候,卡罗尔开始叫下一个病人,我们不得不忍受更具胁迫力的眼神。"她人很好,对不对?"上车时吉尔说。

"洛蒂,还是卡罗尔?"

"都很好,不过我指的是洛蒂。她真的不介意我就这么出现了吗?"

"不介意。"我同意她的说法,"洛蒂所有的本能都旨在帮助他人,她不会为这种事计较的。"

回到公寓后,我让吉尔在车里待着,我先去检查一下街道和大门口。我不想增加她的恐惧感,也不希望任何人向她开枪射击。危险已经过去了。也许厄尔真的相信他已经把我吓退了。也许在警方逮捕那个可怜的唐纳德·麦肯齐之后,他就高枕无忧了。

进门后,我让吉尔泡个热水澡,我则去准备早餐。我还要问她几个问题,然后她就必须睡觉了。"我的眼睛告诉我,你已经有一阵子没洗澡了。"我说。

吉尔害羞地承认了。我进了我住的那个房间,帮她打开她的小手提箱。我可以睡在客厅的沙发床上。我拿出洛蒂偌大的白色浴巾,告诉她浴室的位置。

我觉得肚子很饿。已经十点了,洛蒂塞给我的吐司还没吃呢。我在冰箱里寻找着。没有果汁——洛蒂从来不喝任何听装饮料。我发现有一个抽屉里装满了橙子,于是榨了一小罐果汁,我轻声吹着口哨,拿出几片属于洛蒂的厚厚的维也纳白面包,转眼间就把它们变成了法式吐司。我感觉自己心情不错,尽管塞耶死了,案子里还有很多事情悬而未决,可是直觉告诉我事情真的开始发生了。

吉尔小脸红扑扑的、睡眼惺忪地从浴缸里爬出来了,我招呼她坐下来吃饭,按下自己的问题先不问,而是在回答问题的同时,介绍了一点自己的情况。她想知道我是不是总能抓住凶手。

"这是我第一次真正直接地和杀人凶手过招。"我回答道,"但总得来说是这样的,只要有人请我来调查,我往往能找到问题的症结。"

"你害怕吗?"吉尔问,"我的意思是说,你被殴打过,你的家也被他们毁了,而且他们,他们开枪打死了爸爸和彼得。"

"对,我当然害怕了。"我平静地说,"只有傻瓜看到这一片狼藉才会不害怕。只不过，它不会令我恐惧，它会提醒我要小心，害怕是肯定的，但是这种感觉不会凌驾在我的判断力之上。"

"现在，我想让你告诉我，在过去的几天里，你父亲都和谁谈过话，都说过哪些内容，把你能想起来的全都告诉我。我们一会儿坐在床上聊，你要像洛蒂嘱咐的那样喝热牛奶加白兰地，这样的话，等我问完问题你就可以睡觉了。"

她跟在我身后进了卧室上了床，听话地小口抿着牛奶。我在牛奶里放了一些红糖和肉豆蔻，还加了很多其他东西。她做了一个苦相，不过还是继续一边跟我说话，一边小口喝着牛奶。

"我星期六来的时候，你说你父亲起初并不相信是他们逮捕的这个麦肯齐杀了你哥哥，但是邻居们说服他放弃了这个想法。那么，是哪些邻居呢？"

"哦，很多人来过我们家，而且他们说的内容都差不多。这些名字你都想知道吗？"

"如果你还记得他们，而且记得他们都说了些什么。"

我们列了一个十多个人的名单，其中包括亚德利·马斯特斯和他的太太，这是我唯一认得的名字。吉尔跟我讲了这么多年来家庭之间的关系史，她的脸扭曲着，努力回想他们具体都说了些什么。

"你刚才说'他们说的内容都差不多'。"过了一会儿，我重复道，"有没有哪个人的语气最坚决？"

她点头表示确有其人。"马斯特斯先生。爸爸一个劲儿地大吼说，他肯定这件事是安妮塔的父亲干的。马斯特斯先生好像说了一句'你看，约翰，这种话你可不要到处去说。很多事可能会冒出来，而且都是你不想听的'。然后爸爸就发疯了，开始大喊大叫，'你这是什么意思？你是在威胁我吗？'马斯特斯先生说，'不，当然没有，约翰。我们是朋友。我只是想给你一点忠告。'诸如此类的话。"

"我明白了。"我说，非常有启示作用。"就这么多吗？"

"对，不过马斯特斯夫妇离开后，爸爸说他觉得自己错了，当时我听了很高兴，因为安妮塔当然不会千方百计地杀死彼得。但是，接下来，他又开始说彼得的坏话。"

"好了，咱们现在别谈这个了。我希望你平静下来，这样有助于睡眠。昨天是不是发生了什么事？"

"嗯，昨天他在电话里跟人家吵起来了，但是我不知道那个人是谁，也不知道他们说的是什么事。我想是银行里的什么业务，因为他说'我不会参与的'。我就听到这么多。他真的很——奇怪。"她喘着粗气，又喝了一大口牛奶。"在葬礼上，你知道，我几乎是躲着他。听见他在电话里大喊大叫的时候，我就出去了。苏珊催促我穿上礼服，然后坐在客厅里招待那些从葬礼上回来的可怕的人。所以我就走了，去了湖边。"

我笑了一下。"这么做对你有好处。在电话里吵架那件事，是你父亲接的电话，还是他打的？"

"我很肯定是他打的电话。至少我不记得电话铃响过。"

"好的，你说的这些事都对我有帮助。现在别去想它了。我给你梳头。喝掉牛奶，就去睡觉吧。"

她真的很疲惫。梳头发加上喝白兰地放松了她的精神，她躺在床上。"陪陪我吧。"她昏昏欲睡地说。我把粗麻布窗帘后面的遮阳布拉上，坐在吉尔身边，握着她的手。她身上的某种东西穿透了我的心，令我渴望拥有一个从未拥有过的孩子，我凝视着她，直到她沉沉入睡。

等卡罗尔的时候，我打了几通电话，首先打给了拉尔夫。我等了几分钟，秘书才找到他，接电话的时候，他像往常一样心情愉快。"进展如何啊，歇洛克①？"他欢快地问。

"非常好。"我回答道。

"你给我打电话不是想取消今晚的约会吧。"

"不，不，"我让他放心，"我只是想让你帮我做点事，你查起来比我容易得多。"

"什么事？"

"你帮我查一下一个叫安德鲁·麦格劳的人是不是给你的老板打过电话，而且千万别让他知道你在打听这件事。"

"你还在白费力气吗？"他有点生气地问。

"我还没有排除任何人，拉尔夫，甚至包括你。"

"可是警察已经抓住了疑犯。"

"好吧，既然这样，你的老板是清白的。你就把它当成是在帮一位女士的忙，她这个星期已经够倒霉的了。"

"好吧。"他答应了，但还是有点闷闷不乐，"可是，我希望你相信，在抓捕凶手方面，警察和你一样能干。"

我大笑起来。"不只你一个人这么说……哦，对了，你知道小彼得的父亲今天早上被害了吗？"

"什么！"他大喊道，"到底是怎么回事？"

"哦，他是被人开枪打死的。太糟糕了，唐纳德·麦肯齐已经进监狱了，不过北岸一定还有毒品贩子可以顶这个罪。"

"你认为彼得的死和这件事有关？"

"怎么说呢，如果同一个家庭里的两位成员在一个星期内相继遇害，而二者之间只是存在着偶然的联系，这未免太不可思议了。"

---

①指著名侦探形象歇洛克·福尔摩斯。

"好吧,好吧,"拉尔夫说,"你说出了问题的关键——没必要冷嘲热讽的……我会问一下亚德利的秘书。"

"谢谢,拉尔夫,晚上见。"

理赔草案以及马斯特斯对塞耶所说的那番话可能是随随便便的威胁,也可能不是。这并不意味着什么,但是值得继续追查下去。完成拼图的另一块碎片是麦格劳以及他认识司麦森这个事实。现在如果我能把麦格劳和马斯特斯,或者马斯特斯和司麦森联系在一起……我应该让拉尔夫调查一下厄尔。嗯,我可以今天晚上告诉他。比方说,麦格劳和马斯特斯正合伙干什么事。如果他们聪明的话,给对方打电话的时候就不会留自己的名字。如果有危险的证据,即便是麦格劳那个迷人的秘书也可能会向警方让步。也许他们会见个面喝上一杯。或许我应该去卢普区和磨刀人总部旁边的酒吧溜达一圈,打听一下是不是有人见过他们俩在一起。或许为了那件事,塞耶也和麦格劳见过面。我需要一些照片,而且我知道该去哪儿找。

我在电话簿上找号码的时候,卡罗尔来了。"吉尔睡着了。"我告诉她,"我希望她能睡一个下午。"

"好的。"她说,"我把所有的旧病历卡都带来了。我们在诊所里总是很忙,没时间更新,不过这是个好机会。"

我们聊了一会儿她那个得肺气肿的母亲,在回去打电话之前,又探讨了一下是否能找到那个危害一方的纵火犯。

莫里·莱森是《明星先驱报》的记者,专门负责报道犯罪事件,通康一案告破后他采访过我,并发表了一篇署名文章。他写的很多东西都不错。快到吃午饭的时间了,如果我现在给新闻编辑部打电话,不知道他在不在,可是我好像时来运转了。

"我是莱森。"他用低沉的嗓音说。

"我是维·艾·华沙斯基。"

"哦,你好。"他脑瓜那么轻轻一转,毫不费力地记起了我。"今天有什么好故事要讲给我听吗?"

"今天没有,也许还得等几天,这个星期之内吧。不过,我需要你帮我一个忙。我想要几张照片。"

"谁的照片?"

"听着,如果我告诉你,你能不能答应我,先别根据你的推断做出结论,等我先找到证据,好吗?"

"也许吧。不管怎么说,既然我们知道有这么一件事,这还要取决于你能否弄一篇故事出来。"

"安德鲁·麦格劳在你们那儿受欢迎吗?"

"哦,他永远受欢迎,只是到目前为止我们还没有他的料可爆。另一个人是谁?"

"一个叫亚德利·马斯特斯的人。他是埃贾克斯保险公司一个部门的副总裁。也许你的资料里有'仁慈运动'的宣传册或者类似的东西。"

"你把麦格劳和埃贾克斯保险公司联系到一块去了?"

"别在电话里流口水,莫里。埃贾克斯保险公司没和磨刀人做过生意。"

"好吧,那你是不是想把麦格劳和马斯特斯绑在一起?"他坚持问下去。

"你这是在干什么,玩'二十个问题'[①]吗?"我愤怒地说,"我就

[①] "二十个问题"是一种鼓励推理的口头游戏。游戏中,回答者选择一样东西,但不能告诉提问者。提问者轮流提问,回答者只能用"是"或者"否"来回答。回答问题时不允许撒谎。如果其中一个提问者猜出答案,下一轮游戏中他将成为回答者。

是想要两张照片。如果有故事，我会给你的。通康那件事咱们不是合作得很愉快吗？"

"我跟你说啊，你吃了吗？好，一个小时后咱们在'菲奥莱拉'见，我会带着照片，如果有的话，我会一边喝啤酒，一边向你请教。"

"太好了，莫里，谢谢你。"我挂掉电话，然后看了看表。一个小时的时间够了，我可以先去市政厅把史密斯威森注册了。我又开始哼起《难道我会忘了你》。"告诉洛蒂，我六点左右回来，但我会在外面吃晚饭。"出门时，我对卡罗尔说。

第十二章 泡吧

市政厅里那些官僚在表格、费用和令人费解的指导说明上花费的时间比我预想的还要多，当我要求他们再解释一遍时，得到的却是愤怒。我已经快迟到了，不过，我还是决定去一趟律师的办公室，把从塞耶公寓里找到的那份理赔单的复印件放在他那儿。他是一个枯燥乏味、冷静沉着的男人。我告诉他，在接下来的几天里，无论有什么事发生在我身上，请他务必把这份草案交给莫里·莱森，听完这些话，他眼睛都没眨就答应了。

等我到了菲奥莱拉，莫里要的第二杯啤酒已经快喝完了。菲奥莱拉是一家环境舒适的餐馆，坐在外边的桌旁可以远眺芝加哥湖。莫里是个大块头，长得像红头发的埃利奥特·古尔德①。他见我走过来，懒洋洋地朝我挥了挥手。

一条高桅帆船漂过。"你知道吗，为了这条船，他们得把这边所有的吊桥都拉开。你说，这种做法是不是很可怕？"我走近时，他说。

"哦，一条小船却能让密歇根大街的交通全面暂停也是件挺吸引人的事。当然，除非你想过河的时候，桥却竖起来了。"这种情况时常发

---

① 埃利奥特·古尔德（Elliott Gould, 1938— ），好莱坞电影明星。代表作有《两对鸳鸯一只床》《风流军医俏护士》《我爱我妻》等。他是二十世纪七十年代的反文化偶像，曾在《漫长的告别》中成功地演绎了雷蒙德·钱德勒笔下的私家侦探菲利普·马洛。

生。开车的人再生闷气也没用，只能坐在那里等。"这些桥竖起来的时候有没有发生过凶杀案，比如有人因为太生气，开枪把吊桥管理员打死之类的事？"

"还没有。"莫里说，"如果发生的话，我会在现场采访你……你想喝点什么？"

我不怎么喜欢啤酒，于是，要了一杯白葡萄酒。

"我把你要的照片拿来了。"莫里把一个文件夹扔到我面前，"我们这儿有不少麦格劳的照片，但是马斯特斯的只找出来这么一张——当时他在温尼卡领一项市民奖。他们从来拍不到他的照片，不过这张大半身的还挺不错。我给你搞到了两份。"

"谢谢。"说着我打开那个文件夹。马斯特斯这张不错。照片上的他正在和美国童子军伊利诺伊州主席握手。他的右手边站着一个身穿制服、神情严肃的年轻人，这个人显然是他的儿子。这张照片是两年前拍的。

莫里给我带来了好几张麦格劳的照片，其中一张是在一家联邦法院外边拍的。他怒气冲冲地走在三个财政部官员的前头。另一张照片的拍摄环境则愉快得多，照片显示那是九年前他在庆祝自己第一次当选磨刀人联合会的主席。一次庆祝会，不过，最符合我要求的是一张特写，显然这张照片是在他毫不知情的时候拍下来的。他看起来很放松，但神情专注。

我举着这张照片给莫里看。"这张很棒。在哪儿拍的？"

莫里微微一笑。"一次有关敲诈勒索和工会的参议院听证会。"

怪不得他看上去这么若有所思。

一个侍者走过来等我们点菜。我要了一份意大利通心粉。莫里点了一盘意大利肉丸面。天天这么吃淀粉怎么行呢，不管肌肉疼不疼，我得跑步了。

"我说,维·艾·华沙斯基,芝加哥最美丽的侦探,你要这些照片干什么?"莫里将两只手握在一起放在桌子上,身子往我这边倾斜着说。"我记得见过那个死了的小塞耶在埃贾克斯保险公司上班,实际上他曾经为马斯特斯先生效力,马斯特斯可是他们家的老朋友了。而且,自从他死后,一时间出现了千百种说法,我记得从哪儿看到过,说他的女朋友,那个可爱且一心一意的安妮塔·麦格劳是著名的工会领导人安德鲁·麦格劳的女儿。现在你想要这两个人的照片,是否在暗示这两个人密谋杀害了小塞耶,或许这里面还有他父亲的参与?"

我严肃地看着他。"是这样的,莫里。麦格劳对资产阶级老板的憎恨已经发展到精神错乱的地步。这些年来,他一直在竭力保护自己的女儿不与任何管理层接触,可是当他意识到这个纯洁的女孩正在认真考虑嫁给一个不仅是老板、而且是芝加哥最富有的商人的儿子时,他唯一能做的事就是将这个年轻人送进地狱。他的精神病如此严重,以至于想把约翰·塞耶也除掉,这么做只是为了……"

"其余的就省了吧,"莫里说,"我自己也能说清楚。麦格劳和马斯特斯,哪一个是你的客户?"

"这顿饭最好由你请,莫里,因为这绝对是一笔业务支出。"

侍者把我们点的东西端过来,"啪"的一声扔在桌子上,粗心是提供商务午餐的餐馆的共同特征。幸亏我眼疾手快拿回了照片,否则肯定会溅上酱汁。我开始往面条上撒干酪。我真的很喜欢浓浓的奶酪味。

"你有客户吗?"说着,他叉起一个肉丸。

"有啊。"

"但是你不想告诉我他是谁?"

我微笑着点头同意。

"你相信麦肯齐是杀死小塞耶的凶手吗?"莫里问。

"我还没跟那个人谈过。不过,换作是谁都会纳闷,如果是麦肯齐杀死了小塞耶,那么又是谁杀了老塞耶呢?同一个星期内,同一个家庭里的两个人出于没有任何关联的原因被没有关联的人杀害,我可不喜欢这种说法。这违反概率。"我回答道,"你认为呢?"

他像埃利奥特·古尔德那样大笑起来。"你知道吗,这个案子刚出来的时候,我就跟马洛里警官聊过,他对抢劫只字未提,也没谈到那个男孩或公寓什么的。到头来,是你发现尸体的,对不对?你觉得那个公寓像被人洗劫过吗?"

"我真没看出来什么东西被人拿走了,我也不知道那儿到底应该有什么。"

"顺便问一句,当初你为什么会去那儿呢?"他随意地问。

"怀念,莫里——我过去在那儿上过学,我有一种渴望,想看看老地方是不是变了样。"

莫里大笑起来。"好吧,维克,你赢了,不过,你可不要责备我的努力。"

我也笑了。我不介意。我不想再吃了,没有一个印度小孩是因为我非人道地无法吃光盘子里的食物而饿死。

莫里问我,在我看来,今年小熊队何时才能打破僵局。这个队伍现在看起来很混乱,已经输了两场比赛了。

"你知道,莫里,我这种人几乎不对生活抱有什么幻想。我希望看到小熊队成为其中的一个。"我用勺子搅动咖啡,"不过,我猜是八月的第二个星期。你怎么看?"

"这可是七月的第三个星期了。我再等他们打十场比赛。马丁和巴克纳带动不了这支队伍。"

我难过地表示同意。我们以棒球的话题结束了这顿午餐,服务员把账单送来时,我们各自付了账。

"还有一件事,莫里。"

他专注地看着我。我几乎笑出声来,他的态度来了一个一百八十度的大转弯,现在他看起来像一个找到了线索的侦探。

"我有一个我认为是线索的东西。我不知道这是什么意思,或者为什么它可以称为线索。不过,我把它复印了一份,交给我的律师保管。如果我被干掉了,或者在一段时间内无法工作,他会按照我的指示把那样东西交给你。"

"什么东西?"莫里问。

"你应该当侦探,莫里,你总是有很多问题要问,而且还到处搜寻线索。有件事我想告诉你,厄尔·司麦森在关注这个案子。我这个漂亮的熊猫眼就是拜厄尔·司麦森所赐,你真是个绅士,一句都没提。我的尸体沿着芝加哥河顺流而下并不是完全不可能的事,你可以差不多隔一个小时从办公室的窗户向外边看一眼。"

莫里并没有露出吃惊的表情。"你已经知道了?"我问。

他咧着嘴笑了。"你知道是谁逮捕了唐纳德·麦肯齐吗?"

"知道。是弗兰克·卡尔森。"

"那么卡尔森又是谁的手下呢?"他问。

"亨利·韦斯普奇。"

"还有,你知道这些年又是谁在保护韦斯普奇吗?"

我想了一下。"蒂姆·苏利文?"我猜。

"这位女士赢得了一个丘比特娃娃。"莫里说,"既然你知道这么多,我就告诉你,去年圣诞节苏利文是跟谁在佛罗里达一起过的。"

"哦,我的上帝!不会是厄尔吧。"

莫里大笑起来。"对，就是厄尔·司麦森。如果你和这群人打交道，最好非常非常小心。"

我站起身，把那个文件夹塞在背包里。"谢谢你，莫里，你不是第一个这么跟我说的人。多谢你给我这些照片。如果发现什么事，我会通知你的。"

跨越餐馆和人行道之间的隔离墩时，我听见莫里在我身后高声地问了一个问题。当我走上连接河岸和密歇根大街的最后一级台阶时，他气喘吁吁跑过来说："我想知道，你给律师的那样东西是什么。"

我咧开嘴笑了。"就这样吧，再见，莫里。"说完，我上了密歇根大街上的一辆公共汽车。

我有一个计划，这可纯粹是背后下黑手。我想当然地认为，麦格劳和马斯特斯是同伙，而且我希望他们在某个地方碰头。他们可以通过电话和邮件处理一切问题。但是，麦格劳可能对联邦政府窃听电话和拦截邮件的行为早有提防。他也许宁愿亲自交易。所以，我假设他们时不时就要见上一面。那么，为什么不会是在酒吧里呢？如果是在酒吧见面，有没有可能是在其中一个人办公室旁边的酒吧？当然，也有可能是找一个离两个人的办公室都尽可能远的地方碰头。然而，我的整个计划是建立在一系列的臆想之上的。我没有那么多资源将整个城市梳理一遍，所以，我不得不在自己的日程表上再增添这样一项假设，我希望如果他们见面，而且如果他们是在酒吧里见面，他们会选择离工作地不远的地方。我的计划也许一无所获，但我也只能想到这些了。我把更多的希望寄托在明天晚上激进妇女组织的聚会上，希望可以从那里了解一些安妮塔的情况。与此同时，我必须让自己忙碌起来。

埃贾克斯保险公司的那幢由玻璃和钢铁制成的高楼位于亚当斯的

密歇根大街。密歇根大街是卢普区最东边的一条街。艺术学院在街对面,芝加哥河边的格兰特公园里有一系列赏心悦目的喷泉和花园。我划了一个工作范围,最西边到拉舍尔大街上的迪尔伯恩堡信托公司,最南到范布伦街,它距离埃贾克斯有两个街区,最北到华盛顿街,这里离埃贾克斯有三个街区。这是一个纯粹武断的决定,不过,这个区域内的酒吧也够我忙活一阵子了。如果有必要的话,我会不顾一切地扩大范围。

我坐着公共汽车向南走,经过艺术学院,最后在范布伦街下了车。走在摩天大楼之间,想着我还要走完这么一大片的区域,忽然感觉自己很渺小。我思考着我得喝多少酒才能从无数的酒保那里得到回应。我想,也许还有更好的办法,但是到目前为止,我只能这么做,不得不就地取材,现想现用,我家里可没有彼得·温西勋爵[1]为我想出合乎逻辑的完美答案。

我昂起头、挺起胸,沿着范布伦街走了半个街区,然后迈步进了"斑点",这是我看到的第一家酒吧。我本可以就一个精心策划过的表面理由辩论半天,最后,我觉得最好还是谈点和事实接近的东西。

"斑点"阴暗狭窄,看起来像一节守车[2]。西墙边有一排隔间,东墙边有一张长长的吧台,从这一端延伸到另一端,中间剩下的空当刚好可以让身材矮胖、面色苍白的女招待们伺候隔间里的客人。

我在吧台前坐下来。酒保正在洗杯子。大部分来这儿吃午餐的人已经离开了,只有几个死不悔改的酒鬼坐在离我很远的地方。有两个女人坐在其中的一个隔间里,看样子快吃完了,桌子上摆着汉堡和台克利鸡尾酒。那个酒保有条不紊地继续工作,直到刷完最后一只杯子

---

[1]推理小说大师多萝西·L.塞耶斯笔下的贵族侦探形象。
[2]守车,又称望车,是挂在货物到车尾部运转车长乘坐的工作车。

才走过来问我想喝点什么。我目视前方，给人感觉是一个没什么急事的女人。

我通常不喝啤酒，不过要泡一整天的吧大概是最好的选择。喝啤酒不至于把自己灌醉。至少啤酒不会像葡萄酒或烈性酒那样迅速生效。

"我想要一杯生啤。"我说。

他走到龙头前，在玻璃杯里灌满了冒泡的淡黄色啤酒。他把那杯生啤端过来的时候，我掏出了那个文件夹。"你在这儿见过这两个人吗？"我问。

他狠狠地瞪了我一眼。"你是干什么的，警察吗？"

"对。"我说，"你见过这两个人一起来这儿吗？"

"我最好叫老板回答这个问题。"他说。接着，他提高嗓门大喊"赫尔曼！"这时，最里面那个隔间里站起来一个男人，他身体壮硕，穿了一件聚酯纤维的西装。我进门的时候没注意到他，但是现在我看见还有一个女招待坐在那个隔间里。紧紧张张地忙了一中午，他们俩正在分享一顿迟到的午餐。

那个壮汉走到吧台后面，站在酒保旁边。

"怎么了，卢克？"

卢克的脑袋向我这边一歪。"这位女士有问题要问。"说完，他继续收拾杯子，小心翼翼地把它们摆在收银机两侧，摆成金字塔的形状。赫尔曼朝我这边走过来。他那张肥厚的脸看上去很粗鲁，但并不卑鄙。"您需要什么，夫人？"

我又掏出那些照片。"我想搞清楚这两个男人是不是一起来过这儿。"我用中立的口吻说。

"你问这个有合法的理由吗？"

我从手提包里掏出私人侦探执照。"我是一名私人侦探,正在调查一个大陪审团,因为存在证人和陪审员串通的问题。"我把证件拿给他看。

他匆匆看了一眼,哼了一声,把证件扔还给我。"是啊,我看得出来你是个私人侦探,没问题。但是,我不知道这个大陪审团的故事。我认识这个人。"他轻敲着马斯特斯的照片。"他在埃贾克斯保险公司工作。不经常来这儿,也许一年来三次,自从这个地方归了我就一直是这样。"

我什么也没说,只是吞下一大口啤酒。人一旦发窘,就会嗓子冒烟,遇上这种时候,什么东西都好喝。

"再免费告诉你一条消息,另一个家伙从来没来过这儿。至少我在的时候没见过。"他开怀大笑,把手伸过吧台,拍了一下我的脸。"没什么,小甜饼,为了你我也不会糟蹋这个故事。"

"谢谢。"我冷冰冰地说,"这杯啤酒多少钱?"

"我请客。"他又高声大笑起来,接着沿着过道滚了回去,继续吃他那份午餐。我又吞了一口淡啤酒。接着,我把一美元放在柜台上,这是给卢克的,然后慢慢走出了酒吧。

我沿着范布伦街向前走,途经"西尔斯"①的芝加哥总店。街的另一边有很多快餐店,但是我还得再走一个街区才能找到另一家酒吧。酒保茫然地看了看那些照片,随后把女招待叫了过来。她狐疑地看着两个人的照片,接着拿起了麦格劳那张。"他看上去有点眼熟。"她说,"他是不是电视台的,或者上过电视?"我说不是,接着又问她在酒吧里见没见过他。她说她觉得没见过,不过不敢打包票。那马斯特斯

---

①西尔斯(Sears),美国很有实力的大型零售商。创建于一八八四年,二〇〇五年被凯马特(Kmart)并购,组成美国第三大零售业集团。

呢?她好像没见过。很多商人都来他们这儿,过了一会儿,所有头发灰白、西装革履的男人在她的脑子里搅成了一团。我把两张一元的钞票放在柜台上,一张是给她的,另一张是给酒保的,然后沿着这条街继续向前走。

她那个关于电视的问题提醒了我,我想出了一个更好的借口。走进下一个酒吧时,我说我是市场调查员,想了解一下观众辨识率。有没有人曾经见过这两个人在一起?这个方法引起了更多的兴趣,但结果还是徒劳无功。

这个酒吧的电视开着,电视台正在直播棒球比赛,比赛已经进行到了第四局的尾声,辛辛那提队四比〇领先。我去下一家之前看到比特纳击出一垒打,接着在一个令人毛骨悚然的偷垒后就死在第二局上了。那天下午我总共去了三十二家酒吧,大部分的比赛都赶上了。小熊队输了,二比六。我把自己划的那个区域彻底走了一遍。有两个地方的人模模糊糊地记得麦格劳,但是我把这归因于这些年来,他的照片经常上报纸。很多人大概也隐隐约约地记得吉米·霍法①。另外一个酒吧的人见过马斯特斯,知道他在埃贾克斯保险公司工作,比利酒吧的人则知道他的名字和头衔。但是这两个酒吧的人都没见过他和麦格劳在一起。有些地方的人对我充满敌意,我不得不软硬兼施,使出贿赂加威胁的双重手段才得以套出一个答案。有些人漠不关心。其他地方跟"斑点"差不多,得经理出面拿主意。但是,没一个人见过照片上的两个人在一起。

走到密歇根大街以西两个街区的华盛顿和州立大街时,已经六点多了。去过第五个酒吧以后,只要点了啤酒我就喝,但是肚子有点胀,

---

①吉米·霍法(Jimmy Hoffa,1913—1975),美国著名工运组织者,工会领袖。

而且浑身是汗,精神不振。我答应八点在亚哈和拉尔夫见面。我决定这个下午到此为止,先回家洗漱一下。

州立大街和沃巴什大街之间的那条街的北边全被马歇尔菲尔德百货公司占了。我觉得靠近密歇根街的华盛顿街上好像还有一家酒吧,如果我对街区布局的印象无误。我可以改天再去那儿。我下了台阶,走进州立大街地铁站,登上了开往埃迪森的 B 号线。

晚高峰还没过去。我找不到座位,不得不一直站到富勒顿。

到了洛蒂家,我一头扎进浴室,洗了一个冷水澡。我从浴室里出来后,朝客房里看了一眼。吉尔已经起床了,于是,我把我的衣服丢进一个抽屉里,穿上一件长袍。吉尔坐在客厅的地板上,和两个粉脸蛋、黑头发的小孩一起玩,这两个小孩看上去也就三四岁。

"你好,亲爱的。休息得好吗?"

她抬起头看我,脸上露出微笑。她的脸上已经有了血色,看上去放松了许多。"你好,"她说,"是的,我一个小时前刚醒。她们是卡罗尔的侄女。今天晚上应该由卡罗尔照看她们,但是洛蒂说服她到这儿来,给我们做家常的辣椒肉馅玉米卷饼,嗯,真好吃。"

"真好吃。"两个小女孩齐声说。

"听起来好极了。恐怕今天晚上我还得出去一下,所以只能错过这顿美餐了。"

吉尔点了点头。"洛蒂跟我说了。你还要去侦查吗?"

"嗯,我希望是这样。"

洛蒂在厨房里喊我,我过去和她打了一个招呼。卡罗尔在炉灶上忙碌着,抽空扭了一下身子,给了我一个灿烂的笑容。洛蒂坐在餐桌前读报纸,喝着从不断档的咖啡。她眯着眼睛看我。"今天下午的侦探工作进行得不怎么顺利,对不对?"

我大笑起来。"不怎么样。我什么都没打听到,为了这件事还喝了很多啤酒。这个东西的味道真好。我真希望能取消晚上的约会。"

"那就取消吧。"

我摇了摇头。"我感觉好像没有多少时间了——也许是因为第二起凶杀案。尽管我现在头昏脑涨的,忙了一天,天又太热,我还是不能停下来。我只是希望别在吃晚饭的时候病倒,事实上,我的约会对象已经开始厌烦我了,尽管如果我昏倒了,会让他觉得自己更强壮,更有保护欲。"我耸了耸肩。"吉尔看起来好多了,你说呢?"

"哦,是的。睡觉确实对她有好处。让她暂时离开那个家真是个好主意。我刚来的时候跟她聊了一会儿。她非常有礼貌,不发牢骚,也不抱怨,但很显然,她母亲没在她身上倾注感情。至于她姐姐——"洛蒂做了一个富有表现力的手势。

"是啊,我也这么想。可是,我们不能永远把她留在这里。还有,她白天到底能做些什么呢?我明天又得出门了,而且我干的也不是那种她可以跟着去的差事。"

"是啊,我也一直在想这个问题。看着她跟罗莎和特蕾西,卡罗尔的两个侄女在一起,我和卡罗尔想出了一个主意。吉尔很擅长和孩子打交道,照顾她们,我们并没有要求她这么做。当你精神抑郁的时候,婴儿会令你心情愉快,你可以毫不犹豫地拥抱他们,他们是那么柔软。你觉得让她来我的诊所帮着照料一天孩子怎么样?今天早上你也看到了,他们总是满地打滚,生了病的母亲又不能把他们撇下不管;再说,如果一个孩子病了,妈妈把他带进去看病的时候,另一个孩子又该由谁来照看呢?"

我想了一会儿,没想到有什么不妥。"问问她吧。"我说,"我敢肯定,对她来说,现在最好是有点儿事干。"

洛蒂起身走向客厅。我跟在她身后。我们站在那儿看着地板上的三个女孩。她们忙得不亦乐乎,我们也不清楚她们在忙些什么。洛蒂在她们身边蹲下来,毫不费力地移动身体。我也融入其中。洛蒂能讲一口流利的西班牙语,她和那两个女孩用西班牙语说了一会儿话。吉尔用崇拜的眼神注视着她。

接着,洛蒂转向吉尔。"你和这些小家伙相处得很融洽,以前照看过小孩吗?"

"六月份的时候,我在一个小社区组织的日营里做过辅导员。"吉尔说着,脸有点发红,"不过仅此而已。我从来没替别人照看过孩子什么的。"

"是这样的,我有一个小小的计划。我想听听你的意见。维克得一直在外面跑,她会尽力查出你父亲和哥哥被害的原因。既然这些天住在我这儿,你可以来我的诊所,一定能帮上大忙。"她把她的想法简要地概括了一下。

吉尔的眼睛一下子亮了起来。"但是你知道的,"她严肃地说,"我没有接受过任何培训。如果所有的孩子同时哭闹起来,我可能会手足无措。"

"如果发生这种事,也是对你的能力和耐心的一种考验。"洛蒂说,"到时候我会给你提供一点帮助,比如准备一抽屉的棒棒糖。棒棒糖也许对牙齿不好,但是对眼泪很有效。"

我走进卧室换衣服,今天晚上还得出去吃饭呢。吉尔没有整理床铺。床单皱巴巴的。我把床单抻平,可是转念一想,要不睡一小会儿吧,这样才能恢复平静。

接下来是洛蒂把我摇醒的。"已经七点半了,维克。你不是还得出门吗?"

"哦，见鬼。"我张口骂了一句。我睡得头重脚轻。"谢谢你，洛蒂。"我翻身下床，匆忙套上一件亮橙色的太阳裙，把史密斯威森塞在手提包里，抓起一件毛衣便向门口跑去，一边还冲吉尔喊再见。可怜的拉尔夫，我心想。我简直是在虐待他，让他在餐馆里等着，只是为了向他打听埃贾克斯的事。

向南转到湖滨快车道时，已经七点五十了。我驶入那家餐馆所在的鲁什街时，时间是八点整。我有一个偏见，那就是抗拒收费停车，不过今天晚上我没在寻找路边停车位上浪费时间。我把车交给亚哈对面的一个停车场的管理员。走进门时，我看了一下表：八点零八分。太棒了，我心想。睡了一个小时的觉，脑子迷迷糊糊的，不过，我很高兴自己还是赶来了。

拉尔夫在门口等我。他轻轻地吻了我一下，向我问了一声好，然后向后退了一步，端详我的脸。"的确有改善。"他也这么认为，"而且我看得出来，你又能走路了。"

领班走了过来。星期一晚上人不多，他直接把我们领到座位上。"蒂姆将为你们服务。"他说，"想喝点什么？"

拉尔夫要了一杯金汤力。一杯苏打水就能满足我，喝了那么多啤酒，我实在没胃口再喝苏格兰威士忌了。

"离婚和搬到城里来住有一个好处，就是可以享受这些好餐馆。"拉尔夫发表评论，"这个地方我来过两次，不过我住的小区附近有很多餐馆。"

"你住在哪儿？"我问。

"在榆树街那边，实际上，离这儿不太远。那个公寓家具齐全，而且提供管家服务。"

"很方便。"一定花了不少钱，我心想。我对他的收入很好奇。"你也得支付一大笔赡养费吧。"

"可不是。"他咧嘴笑了,"刚搬过来的时候,除了埃贾克斯保险公司附近的地方,我对这个城市几乎一无所知,而且我不愿意长时间租住在一个我讨厌的地方。我希望最终能买一套公寓。"

"顺便说一句,你帮我查了吗,麦格劳有没有给马斯特斯打过电话?"

"是的,我帮了你那个小忙,维克。就像我跟你说过的那样,他从来没接过那个家伙打来的电话。"

"你没问他,对不对?"

"没问。"拉尔夫欢快的脸上顿时布满怨恨的阴云。"我牢记你的嘱托,只是跟他的秘书聊了聊。当然,我根本无法保证她会不会向他提起这件事。你觉得现在可以放弃了吗?"

我也有点生气,但还是忍住了。我还想让拉尔夫帮我看看那份理赔单。

蒂姆过来点菜。我要了一份烩三文鱼,拉尔夫点了一份挪威海螯虾。我们俩一起走到自助沙拉台前,我一直在寻找一个安全无害的话题,可以让我们一直聊到饭后。我想吃完饭再把那份草案拿给他看。

"我谈了太多有关自己离婚的事,还从来没问过你结没结过婚呢。"拉尔夫说。

"是的,我结过一次婚。"

"发生了什么事?"

"那是很久以前的事了。我觉得当时两个人都没有准备好。他现在是一个成功的律师,和妻子以及三个年幼的孩子住在欣斯代尔。"

"你还和他见面吗?"拉尔夫很好奇。

"不,我真的不想他。不过,他的名字经常出现在报纸上。圣诞节的时候,他给我寄过一张卡片,我就是这么知道他的近况的——还有那些令人感伤的事,比如孩子们坐在壁炉前充满柔情地微笑。我不敢肯定,他给我寄卡片是不是想证明他的男子气概,还是想让我知道自己错过了什么。"

"你怀念那时的生活吗?"

我被惹恼了。"你是不是想用一种委婉的方式试探我想不想拥有一个丈夫和一个家庭?我当然不想迪克,也不后悔身边没有三个孩子。"

拉尔夫一副很震惊的样子。"别那么激动,维克。你就不能不把渴望拥有一个家庭和迪克的家庭混为一谈吗?我不想多萝西,但是这并不意味着我要放弃婚姻。而且如果我不想念自己的孩子,我也就算不上是个好男人。"

蒂姆把我们的晚餐端上来了。这家餐馆为三文鱼配了一份非常好吃的西班牙甘椒酱汁,但是我的情绪依然很激动,无法充分享受它。我强挤出一个笑容。"对不起。有些人认为,一个没有孩子的女人就像没有葡萄的韦尔奇①。我想,对这种说法我会反应过度。"

"嗯,请不要拿我撒气。不要只是因为我对你表示出爱护之意,试图劝阻你追查那些歹徒,就想当然地认为我觉得你应该待在家里看肥皂剧、洗衣服。"

我吃了几口三文鱼,回想着迪克和我们那段短暂且不幸的婚姻。拉尔夫正盯着我看,他那张表情丰富的脸上显露出关切和一丝焦虑。

"我的第一次婚姻解体是因为我太过独立。还有,我不善于做家务,那天晚上,你也注意到了。但是真正的问题是我的独立。我想你可以将其称为一种强烈的地盘感。对我来说——"我笑了笑,"对我来

---

①托马斯·韦尔奇发明了不经发酵的瓶装葡萄汁,并建立了韦尔奇葡萄汁公司。

说,谈论这件事很困难。"我咽了一口唾沫,有那么几分钟,我把注意力全部集中在盘子上。我咬着下嘴唇继续说:"我有一些关系很亲密的女性朋友,因为我不觉得她们会想尽办法接管我的地盘。但是和男人在一起,总是让我觉得,或者经常让我感觉,好像我必须抗争,才能继续做我自己。"

拉尔夫点了点头。我不敢确定他听懂了,但是他好像很感兴趣。我又吃了一点鱼,喝了几大口葡萄酒。

"和迪克在一起更糟糕。我也不知道为什么会嫁给他,有时候我会想,大概是因为他代表了白种盎格鲁撒克逊的权威人士,有一部分的我曾经渴望就此归属于它。但是,对我这种人来说,迪克是个可怕的丈夫。他在'克劳福德和米德'做律师——这是一家有崇高威望的大公司,如果你不知道的话,我当时是个热血沸腾的年轻律师,我的名字被列在公诉律师名册上。我们是在一次律师协会的会议上认识的。迪克认为他爱上我是因为我很独立;后来在我看来,他是把我的独立看成了一种挑战,当他意识到无法将我的独立击垮时,就恼羞成怒了。

"后来做公诉律师的理想幻灭了。这个组织相当腐败——你从来都不为正义辩护,而总是抠那些法律要点。我想摆脱这个组织,但是,我还想做一些让我觉得是在为我的正义理念服务,而不是为法律计分的事情。我从公诉律师办公室辞了职,寻思着下一步该做什么,就在这时,一个女孩找到了我,让我为她哥哥申冤,说他根本就没偷盗。他看上去就像是个有罪的人,他们控告他从一个大企业的工作室里偷走了视频设备,他有作案的途径和机会,以及诸如此类的东西,但我还是接下了那个案子,结果我找到了真正的罪犯,还了他一个清白。"

我又喝了一些葡萄酒,然后用叉子轻轻翻动着三文鱼。拉尔夫的盘子已经空了,但是他挥手叫蒂姆走开——"等这位女士吃完再来收拾吧。"

"一直以来,迪克都盼望我能安下心来当一名家庭主妇。在离开公诉律师办公室这件事上,我饱受煎熬,迪克给了我很大的支持,但结果他这么做的原因是希望我放弃工作待在家里,看着他在法律界一级一级地向上爬,然后站在一边给他鼓掌。我还是接下了那个案子,尽管当时看起来那并不像个案子,而只是帮那个让女孩来找我的女人一个忙(那个女人就是洛蒂)。"我把当时的情景回想了一遍,然后放声大笑。拉尔夫看上去很困惑。"我是一个非常认真负责的人,结果有一天晚上,我是在装卸码头度过的,这也是那个案子的真正转折点。同样是在那个晚上,'克劳福德和米德'组织了一场盛大的鸡尾酒会,而且邀请所有员工的夫人参加。我穿了一件小礼服,因为我觉得可以先去码头再去酒会,去码头也用不了多长时间,可是时间不知不觉地溜走了,迪克无法原谅我不露面。所以,我们就分手了。当时感觉很糟,但是回过头来看,那个晚上真是太荒唐了,我忍不住要笑。"

我把盘子推开。鱼,我只吃了一半,真的没什么胃口。"麻烦在于,我想我现在有点草木皆兵了。有的时候,我真的希望自己有两个孩子,过着中产阶级的家庭生活。实际上那是一个骗局,你知道吗。很少有人能把生活过得像广告那样,充满金色的和谐之光,还有足够的金钱以及诸如此类的东西。而且我知道,我感觉自己是在渴盼幻觉,而不是现实。只是,我很害怕自己做出错误的选择,或者,我也不太清楚该怎样表达。也许,我应该待在家里看肥皂剧;也许,我还没有把生活调整到最好的状态。所以,如果有人向我提出这样的建议,我会毫不客气地大发脾气。"

拉尔夫把手从桌子那边伸过来,捏了一下我的手。"我认为你很了不起,维克。我喜欢你的风格。听起来,迪克是个蠢货。不要因为他就放弃我们男人。"

我笑了，也反过来捏了一下他的手。"我知道，不过，我是一名好侦探，现在也有了一定的名气。做这份工作很难平衡事业和婚姻。干这个活儿也不总是那么费力，只是间歇性的，可是，当我奋力追查一件事时，我不想分心去考虑家里还有个人在为晚饭吃什么犯愁，或者因为厄尔·司麦森打了我而大吵大闹。"

拉尔夫低下头看着眼前的空盘子，若有所思地点了点头。"我明白。"他咧开嘴笑了，"当然，你可以找到这样一个男人，他已经拥有了那些令人羡慕的东西，比如说孩子和郊区生活，因此，他可以站在一旁为你的成功喝彩。"

蒂姆又回来了，问我们想吃什么甜点。我要了那种非常好吃的冰激凌甜果汁。我没把鱼吃完，反正我讨厌自己装得很贤惠。拉尔夫也要尝一尝这种甜点。

"不过，我认为厄尔·司麦森这种事得慢慢习惯。"蒂姆再次消失后，他接着说。

"处理索赔不会有任何危险吗？"我问，"我猜你时不时地就会碰到一些不诚实的索赔人，万一欺诈行为被揭穿，他们可不会太开心。"

"这倒是真的。"他同意我的说法，"但是，要想证明一份索赔申请是不是伪造的，比你想象得还要困难，尤其是遇到意外事故。现在有很多腐败的医生，为了一些酬劳，他们会很高兴为那些无法证明的损伤做证，比如背部扭伤，这在 X 光片上是显示不出来的。

"我还没遇到过什么危险。通常发生这种事的时候，你知道这是欺诈，他们也知道你知道，但是没人能从任何一个方面加以证明，所以，你会给他们一笔现金了事，如果闹到法庭上去，可就远远不止这个数了。这样，就省却了很多麻烦。对保险公司来说，打官司是非常昂贵的，因为陪审团几乎总是支持索赔的一方，所以真的不是危言耸听。"

"这种情况的概率有多少？"我问。

"每个人都以为他们搭了保险公司的顺风车，他们不明白，其实结果都比原来的费用高。但是，我们究竟有多长时间才能遇到一次这样的情况，也就是说被他们骗得倾家荡产，我可说不好。我在这个领域工作的时候，直觉告诉我，每二十个或三十个索赔案例中就有一个是伪造的。但是，你处理了这么多案例，不可能每次都对其加以恰当的评估，你只是把注意力放在大案子上。"

蒂姆把冰激凌端上来了，可口得简直罪孽深重。我刮干净了盘底的最后一滴冰激凌。"有一天，我在一个公寓的地板上找到了一份理赔单。是埃贾克斯保险公司的，一份复写本。我很想知道是不是真的。"

"是吗？"拉尔夫吃了一惊，"你在哪儿找到的？你的公寓里吗？"

"不是。实际上，是在小塞耶住的地方。"

"你把它带来了吗？我想看看。"

我把包从地上拎起来，从侧面的拉链兜里掏出那份文件，递给拉尔夫。他专心地研究起来。最后，他说："这看起来确实像我们的东西。我不明白那个男孩拿这个做什么。理赔单是不允许带回家的。"

他把那张单子叠起来，放进了自己的钱包。"我要把这个文件送回办公室。"

我一点都不觉得奇怪，只是很高兴自己事先想到了，并复印了一份。"你认识这个索赔申请人吗？"我问。

他又把那个文件拿出来，看了一眼上面的名字。"不认识，这个名字怎么念我都不知道。不过，这是本州支付的最高赔款，所以，他一定是暂时或永久地失去了所有行为能力。这意味着关于他应该有一套非常全面的档案。怎么这么油乎乎的？"

"哦,我是在地上找到的。"我含糊地说。

蒂姆把账单拿来时,我坚持要和拉尔夫实行ＡＡ制。"如果这样的晚餐吃得太多,你要么放弃支付赡养费,要么就得放弃那套公寓。"

最终,他还是允许我付了我那部分的钱。"顺便说一句,在他们因为我交不起房租而把我踢出去之前,你愿意看一下我住的地方吗?"

我大笑起来。"当然,拉尔夫,我很愿意。"

第十三章 扎夫的刀疤

六点半，拉尔夫的闹钟响了，我把眼睛睁开一条缝，瞄了一眼闹钟，接着又把头埋在枕头底下。拉尔夫也想把脑袋钻进那个洞里，但是我用被单裹住耳朵，成功地把他赶跑了。这场小规模的战斗把我完全弄醒了。我坐起身来。"为什么要这么早？你非得七点半到办公室吗？"

"对我来说这并不算早，亲爱的。住在道纳斯格罗夫的时候，我每天必须差一刻六点起床，这已经够奢侈的了。而且，我喜欢早晨，这是一天中最美好的时光。"

我呻吟了一声，又倒在床上。"是啊，我经常说，上帝一定热爱早晨，否则他不会创造出这么多个早晨。给我端杯咖啡来怎么样？"

他下了床，活动了一下肌肉。"当然可以，尊敬的华沙斯基小姐，我将为您提供微笑服务。"

我笑了。"如果你一大早就这么精力充沛，我想我会回北边吃早饭。"我把腿从床上晃下来。自从和厄尔以及他的打手发生冲突，这已经是第四个早晨了，我几乎感觉不到任何刺痛。显然，这是锻炼身体带来的好处。我最好把这个习惯重拾起来，打着残疾人的幌子，我很容易放弃这个习惯。

"我可以给你做早餐。"拉尔夫说，"不会很丰盛，但是我家里有吐司。"

"实话跟你说,吃早饭前我想去跑步。我已经五天没出去跑步了,如果不坚持下去,很容易走下坡路。还有一个客人在洛蒂家等着我呢,一个十多岁的孩子,我得去看看她现在怎么样了。"

"只要不把十几岁的男孩带回家开奇怪的狂欢派对就行,我就不介意。今天晚上你能回我这儿来吗?"

"嗯,可能不行。今天晚上我有一个会,我还想跟我的朋友和洛蒂待一会儿。"拉尔夫的坚持仍旧令我困扰。他是想监视我,还是因为孤独,所以碰到第一个感兴趣的女人就会穷追不舍呢?如果约翰和彼得的死与马斯特斯有关,那么他的助理,那个为他工作了三年的人也有可能卷入其中。

"你每天早上都这么早去办公室吗?"我问。

"除非我生病了。"

"上个星期一也是这样?"我问。

他困惑地看着我。"我想是的。问这个干吗?哦,那天彼得被人枪杀了。不,我忘了。那天我去得并不早。我去了塞耶的公寓,亚德利朝他开枪的时候,我一直按着他。"

"那天早上亚德利按时上班了吗?"我继续问。

"我又不是他该死的秘书!"拉尔夫厉声说,"他并不总是在同一个时间出现,他还有早餐会什么的,我不会坐在那儿手里拿个秒表等着他到来。"

"好啦,好啦,别激动。我知道你把马斯特斯视为纯洁的化身,但是如果他做了什么不法的事,难道他不会向你这个值得信任的心腹寻求帮助吗?你不想让他依靠别人,一个没你能干的人,对不对?"

他的面部表情放松下来,随后放声大笑。"你简直是肆无忌惮。如果你是男人,你不可能侥幸得手的。"

"如果我是男人,也不会躺在这儿了。"我表明观点,伸出一只胳膊把他拉回到床上,但是我的脑子还在想星期一早上他都干了些什么。

拉尔夫去洗澡了,还轻声地吹着口哨。我拉开窗帘,看着窗外。空气呈现出一种淡淡的黄色。即便这么早,这座城市看上去还像是被稍稍烘烤过一样。空气不再纯净凉爽。我们又将被投入另一个炎热且被污染了的魔咒之中。

我洗完澡、穿完衣服,和拉尔夫一起坐在餐桌前喝咖啡。他的公寓是一个大房间,半面墙隔出一个半私密的进餐区。厨房肯定是壁橱改的——炉灶、洗手池、冰箱各居其位,有站立和做饭的空间,但是连放一把椅子的地方都没有。这个地方不难看。对着门口摆着一张大沙发,一把很沉的扶手椅立在窗户的右角,和窗户保持一定的距离。我从哪儿读到过,说是家里有落地窗的人,总是让家具离窗户远点——如果椅子离窗户太近,他们会产生一种掉下去的错觉。椅背和挂了窗帘的窗户之间的距离足有两英尺。所有的室内装饰和窗帘都是淡雅的花卉图案。对于一个精装修的公寓来说,已经很漂亮了。

七点半的时候,拉尔夫站起身。"我听见那些索赔案在呼唤我了。"他解释道,"明天再跟你联系,维克。"

"好的。"我说。我们在友好亲切的沉默中乘电梯下了楼。拉尔夫把我送到我的车前,我昨天不得不把车停在湖滨快车道附近。"需要我开车送你去市中心吗?"我问。他拒绝了,说每天他都要步行一英里半去埃贾克斯上班,对他来言,这就算是锻炼身体了。

开车离去时,我在后视镜上看见他沿着街道向前走,尽管空气闷热,他却一副心满意足的样子。

我八点就回到了洛蒂家。她正在厨房里吃吐司、喝咖啡。吉尔坐在洛蒂对面，那张鹅蛋脸充满活力，她端着一杯已经喝了一半的牛奶，正热火朝天地谈论着什么。她天真的模样和高涨的情绪让我感觉自己既衰老又颓废。我对着自己做了一个苦相。

"早上好，女士们。外面越发恶臭了。"

"早晨好，维克。"洛蒂顽皮地说，"真可惜你还干了一晚上的活儿。"

我笑嘻嘻地在她的肩膀来了一拳。吉尔问："你真的忙了一个晚上吗？"声音里透着严肃和担忧。

"没有，洛蒂知道是怎么回事。我干了一点工作，晚上是在一个朋友家里住的。昨天晚上你过得开心吗？辣椒肉馅玉米卷饼好吃吗？"

"哦，好吃极了！"吉尔满腔热情地说，"你知道卡罗尔从七岁开始就做饭了吗？"她咯咯笑着。"我什么有用的活儿都不会干，比如熨衣服，我连炒鸡蛋都不会。卡罗尔说，我最好嫁给一个很有钱的人。"

"哦，那你就嫁给一个喜欢做饭熨衣服的男人好了。"我说。

"也许今天晚上你可以练习炒鸡蛋。"洛蒂提了一个建议。"今天晚上你在吗？"她问我。

"能早点吃晚饭吗？七点半我在芝加哥大学有个会，有人也许能帮我找到安妮塔。"

"你觉得可以吗，吉尔？"洛蒂问。

吉尔做了一个鬼脸。"我还是打算嫁给一个有钱人。"我和洛蒂大笑起来。"吃花生酱三明治行吗？"她建议道，"我会做这个了。"

"我给你做一个煎蛋饼，洛蒂。"我许诺，"如果你和吉尔能在回家的路上买点菠菜和洋葱的话。"

洛蒂做了一个鬼脸。"维克是个很优秀的厨师，只是她总把厨房搞得很乱。"她告诉吉尔，"只要半个小时，她就能给四个人做一份简餐，但是你和我得用一个晚上的时间收拾厨房。"

"洛蒂!"我表示抗议,"一个煎蛋饼就让你说了这么多话?我保证——"想了片刻后我笑了。"我什么都保证不了。我可不想开会迟到。吉尔,你可以帮忙收拾厨房。"

吉尔犹豫不决地看着我:我是不是因为她不想做晚饭生气了?"你看,"我说,"你不一定非得那么完美。即便你乱发脾气,我和洛蒂也会喜欢你的,不要整理床铺,也别给我们做晚饭,好吗?"

"当然了。"洛蒂同意我的说法,然后打趣道,"我跟维克做了十五年的朋友了,可是还没见过她整理床铺呢。"

吉尔听了这句话笑了。"你今天还要去侦查吗?"

"对,去北边。这就像是在大海里捞针。我想和你一起吃午饭,但是我不知道到时候会不会有什么变化。不过,中午的时候我会给诊所打电话。"

我走进客房,换上短裤、T恤衫和跑鞋。热身运动刚做了一半,吉尔就进来了。我的肌肉绷得很紧,这是对我滥用肌肉的回应,做伸展运动时,我要比平时更缓慢、更小心。吉尔进来的时候,我出了一点汗,不是因为用力,而是身上还有一点痛。她站在那儿看了我一会儿。"你介意我在这儿换衣服吗?"最后她问道。

"不介意,"我咧开嘴笑了。"除非——你觉得——一个人——更自在。"我把身体拉直。"你想过给你母亲打电话吗?"

她做了一个苦相。"洛蒂也这么想。我决定做一个逃亡者,就留在这儿了。"她套上一条牛仔裤和一件宽大的衬衫。"我喜欢这儿。"

"你只是觉得新鲜。过一段时间,你就会想念你的私人海滩了。"我快速地抱了她一下。"不过,我会邀请你在洛蒂家住下去的,你想住多久就住多久。"

她大笑起来。"好吧，我会给妈妈打电话的。"

"好孩子。洛蒂，回头见。"我喊了一声冲出门去。谢菲尔德大街离湖边约有一英里远。如果跑到湖边，再沿着戴弗西街跑八个街区回来，差不多是四英里的路。我跑得很慢，一部分原因是为了缓解肌肉疼痛，另一部分原因是令人窒息的天气。我通常跑一英里需要七分半钟，今天早上我把速度控制在九分钟左右。跑到戴弗西街的时候，我已经汗如雨下了，两条腿直打晃。我向北跑去，但是我太累了，根本没注意周围的车辆。离开湖滨小路时，一辆巡逻警车在我身前停了下来。麦克格尼格警官坐在副驾驶座上。

"早上好，华沙斯基小姐。"

"早啊，警官。"我努力地把气喘匀。

"马洛里警官让我找你，"他从车里走下来，"昨天他接到温尼卡警察局打来的电话。好像是说你用花言巧语骗过警察进了塞耶的家。"

"哦，是吗？"我说，"能看到郊区和城里的警察如此精诚合作，真是令人高兴。"我动了几下脚趾，以免腿部肌肉僵硬。

"他们很担心塞耶家的那个女孩。他们认为她应该回家和她母亲待在一起。"

"他们考虑得可真周到。他们可以给赫切尔医生的诊所打电话，向她提这个建议。这就是你跟踪我的原因？"

"并不完全是。温尼卡警察局终于找到了一个目击证人，他看到了开枪的那辆车，但是没看到射击的场面。"他停顿了一下。

"哦，是吗？有身份证是不是就可以逮捕了？"

"可惜的是，证人只是个五岁大的小孩。他吓傻了，而且他的父母已经找律师和保镖把他保护起来了。他当时好像是在谢里登路旁边的一个沟里玩，这是在他家里绝对禁止的事，不过他父母还在睡觉，所以他是偷偷跑出去的。显然,这正是他偷跑出去的原因,这是出格的事。看见那辆车时,他正在玩一种疯狂的游戏,你知道孩子都这样,他以为自己是在追踪达斯·维达[①]或是别的什么人。大黑车,他说,停在塞耶家门口。他决定跟踪它,可是坐在副驾驶座上的那个人简直把他吓得魂飞魄散。"

麦克格尼格又停了下来,想确定一下我是不是听明白了。他小心翼翼地在接下来的词语上加重了语气。"我们谈了好几个小时,还向他的父母做出了很多承诺,比如法庭不会传讯他,不会公布这则消息等等,最后他说,令他感到害怕的是,那个男人的身上有佐罗。为什么是佐罗呢? 好像是那个人的脸上有一个标记。他就知道这么多。他看见了,吓坏了,于是逃命去了。不知道那个人看没看见他。"

"听起来是个不错的开头。"我礼貌地发表评论,"你们所能做的就是找到那辆大黑车和那个脸上有标记的男人,然后问他是不是认识佐罗。"

麦克格尼格眼神犀利地看着我。"我们这些警察还没愚蠢到极点,华沙斯基小姐。我们不能在法庭上说这件事,因为我们已经答应了他的父母和律师。不管怎么说,这个证据不怎么好找线索。但是佐罗,你知道,佐罗的标记是一个大大的 Z,我和马洛里警官想知道你是不是认识一个脸上有一个大大的 Z 字标记的人。"

我感觉脸抽动了一下。给厄尔跑腿的那个叫托尼的家伙脸上有这样一个刀疤。我摇了摇头。"我应该知道吗?"

"有这种标记的人不多。我们认为有可能是托尼·布朗斯基。七八年前,他抢了一个叫扎夫的人的女朋友,那个人在他的脸上割了一刀。

[①]达斯·维达,又译黑武士或达斯·瓦德,原名天行者阿纳金,是电影《星球大战》里最重要的角色之一,他的两次改变决定了光明与黑暗两股势力的消长。

目前,他跟着厄尔·司麦森混。"

"哦?"我说,"警官,我和厄尔不是常来常往的朋友,他的伙计我也认不全。"

"呃,马洛里警官认为,你一定想知道这件事。他说他知道你肯定不希望有什么事发生在塞耶家的那个女孩身上,况且现在是由你来照顾她。"他回到车上。

"马洛里警官对戏剧很有感觉。"我在他身后喊,"夜深人静的时候,他看了太多次《神探科杰克》①的重播。告诉他这是我说的。"

麦克格尼格的车开走了。剩下的路我是步行回去的。我已经对锻炼身体完全丧失了兴趣。洛蒂和吉尔已经离开了。为了舒缓肌肉并反复思考麦克格尼格送来的口信,我洗了很长时间的热水澡。约翰·塞耶的死跟厄尔有牵连,这一点没什么好奇怪的。我想知道的是,吉尔到底有没有危险。如果真的有,她跟我和洛蒂在一起会不会更危险?我用毛巾擦干身子,又称了一下体重。这些天我一直在吃淀粉,体重居然还轻了两磅。

我走进厨房,榨了一些橙汁。我意识到,只有一种可能的方式会让吉尔和我在一起更危险,那就是厄尔决定彻底干掉我,那时,她将成为绝好的人质。我突然感觉浑身发冷。

我所做的事不会有任何结果,除非把塞耶的死当成终点。我不能把麦格劳和马斯特斯或者塞耶捆在一起。我对安妮塔的行踪一无所知。唯一可以给我提供消息的人是麦格劳,可是他不愿意这么做。该死,那他当初为什么要找我呢?

冲动之下,我在电话簿里查到磨刀人的号码,打了过去。前台接

---

① 《神探科杰克》(*Kojak*),美国二十世纪七十年代流行的一部警匪题材的连续剧。

待员把我的电话转给了米尔德丽德。我没有说明自己的身份,只是告诉她我要找麦格劳。"他在开会,不能被打扰。"

"很重要的事。"我说,"告诉他关系到厄尔·司麦森和约翰·塞耶。"

米尔德丽德叫我等一会儿。我端详着自己的手指甲。该锉一锉了。电话终于"咔嗒"响了一声,电话那头传来麦格劳沙哑的声音。

"喂?怎么回事?"他问。

"我是维·艾·华沙斯基。是不是你让厄尔杀了塞耶?"

"你到底在说什么?我告诉过你别管我的事。"

"是你先把我拉进来的,麦格劳。你把它变成了我的事。我现在想知道,是不是你让厄尔杀了塞耶?"

他沉默了。

"厄尔手下的一个人开枪打死了塞耶。起初是你把塞耶的名字卷进这里来的。你却一直回避告诉我原因。你想不想确保他从最开始就被扯进这个案子里来?你担心警察会怀疑安妮塔,你又想把他也拉进来蹚这个浑水,是不是这样?然后呢,他威胁你要叫嚷出去。就这样,为了以防万一,你让厄尔杀了他。"

"华沙斯基,我已经把电话录了音。如果你再这样胡乱指责我,咱们就法庭上见。"

"别做这种尝试,麦格劳。他们会让你交出其余的录音带。"

他"啪"的一声撂下电话。我并没有感觉好一点。

我匆忙穿上衣服,在把史密斯威森插入挂肩枪套前仔细地检查了一遍。我仍然希望厄尔视我如无物,而且继续秉持这种想法,直到我查明真相,致使他明白为时已晚,不能再采取其他行动。但是,我不会抱任何侥幸心理,于是,我从后门离开公寓,在这个街区绕了一圈才上了车。没有发现什么危险。

我决定放弃卢普区的酒吧,而是到磨刀人附近看一看。如果有必要的话,我可以明天回一趟卢普区。在向北去的路上,我在诊所停了一下。尽管时间还早,候诊室里已经挤满了人。那些已经等了一个小时的人对我怒目而视,但是我不得不再次硬着头皮从他们身边经过。

"我得跟洛蒂谈谈。"我唐突地对卡罗尔说。她看了一下我的脸,然后把洛蒂从诊疗室里叫了出来。我把刚才发生的事很快跟她解释了一番。"我不想让吉尔感到不安。"我说,"但是,我也不想让咱们俩如坐针毡。"

洛蒂点了点头。"是啊,但是有什么东西能阻止他们把她从塞耶家带走呢?"她问,"如果他们断定她是一个好人质,恐怕不管她在哪儿,他们都能抓到她。这不是你内心宁静不宁静的问题,我们应该考虑的是吉尔。而且我认为,她最好在这儿多待两天。无论如何,要等到她父亲葬礼的那一天。她已经给她母亲打过电话了,最迟星期五就能举行葬礼。"

"你说得对,但是,洛蒂,现在是分秒必争。我必须继续追查下去,不能这么老老实实地照看吉尔。"

"是的。"她皱了皱眉,接着,她的心情突然豁然开朗起来。"卡罗尔有个弟弟。大个子,身强力壮,心地善良,是个学建筑的学生,也许他能过来帮我们提防那些恶棍。"她喊了一声卡罗尔,卡罗尔正聚精会神地听我们俩谈问题,想到吉尔处境危险,她很绝望,但是她认为保罗会很高兴过来帮忙。"别看他看上去粗鲁愚蠢,"她说,"可这是完美的伪装,实际上他真的很友好,而且很聪明。"

我应该满足了,可其实并不开心。等一切结束了,我想用船把吉尔送到威斯康星。

我继续向北开，在磨刀人的地盘上转了一圈，圈定了今天的路线。这里的酒吧没有卢普区多。我挑了一个有二十个街区那么大的广场，然后决定把车留在这里。今天上午，不管我在酒吧里激起怎样的怨恨，我都不会喝酒的。我无法在中午之前面对啤酒，哪怕是威士忌。

我从这个区域的最西边开始，沿着霍华德艾尔特拉克斯寻找。第一家酒吧叫克拉拉，看上去又脏又破，我拿不定主意要不要进去。当然，像马斯特斯这么讲究的人是不会去这么垃圾的地方的。反过来说，也许这正是他需要的地方，人们不会把这种地方跟他联系在一起。我挺起胸膛，将自己从湿热的空气中推入一片黑暗。

到了响午，我已经去了九个酒吧，结果是一片茫然。我开始觉得我想出来的这个主意简直糟糕透顶，而且浪费了很多宝贵时间。我会完成目前的定额，但是不会再回卢普区了。我给诊所打了个电话。卡罗尔的弟弟已经留了下来，他被吉尔迷住了，还帮着她照看那七个蹒跚学步的小孩。我告诉洛蒂，我会待在原地，让她替我跟吉尔说声抱歉。

潮湿污浊的空气令人窒息。我感觉每次我想走出去都会被这种空气扑倒在地。酒吧里混杂的啤酒味令我作呕。每当我走进一个地方，都有几个可悲的人像是被钉子固定在凳子上，还没到中午就一杯接着一杯地喝酒。和在市中心的情形一样，在这个区域，我也同样经历了敌意、冷漠和合作，同样，也没人能认出照片里的那两个人。

给洛蒂打完电话后，我决定去吃午饭。我所在的位置离谢里登路不远。我步行过去，在那个街区的尽头找到了一家看起来不错的牛排馆。我决定不在酒吧里吃饭，而是心怀感激地告别炎热，走进这家餐馆。这个自称"高围栏"的地方，面积不大却很干净，空气中充满了食物的香味，宾至如归的感觉与酒吧里酸臭的啤酒味形成了鲜明的对比。上座率大概三分之二。一个丰满的中年女人拿着一张菜单走了过来。她面带愉快的微笑，把我领到一张角桌旁。我开始感觉好一点了。

我点了一小份牛腰肉，一份不加调味品的沙拉，和一大杯金菲士①。食物端上来后，我开始慢慢享用。没有人会给《芝加哥》杂志写文章赞美这家餐馆，不过这是一顿简单可口的午餐，在很大程度上舒缓了我的情绪。我要了一杯咖啡，细细地品味着。差一刻两点，我意识到自己在耽误时间。"当职责在向你招手时，你必须冲上前去。青年回答老年：'我可以。'"我喃喃自语地鼓励自己。我把两美元放在桌子上，把账单拿到收银台前。那个丰满的女服务员急忙从后面跑过来拿钱。

"这顿午餐真是令人心情愉快。"我说。

"我很高兴您喜欢。您是新搬来的吗？"

我摇了摇头。"我碰巧路过这儿，你们的招牌很吸引人。"一时心血来潮，我掏出了那个文件夹，文件夹已经折角了，而且看起来有点脏。"我想打听一下，这两个人是不是一起来过这儿？"

她拿起照片看了看。"哦，对，他们来过。"

我简直不敢相信。"你肯定吗？"

"不可能搞错的。除非要去法庭上做证。"她那张亲切的脸突然沉了下来。"如果你说的这件事和法律有关——"她又把那些照片推给我。

"完全没有任何关系。"我急忙说，"至少你不会被牵连进去。"突然遇到这种情况，我想不出一个合乎情理的借口。

"如果有人给我送传票，我可会说从来没见过这两个人啊。"她重申道。

"这是一次非正式的谈话，你只说给我听就行了，他们来这儿有多

---

①金菲士（Gin Fizz），杜松子汽水酒。

长时间了？"我说，希望我的声音听起来诚恳而且有说服力。

"到底是什么问题？"她依旧疑心重重。

"确认生父的诉讼。"我立即回答，这是从我脑子里蹦出来的第一个想法。这听上去真荒唐，即便对我自己来说也是如此，可是她却放松下来。

"嗯，听上去还不是那么可怕。我想大概有五年了吧。这是我丈夫开的餐馆，我们已经共同经营了十八年了。大部分熟客我都记得。"

"他们经常来这儿吗？"我问。

"哦，一年差不多来三次吧。但是过了一段时间，你就能把老顾客认出来。而且，这个男人——"她轻敲着麦格劳的照片，"他经常来这儿。我想他在这条路上的那个大工会上班。"

"哦，真的吗？"我礼貌地说，顺手抽出塞耶的照片。"他呢？"我问。

她端详着。"看上去挺眼熟。"她说，"但是他没来过这儿。"

"我肯定不会把你的名字散播出去。谢谢你给我准备了这么好吃的午餐。"

走入令人眩目的热浪，我不禁头昏脑涨。我简直不敢相信自己这么幸运。侦探也能时不时地交好运，于是，你开始觉得自己毕竟站在正义和善良这一边，一种仁慈的天意正在为你指引道路。太棒了，我心想。我把马斯特斯和麦格劳联系在了一起。而麦格劳认识司麦森。小树枝在大树枝上，大树枝在树上，而树在山上。维克，你是个天才，我告诉自己。唯一的问题是，是什么把这两个人联系到一起的呢？一定是那个我从塞耶的公寓里找到的理赔单，但究竟是怎么回事呢？

我找到一个付费电话，打电话给拉尔夫，问他是不是查到了吉尔茨沃斯基的档案。他正在开会。不，我不要给他留口信。我过会儿再打给他。

还有一个问题。塞耶、麦格劳和马斯特斯之间又存在怎样的联系呢？这同样也不难搞清楚。这一切大概都围绕着某种赚钱的方式，也许是非应税收益。如果是这样，那么塞耶自然是以马斯特斯的邻居、好朋友和一家银行的副总裁的身份介入的。他很可能用十几种我想都不敢想的方式洗钱。比方说，他洗钱，结果被彼得发现了，于是麦格劳叫司麦森杀死了彼得。塞耶后悔万分。他说"我不会参与的"这句话是说给谁听的？马斯特斯，还是麦格劳？后来，他们让厄尔把他也干掉了。

冷静，维克，上车时我这样告诉自己。到目前为止，你只掌握了一个事实：麦格劳和马斯特斯互相认识。但这是一个多么精彩且具有强烈暗示的事实啊。

瑞格利球场的比赛已经进行到第五局的尾声。小熊队在得分上领先费城队。出于某种原因，污浊萎靡的空气作用在小熊队身上却像是一剂补药。其他队都处于垂死的状态，只有小熊队八比一领先。金曼击出他的第三十四个本垒打。我想也许可以犒劳自己一下，去公园里把剩下的比赛看完，但是这个念头很快被我坚决地打压下去了。

两点半，我返回诊所。候诊室里的人比上午还多。一台窗式空调正在与热气和人潮作斗争。当我走进屋里时，里面的那扇门开着，有一张脸在四处张望。"粗鲁愚蠢"，概括得很准确。我走到房间的另一侧。"你一定是保罗吧。"说着，我伸出一只手，"我是维克。"

他露出微笑。这个转变真是不可思议。我能在他的眼睛里看到智慧的光芒，他看上去并不粗野，相反，还很英俊。我的脑海中飞速闪过一个念头——吉尔到了谈恋爱的年龄了吗？

"这儿的一切都很安静。"他说，"当然，除了那些孩子。你想出来看看吉尔在干什么吗?"

我随他来到后面。洛蒂已经把那张钢质的桌子从第二诊疗室里搬出来了。吉尔坐在这个狭小的空间里,和五个两岁到七岁的孩子一起玩耍。她看上去很骄傲自大,仿佛是在应对重大危机。我暗自发笑。墙角有一个筐,筐里睡着一个婴儿。我进来的时候,吉尔抬起头来看了一眼,说了声你好,但微笑是献给保罗的。这会将事情不必要地复杂化,还是能提供帮助?我不得而知。

"怎么样?"我问。

"好极了。每次手忙脚乱的时候,保罗就会赶紧把《奇人艳遇》① 拿过来。我只是担心他们听懂了会叽叽喳喳叫个不停。"

"你认为你可以离开他们几分钟吗?我有几个问题要问你。"

她迟疑地看着那群人。"去吧,"保罗欢快地说,"我来接替你,反正你也忙了很长时间了。"

她站起身来。其中一个小孩,一个小男孩坚决反对。"你不能走!"他蛮横地大声喊。

"她当然可以走啦。"说着,保罗自在地蹲在她原来的位置上,"你刚才玩到哪儿了?"

我把吉尔带到洛蒂的办公室。"看起来你有这方面的天赋。"我说,"洛蒂可能会说服你整个夏天都留在这儿。"

她的脸上飞起红晕。"我也想这样。只是不知道是不是真的可以。"

"等我们澄清了那个事情,就没有理由不这样了。你见过安妮塔的父亲吗?"

她摇了摇头。我取出一套照片,又从里面拿出麦格劳的照片。"这

---

① 《奇人艳遇》(The Good Humor Man),美国经典童书,讲述了一个卖冰激凌的人的故事,以及他在送货过程中的所见所闻。

就是他。你见过他跟你父亲在一起吗,或者在你家附近出现?"

她认真地看了一会儿。"我想我以前没见过他。他和安妮塔长得一点都不像。"

我停顿了片刻,不知道该怎么说才能说出我想要说的话,同时又不至于伤害到她。"我觉得麦格劳先生和马斯特斯先生共同谋划了什么事,我也不清楚究竟是什么。而且,我相信你父亲肯定也以某种方式卷了进去,或许他并没有意识到自己究竟卷进了什么里面。"事实上,我突然想到,如果塞耶参与了那件事,难道彼得不会第一个站出来和他对质吗?"你记不记得彼得出事之前的一两个星期内,是否和你父亲吵过架?"

"不记得,实际上,彼得已经快两个月没回过家了。如果他和爸爸吵过架,那也是在电话里。也许是在办公室里,但在家里从来没有过。"

"很好。让我们再说说另外一件事。关于那个交易,我想知道,你父亲了解到了什么情况。你能想起什么对我有帮助的事吗?他和马斯特斯先生是不是把自己锁在书房里长谈过?"

"是的,但是很多人都那样做过。我爸爸跟很多人做生意,他们经常来家里谈事情。"

"哦,那么钱呢?"我问,"马斯特斯先生给过你父亲很多钱吗,或者反过来?"

她尴尬地笑了,耸了耸肩。"对那种事情我一无所知。我知道爸爸在银行工作,是个高级管理人员什么的,但是我不知道他具体做什么,对于钱的事,我一无所知。我想,也许我应该这么做。我知道爸爸很富有,那些信托财产都是从我祖父母那里继承下来的,但是我对爸爸的钱一无所知。"

这没什么好奇怪的。"如果我让你回一趟温尼卡,仔细检查一下他的书房,看看是不是有什么资料提到过麦格劳、马斯特斯或者两个人都行,你是不是觉得自己不够诚实,甚至还有点虚伪呢?"

她摇了摇头。"如果这么做对你有帮助,我会去做的。但是,我不想离开这里。"

"这是个问题。"我同意她的说法。我看了看表,计算了一下时间。"反正我觉得今天吃晚饭之前是来不及了。不过,明天一大早怎么样?我们回诊所的时候也正好赶上孩子多,可以照看一下。"

"当然可以。"她答应了,"你想一起去吗?我是说,我没有车,而且我还想回来,一旦到了那儿,他们也许会劝我留下来。"

"我不会爽约的。"到了明天早上,这所房子里也不太可能挤满警察。

吉尔站起身回到托儿所。我听见她用充满母性的声音说:"好吧,现在轮到谁了?"我咧嘴笑了,在洛蒂的门口探了探头,告诉她我回家睡觉去了。

第十四章 炎热的夜晚

我从洛蒂家出发，去参加大学女子联合会七点的一个会。睡了三个小时，我就已经感觉精神十足。我做的煎蛋饼很好吃，这是母亲传给我的秘方，我还做了很多吐司，保罗拌了沙拉。他对我的厨艺大加赞赏，认为他的保镖工作还包括在洛蒂家过夜，所以已经把睡袋都拿来了。洛蒂警告他，餐厅是他唯一可以落脚的地方。"我希望你待在里面别出来。"她补充道。吉尔很高兴。如果她把保罗当男朋友带回家，我能想象她姐姐会作何反应。

我向南开，一路畅通，在这样一个慵懒的夜晚，有很多人在外面乘凉。这是夏日的一天中我最喜欢的时间段。那种气味和感觉唤起了童年的魔力。

我没费什么力气就在校园里找到了停车位，并在开会之前走进了会议室。那里聚集了十来个女人，她们穿着工装裤和超大号的T恤衫，有的人身上穿的斜纹棉布衬衣是由蓝色牛仔裤改成的，她们把牛仔裤裤腿剪开，然后重新缝在一起，接缝还露在外边。我穿了一条牛仔裤，为了把枪盖住，又套了一件宽松的大衬衫，即便如此，我打扮得还是比这个屋子里的任何一个人都要优雅。

盖尔·舒格曼已经到了。我刚一进门，她就认出了我。她说："你好，很高兴你还记得今天开会。"其他人停下来看我。"我给大家介绍一下,这位是——"盖尔停了下来,很尴尬。"我忘了你叫什么名字了——是个意大利名字,我记得你跟我说过。反正,我是上礼拜在斯维夫特咖啡馆认识她的,并且把开会的事告诉了她,现在她就来了。"

"你不会是记者吧?"一个女人问。

"不,我不是。"我将措辞保持中立,"我是在这儿获得的文学学士学位,现在看来是个相当老的学位。那天我来这儿跟哈罗德·温斯坦聊天,恰好碰上了盖尔。"

"温斯坦,"有一个人轻蔑地哼了一声,"穿着工作服、咒骂资本主义就以为自己是激进主义者了。"

"是啊。"另一个人也赞同她的说法,"我听过他讲的'大企业集团与大劳工组织'。他认为四十年代福特公司和 UAW[①] 对抗,福特输了,这就意味着反抗压迫的主要战役已经打赢了。如果你想跟他讨论女人不仅被排除在大企业集团之外,连劳工组织也不接纳她们,他会说,这并不代表压迫,只是反映了当前的一种社会习俗。"

"这种论点是为所有的压迫辩护。"一个留着短鬈发的丰满女人插了进来。

瘦弱黝黑的玛丽,那个星期五和盖尔一起在咖啡馆的年纪稍长的女人宣布开会。"今天晚上我们没有什么特别的安排。"她说,"夏天的出勤率太低,不具备找演讲人的条件。但是,我建议大家在地上坐成一圈进行集体讨论,怎么样?"她一边说,一边抽烟,由于吸入的动作太猛,整个腮帮子都被她嘬了进去。我感觉她正在用怀疑的眼神看我,也许是我自己神经过敏。

我顺从地在地板上找到了一个位置,然后盘腿坐了下来。我小腿

[①] UAW, 即 Untied Auto Workers, 全美汽车工人联合会。

的肌肉很敏感。其他女人端着糟糕的咖啡走过来，散坐在各处。去会议室的路上，我也看了一眼煮过头的咖啡，还是决定不喝了，因为我觉得没必要通过这个来证明我是这个组织的一员。

除了两个人，其他人都坐下来了，这时，玛丽建议大家轮流做自我介绍。"今天晚上咱们这儿来了两个新人。"她说，"我是玛丽·安娜斯多特。"她面向坐在她右手边的那个女人，刚才就是这个人抗议大劳工组织将妇女拒之门外的。等轮到我的时候，我说："我是维·艾·华沙斯基。大多数人叫我维克。"

大家介绍完自己，一个人好奇地问我："你是用名字的缩写呢，还是维克就是你的本名？"

"这是个昵称。"我说，"通常我用名字的缩写。刚开始工作的时候我是一名律师，我发现如果我的男同事和对手不知道我的名字，他们就不那么容易以高人一等的姿态对待我。"

"说得好。"说完，玛丽又把话题拉到会议上来。"今天晚上，我想了解一下大家能为伊利诺伊展览会的 ERA① 展位做点什么。通常伊利诺伊的 NOW② 组织有一个展位，专门用来分发文学作品。今年他们想多花点心思，放些幻灯片，所以需要更多的人手。他们需要有人在八月四号到十号之间去斯普林菲尔德，做展位服务，并放映幻灯片，也就是一两天的时间。"

"他们会派车来接我们吗？"那个留着鬈发的丰满女人问。

"我想用什么运输工具取决于志愿者的人数。我应该会去。如果其他人也愿意去，我们可以一起坐公共汽车，路途并不是很远。"

"我们住在哪儿呢？"有人想知道。

---

① ERA，即 Equal Rights Amendment，《美国宪法平等权利修正案》。
② NOW，即 National Organization for Women，美国全国妇女组织。

"我打算在外面露营。"玛丽说,"但是你们也许能找到 NOW 的成员,和她们共用一个旅馆房间。我可以向总部咨询一下。"

"我有点讨厌和 NOW 共事。"一个面色红润、长发及腰的女人说。她穿了一件 T 恤衫和一条工装裤,容貌安静柔和,宛若维多利亚时代的妇人。

"为什么,安妮特?"盖尔问。

"他们对真正的问题视若无睹——比如妇女的社会地位、婚姻不平等、离婚和养育儿童等,不干正经事,却去支持那些政客。他们会支持一个只为儿童保健做过一丁点微不足道的事情的候选人,却忽视了这样的事实,那就是他的工作团队里没有女性,而他的妻子是一个坐在家里支持他事业的服装模特。"

"怎么说呢,除非解决了基本的政治和经济不平等的问题,否则就没有任何社会公正可言。"一个身材敦实的女人说,我想,她的名字是鲁斯。"政治问题是可以尽力解决的。如果没有挖掘工具,你不可能设法根除古已有之的男性对女性的压迫。法律就代表了这件工具。"

这是一个陈旧的议题。它又把我们带回了六十年代末期激进女权主义刚兴起那个时候。你是把关注点放在男女同工同酬、拥有同样的法律权利上,还是想一下子改变社会,让所有人拥护一套全新的性别价值观?玛丽旁观了十分钟。然后用指关节轻轻地敲了敲地板。

"我并没有要求大家在 NOW 乃至 ERA 上达成共识。"她说,"我只是想统计一下想去斯普林菲尔德的人数。"

不出所料,盖尔第一个报名,当然还有鲁斯。那两个对温斯坦的政治学进行了一番剖析的人也答应要去。

"你呢,维克?"玛丽说。

"谢谢,我就不去了。"我说。

"为什么你不告诉我们你来这里的真正原因呢,"玛丽的声音冰冷如钢,"你可能曾经是芝加哥大学的学生,但是没有人会在星期二的晚上顺便加入一个讨论小组,只是为了检查一下老校园里正在进行的政治活动。"

"并没有发生什么大的改变,不过你说得对,我来这儿是为了找安妮塔·麦格劳。这里的人我都不熟,但是我知道这是和她关系密切的团体,而且我希望这里有人能告诉我她在哪里。"

"既然是这样,你可以出去了。"玛丽愤怒地说。这群人默默地将我包围。我感觉她们的敌意就像一种无形的压力。"我们都接受过警方的调查,我猜现在他们以为派一个女警察打入我们的内部,就能从我们中间的某个人那里挖出安妮塔的地址,假设我们有什么可探听的话。我不知道,也不知道这里是不是有人知道,但是你们这些讨厌的警察就是不打算罢手,对不对?"

我没动地方。"我不是警察那边的人,也不是记者。你是不是认为警方想找到安妮塔,是为了把彼得·塞耶的死嫁祸给她?"

"当然了。"玛丽不屑地说,"他们四处打听,想找出彼得乱搞男女关系、安妮塔为此争风吃醋的证据,或者他是不是立了遗嘱,给她留了一笔钱。对不起了,你回去告诉他们,他们不会得逞的。"

"我想给你们提供一个备选的剧本。"

"去你的。"玛丽说,"我们可不感兴趣。现在你给我滚出去。"

"除非你听我说完。"

"你希望我把她扔出去吗,玛丽?"安妮特问。

"你们可以试试看。"我说,"但是如果我伤害了你们中间的哪一位,只会让你们更生气,况且,如果你们不听我把话说完,我是不打算离开这里的。"

"好吧。"玛丽气呼呼地说。她拿出手表。"我给你五分钟。然后安妮特会把你扔出去。"

"谢谢你。我的故事很短。如果你们有问题要问,我会随后对它加以润色。"

"昨天上午,约翰·塞耶,也就是彼得的父亲,在自家门前被人枪杀了。据警方推断,这是一个他们认识的职业杀手所为,但是他们无法证明。我相信,同样是这个杀手,在上星期一开枪打死了彼得,但是警方不这么认为。

"现在你们要问了,那么彼得为什么会被枪杀呢?答案是,彼得知道了一些事情,这些事情可能会对一位非常有权势、非常腐败的工会领导人造成潜在的伤害。我不知道他究竟知道了什么,但是我猜想应该与一些非法的金融交易有关。进一步说,他的父亲也可能参与了这些交易,交易的一方还包括彼得的老板。"

我把腿伸直,身子向后仰,然后用双手撑住地面。没有一个人说话。"这些都是我的假设。我目前还没有掌握可以拿到法庭上用的证据,但是通过观察人与人之间的关系和反应,我得到了一些证据。如果我的假设是正确的,那么我相信,安妮塔·麦格劳的生命危在旦夕。有一个非常大的可能性,那就是彼得·塞耶把那个置他于死地的秘密告诉了安妮塔,星期一的晚上,当她回到家中看到彼得的尸体后惊恐万分,于是她跑掉了。但是,只要她还活着,只要这个秘密只有她一个人知道,不管这个秘密是什么,那么那个想保守这个秘密,并且因此杀过两个人的人根本不在乎把她一并干掉。"

"你知道的可真多,"鲁斯说,"不过你是怎么碰巧卷进来的,既然你不是记者,也不是警察。"

"我是一名私人侦探。"我平静地说,"目前我的客户是一个十四岁的女孩，她目睹了她的父亲被人杀害，因此非常恐惧。"

玛丽还在生气。"那你还是警察。谁付给你工资又有什么区别呢。"

"你错了。"我说，"简直有天壤之别。我只接受自己的命令，一级级的警官、警督和警察局局长都管不着我。"

"你有什么证据？"鲁斯问。

"上星期五的晚上，我被人打了，叫人打我的那个人很可能就是雇人杀害塞耶父子的人。他警告我不要管这个案子。我猜到了那个雇他干这件事的人，但是我没法证明。那个人从一个同伙那里得知了他的名字，而那个同伙和很多知名的罪犯都有来往。那个人就是这个夏天彼得·塞耶为之工作的人。而且我知道有人看见另一个人，那个能联系到罪犯的人，和彼得的老板——曾经的老板，在一起出现过。性丑闻是不会伤害那群人的，间谍活动更是不可能的事。"

"那毒品呢？"盖尔问。

"我觉得不是这个问题，"我说，"不过不管怎么说，这笔收入的来源肯定是非法的，所以他们才会为了掩盖事实而杀人灭口。"

"坦白地讲，维艾，维克，不管你的真名是什么，你还是没有说服我。我不相信安妮塔有生命危险。不过，如果有人不同意我的看法，而且知道安妮塔在哪儿，大可以背叛她。"

"我还有一个问题。"鲁斯说，"如果你说的都是真的，假设我们知道她在哪儿，而且把地址告诉了你，这么做对她有什么好处呢？"

"如果我能查明他们做的是什么交易，就很可能会找到凶手是谁的确凿证据。"我说，"这个结果出现得越快，那个杀手找到她的可能性就越小。"

没有人再说什么了。我等了几分钟，甚至有点盼望安妮特把我扔出去。我真想折断某个人的胳膊。激进分子都是该死的妄想狂。激进的学生不只是妄想狂，还是一群孤高自大的家伙。也许为了好玩，我会折断所有人的胳膊。但是，安妮特没动地方。也没人叽叽喳喳地说出安妮塔的地址。

"满意了吗？"玛丽耀武扬威地问，她尖细的下巴向后拉成一个自鸣得意的微笑。

"姐妹们，不好意思占用了你们宝贵的时间。"我说，"如果你们有谁改变主意，请跟我联系，这是我的名片，上面有我的电话号码，我把它们放在咖啡旁边。"我把名片放下后离开了。

开车回家的路上，我的心情非常沉重。换作是彼得·温西，他会一进门就把那些粗笨的激进分子迷住，她们会对着他情不自禁地口沫四溅。他绝对不会泄露自己是私家侦探的秘密——他言谈机智，那些人会把他想知道的一切告诉他，末了，他还会给女同性恋自由基金撂下两百英镑。

车向左转到湖滨快速路上，车速太快了，随着汽车失控般歪歪斜斜地向前冲的是一种不计后果的快感。这个时候，我甚至不在乎有谁会把我拦下来。从第五十七街到迈考密克展览馆有四英里的距离，我只用了三分钟。就在这时，我意识到有人在跟踪我。

那个地区的限速是四十五英里，我却开到了八十英里。上快速路时，我借着大灯的光从后视镜里看见那辆车一直在另一个车道上跟着我。我急速刹车，转到外车道。那辆车没有变换车道，但同样放慢了速度。

这条尾巴跟了我多久了，为什么要跟着我？如果厄尔想干掉我，他有无数的机会，没必要浪费人力和财力跟踪我。他也许不知道我离开公寓后去了哪里，但是我不这么认为。我的留言机上有洛蒂的电话号码，如果知道这个号码，就能轻而易举地从电话公司要到我现在的地址。

也许他们想找的是吉尔，但是没想到我把她送到洛蒂那儿了。我很正常地慢慢开车，不打算变换车道，或者从哪个意想不到的出口出去。我的同伴对我不离不弃，行驶在中间的那个车道上，任凭几辆车夹在我们中间。向市中心的方向行驶时，借助更亮的灯光，那辆车的样子更清楚了——那是一辆中型的灰色轿车，看起来是这样。

如果抓到吉尔，他们必须拥有强有力的武器才能迫使我退出这个案子。我不相信厄尔认为我还在追查这个案子。他已经恐吓了我，毁了我的家，还叫警察逮捕了一个人。据我所知，约翰·塞耶死了，唐纳德·麦肯齐依旧关在监狱里。也许他们认为，我可以引领他们找到那份文件，他们去彼得·塞耶的公寓时忽略了这件事，在我家里又没找到。

"引领"这个词在我的脑子里"咔嗒"响了一声。当然了。他们对我不感兴趣，对吉尔、哪怕是那张理赔单也没什么兴趣。和我一样，他们想要找的是安妮塔·麦格劳，他们认为我可以引领他们找到她。他们怎么知道今天晚上我去芝加哥大学了呢？他们不知道，他们跟着我去了那里。我告诉过麦格劳，我会尽力找到安妮塔，他把这句话告诉司麦森或者马斯特斯了？我不喜欢麦格劳指控自己女儿的想法。他一定是告诉了某个他认为可以信任的人。不过，那个人肯定不是马斯特斯。

如果我的推断是正确的，我应该让他们继续猜下去。只要他们认为我知道什么，我的小命就很可能是安全的。我在市中心下了快速路，途经白金汉喷泉。彩色的水柱射向高处，喷洒在夜色中。一大群人聚集在那里观看夜场表演。我想知道我能否就此消失在人群中，但是，我并不对此抱多大幻想。我继续向前开到密歇根大街，然后把车停在希尔顿酒店对面的街上。我锁上车门,然后悠闲地穿过马路。我在玻璃门里站住,向外扫视了一眼,我很高兴看到那辆灰色的轿车就停在了我那辆车的旁边。我没等着看车上的人想干什么,而是快速地沿着酒店的走廊来到位于第八大街的侧门。

酒店里有几个机票代售处,我从这些代售处门前经过时,一个门童正在喊:"机场大巴就要出发了,这是最后一次通知,直达奥黑尔机场。"我想都没想,头也没回,就挤到一小群正在说笑的空姐前面上了大巴车。他们跟的速度更慢了。售票员检查了一下人数就下车了,大巴车开动起来。当车转到密歇根大街的拐角处时,我看见一个男人正在街上来回寻找什么。我想他可能是弗雷迪。

大巴车笨拙地穿过卢普区,向安大略街开去,向北开了大约十二个街区,我一直焦虑地透过后窗向外看,但是看起来,以弗雷迪的低智商是不可能想到我在大巴车上的。

到奥黑尔机场时已经九点半了。我从大巴上下来,站在支撑航站楼的一个大柱子的阴影里,可是我没看见那辆灰色的轿车。我刚想从阴影里走出来,突然想到也许还有第二辆车,于是四下张望,看有没有什么车在不停地绕圈,我还仔细地查看了坐在车上的人,看看是不是能认出司麦森的手下。到了十点钟,我确定自己没有什么危险了,才打了一辆出租车,回到洛蒂的住处。

我让司机把我放在她家的路口,然后沿着公寓楼后面的小巷走,一只手紧握着那把枪。没什么可疑的人,我只看见三个十几岁的男孩一边喝啤酒,一边慵懒地交谈。

我砸了几分钟的后门,洛蒂才听见声音打开门把我放进去。她浓密的黑眉毛惊讶地向上挑着。"有麻烦?"她问。

"有一点儿,在市中心那会儿。我不敢肯定是不是有人把守着前门。"

"找吉尔的？"她问。

"我觉得不是。我想他们是希望我带他们找到安妮塔·麦格劳。要么我先找到她，要么他们先，只有这样我们才是安全的。"我不满地摇摇头，"不过，我不喜欢这样。如果他们认为我知道安妮塔的下落，他们会把吉尔抢走，然后把她控制住，再索要赎金。今天晚上我没打听出安妮塔的地址。我肯定那些该死的激进妇女中有人知道她在哪儿，但是她们自以为高贵，以为她们在和警察的对抗中打了一次大胜仗，就是不想告诉我。真是令人泄气。"

"是啊，我明白了。"洛蒂严肃地说，"也许让这个孩子留在这里不太好。她和保罗正在看电视里放的电影呢。"她把头往客厅那边一歪，补充道。

"我把车留在市中心了。"我说，"有人从大学开始就跟踪我，我在卢普区把他们甩掉了，上了一辆去奥黑尔机场的大巴，尽管这次甩尾巴的经历既漫长又昂贵，不过效果还不错。"

"明天，吉尔带我去温尼卡检查她父亲的文件。也许她应该留在那儿。"

"咱们先考虑一个晚上，明天再说吧。"洛蒂建议道，"保罗很喜欢这份保镖的工作，但是如果有人手握机关枪，他也无能为力。而且，他是个学建筑的学生，不应该旷太多的课。"

我们走进客厅。吉尔蜷缩在沙发床上看电视。保罗趴在那儿，过几分钟就抬头看她一眼。吉尔好像没有意识到她给保罗留下了怎样的印象，这也许是她这辈子俘虏的第一个男人，不过，她的脸上洋溢着喜悦的光芒。

我走进客房打了几个电话。拉里·安德森说，他们已经把我的公寓收拾好了。"我想你可能不需要那个沙发了,所以就叫一个工人把它拿回家了。还有那扇门——我让一个朋友帮着干了些木匠活儿。他有一扇非常漂亮的橡木门,好像是从一个大别墅里拆下来的。他可以帮你把门安上,如果你愿意的话,再装一个弹子门锁。"

"拉里,我不知道该怎么感谢你。"我很感动,"这个主意听起来好极了。今天你是怎么把门关上的?"

"哦,我们用钉子把它钉上了。"他欢快地说。拉里是我早年的同学,但他提前辍学了。我们聊了一会儿天,然后我挂了电话,开始给拉尔夫打电话。

"是我。歇洛克·福尔摩斯。"我说,"你那边的索赔文件怎么样了?"

"哦,很好。夏天是个忙碌的季节,路上人多,事故也多。他们应该待在家里,但是如果他们用剪草机或者别的什么东西切断了腿,我们还得照样赔偿。"

"你把那个草案重新归档的时候没遇到什么麻烦吧?"我问。

"其实没什么麻烦,我找不到那份文件了。不过,我查了那个人的账目。他遭遇的那起事故一定很显眼——到现在为止,我们连续四年每个星期都给他寄支票。"他咯咯笑了一下,"今天我打算好好观察一下亚德利的表情,看他是不是因为杀了几个人而心存内疚,可是接下来的几天他要休假,显然,塞耶的死对他是个打击。"

"我明白了。"我不打算费力告诉他我已经找到了马斯特斯和麦格劳之间的联系。不管手头有没有案子,我都懒得跟他争论。

"明天一起吃晚饭吧?"他问。

"定在星期四吧。"我建议道,"明天还不知道要忙到什么时候呢。"

我刚放下电话,电话铃又响了起来。"这是赫切尔医生家。"我说。

打电话来的是我最喜欢的记者——莫里·莱森。

"刚刚接到一个密信,说约翰·塞耶可能是托尼·布朗斯基杀的。"他说。

"哦,真的吗?你会把这个消息公布出来吗?"

"哦,我想我们会描绘一幅有黑帮介入的模糊画面。这只是风传,没有证据,他也没有被当场抓住,而且我们的执法人员下定决心,只要谁提到他的名字就会被起诉。"

"谢谢你和我分享这个消息。"我礼貌地说。

"我不是出于仁慈才打这个电话的。"莫里回应道,"不过,以我笨拙的瑞典方式,我突然明白,那个布朗斯基是在为司麦森效力。昨天我们一致认为,突然间好像在哪儿都能看见他的名字。他考虑问题的角度是什么,为什么他要杀死一个受人尊敬的银行家,而且还杀了他的儿子?"

"你打我一顿吧,莫里。"说完,我挂断了电话。

我回到客厅,和洛蒂、吉尔和保罗一起看完了电影《纳瓦拉之枪》。我焦躁紧张,坐立不安。洛蒂家没有苏格兰威士忌。除了白兰地,她这儿什么烈酒都没有。我走进厨房,给自己倒了一小杯酒。洛蒂疑惑地看着我,但什么也没说。

大概到了半夜,电影快结束的时候,电话铃响了。洛蒂在卧室里接完电话后带着一脸的忧虑回来了,她向我做了一个无声的手势,我跟着她去了厨房。"是一个男的,"她低声说,"他问我你在不在,我说在,他就把电话挂断了。"

"哦,该死。"我嘟囔着,"现在也没什么办法……明天晚上我才能回家——到时候,我再把安在你家里的定时炸弹拆掉。"

洛蒂不客气地打发吉尔去睡觉。保罗从他的睡袋里爬出来。我帮着他把笨重的胡桃木餐桌靠在墙上，洛蒂从她的床上拿来一个枕头，然后自己也去睡觉了。

这是一个潮湿闷热的夜晚。洛蒂家厚厚的砖墙把最糟糕的天气挡在外面，多亏了厨房和餐厅里的排风扇，空气才得以充分地流通，大家才可能睡着觉。但是不管怎样，空气依旧令人窒息。我穿了一件T恤衫，躺在沙发床上，出了一身的汗，翻来覆去，睡不踏实。最后，我生气地坐起来。我想做点什么，但没什么可做的。我打开灯。时间是三点半。

我套上一条牛仔裤，蹑手蹑脚地走到厨房煮咖啡。当水透过白色的陶瓷过滤器向下滴落时，我站在客厅的书柜前，草草地翻看那些书，想找一本来读。深夜里，所有的书看上去都是一样的无聊。最终，我挑了一本多夫曼写的《十七世纪的维也纳》。我一只手端着咖啡，另一只手翻着书页，书中讲到"三十年战争"①结束后暴发的那场毁灭性的瘟疫，以及那条现在被称作格拉本大街的街道，格拉本的原意是坟墓，因为很多死人埋在那里。这个可怕的故事正好符合我纷乱如麻的心绪。

除了风扇的嗡嗡声，我还隐约听见洛蒂的卧室里响起的电话铃声。我们已经把吉尔床边的那条电话线拔掉了。我告诉自己，这个电话一定是找洛蒂的——有个母亲临盆，或者是个十几岁的孩子，但是无论如何，我依旧紧张地坐在那里，当洛蒂裹着一件薄薄的条纹棉布长袍从她的房间里走出来时，不知为何，我并没有感到惊讶。

"找你的。一个叫鲁斯·扬克斯的人。"

我耸了耸肩。叫什么名字对我来说毫无意义。"对不起，把你吵醒

---

①三十年战争，是指一六一八年至一六四八年，由神圣罗马帝国的内战演变而成的全欧参与的一次大规模国际战争。

了。"我说，然后沿着不长的走廊来到洛蒂的卧室。我感觉好像紧张了一整个晚上，就是为了等待这个陌生女人突然打来的电话。电话机放在洛蒂床边的一张印度尼西亚风格的小桌子上。我坐在床上，开始接听电话。

"我是鲁斯·扬克斯。"一个沙哑的嗓音说，"今天晚上我在大学女子联合会的会议上跟你说过话。"

"哦，是啊，"我镇静地说，"我记得你。"她一定就是那个最后问了我很多问题的矮胖结实的年轻女人。

"会议结束后，我跟安妮塔聊过。我不知道该不该把你说的话当回事，但是我觉得她应该知道这件事。"我屏住呼吸，一言不发。"她上个星期给我打过电话，告诉我她找到了彼得的——找到了彼得。她让我发誓不把她的地址告诉任何人，除非事先跟她商量过。也不能告诉她的父亲，警察也不行。这一切简直是太古怪了。"

"我明白了。"我说。

"你真的明白了吗？"她怀疑地问。

"你以为是她杀死了彼得，对不对？"我用安抚的语调说，"她选择了你来吐露她的秘密，你感觉自己被她束缚住了。你不想背叛她，但又不想卷进一起谋杀案。所以，当有一个承诺可以依靠时，你感觉心里松了一口气。"

鲁斯微微地叹了一口气，似笑非笑的声音如幽灵般从电话线那头传过来。"是啊，的确如此。你比我想象得还要聪明。我以前没有意识到安妮塔也处于危险之中，这就是为什么她听起来那么恐惧。不管怎么说，我给她打了电话。我们谈了好几个小时。她从来没听说过你，我们争论了一阵子到底要不要信任你。"她停顿了一下，我这边也是默不作声。"我想我们不得不这么做。这就是我们得出的结论。如果这是真的，如果真有歹徒跟踪她——这一切听起来是那么离奇，不过她觉得你说得对。"

"她在哪儿？"我轻柔地问。

"在威斯康星。我会带你去见她。"

"不，告诉我她在哪儿，我会自己找到她的。我被跟踪了，如果再跟你碰头，可能会让危险加倍。"

"那我就不告诉你她在哪儿了。"鲁斯说，"我答应过她，我会带着你去见她。"

"你是一个很好的朋友，你肩负着一个沉重的负担。如果那些追踪安妮塔的人发现你知道她在哪儿，而且怀疑她把秘密告诉了你，那么你就有生命危险了。让我来冒这个险吧，毕竟这是我的工作。"

我们又争论了几分钟，最后鲁斯被我说服了。安妮塔给她打电话之后的这五天，她承受了巨大的压力，现在她很高兴把这个担子交给别人。安妮塔在哈特福德，密尔沃基西北的一个小镇。她在一个咖啡馆里当服务员，把她的红头发剪短，染成了黑色，她给自己起了一个名字，叫乔迪·希尔。如果我现在动身，就能在早上咖啡馆供应早餐的时候碰到她。

打完电话已经四点多了。我感觉自己神清气爽，思维敏锐，好像熟睡了八个小时，而不是可怜巴巴地辗转反侧了三个小时。

洛蒂坐在厨房里，一边喝咖啡，一边读书。"洛蒂，我真的很抱歉。看样子你睡眠不足。不过我觉得，这是预兆着快要结束了。"

"啊，很好。"说着她把一枚书签夹在书里，合上了书。"是那个失踪的女孩？"

"对。她的一个朋友把她的地址给了我。我现在能做的就是在没人发现的情况下离开这里。"

"她在哪儿?"

我犹豫不决。

"亲爱的,司麦森这些流氓算什么,曾经有比他们更粗暴的专家审问过我。也许别的人也应该知道这件事。"

我咧开嘴笑了。"你说得对。"我把地址告诉了她,然后接着说,"问题是,吉尔怎么办?我们本打算明天——也就是今天——一起去温尼卡,也就是说,看看她父亲是不是有什么文件可以解释他和马斯特斯以及麦格劳之间的关系。现在也许安妮塔可以帮我解开这个结。但是如果把吉尔送回去,我会更高兴。我们安排的这一切——保罗睡在餐桌下面,吉尔和那些小孩待在一起,让我感觉很不舒服。如果她想回来把剩下的夏天过完,当然也可以,但是必须要等我把这团乱麻清理干净以后,她才能和我待在一起。但是就目前而言,咱们还是把她送回家吧。"

洛蒂噘起嘴,眼睛盯着咖啡杯,几分钟后,她说:"是啊。我相信你说的是对的。她现在好多了,睡了两个晚上的好觉,和喜欢她的、心情平静的人在一起,她也许可以回家了。我同意。她和保罗的事太易变了。很甜蜜,但是在这样一个局促的空间里,实在是太多变数了。"

"我把车停在市中心那个希尔顿酒店对面了。我不能去取车,它已经被监视了。也许明天保罗可以开着这辆车送吉尔回家。我明天晚上回你这儿,跟你说再见,给你一点私人的空间。"

"你要开我的车吗?"洛蒂建议道。

我仔细考虑了一下。"你把它停在哪儿了?"

"前门外。街对面。"

"谢谢,但是我必须趁没人发现时离开这里。我不知道你家是否也被监视了,但是这些家伙非常渴望抓到安妮塔·麦格劳。而且他们先前已经打过电话确认我在这里。"

洛蒂站起身关掉厨房的灯,侧身藏在天竺葵和薄纱窗帘后面向窗外看。"我没看见什么人……干吗不把保罗叫起来?他可以开着我的车在这个街区转几圈,如果没有人跟踪他,他就可以在小巷里接上你,然后你在街边把他放下来。"

"我不喜欢这个主意。这样你就没车可开了,而且他还得走着回来,万一外边有人,他们会起疑心的。"

"维克,我亲爱的,我们可不像你那么挑剔。我们不会没有车的,不是还有你的车吗?至于第二点嘛——"她想了一会儿。"对了!你可以把保罗送到诊所。他可以在那儿睡觉。诊所里有张床,我和卡罗尔有时候会在那里过夜。"

我大笑起来。"再也想不出有什么可挑剔的啦,洛蒂。咱们把保罗叫醒试试吧。"

保罗很快就醒了,看起来很高兴。我们向他解释了这个计划,他欣然接受了。"需要我把在外边晃悠的那个人揍一顿吗?"

"不必了,亲爱的。"洛蒂被他逗笑了,"咱们可别吸引太多的注意力。埃迪森大街和谢菲尔德大街的交叉路口上有一个二十四小时营业的餐馆,到了那儿你给我们打个电话。"

我们留下他独自穿衣服。几分钟后,他从厨房走出来,用左手把遮住方脸的黑发推到后面,用右手系着蓝色工作衬衫的扣子。洛蒂把车钥匙给了他。我们从洛蒂黑着灯的卧室里注视着街道。保罗上车并发动汽车时,没有人向他发动袭击。我们也没看到任何人在路上跟踪他。

我回到客厅穿好衣服,给手枪装上子弹,把它插进挂肩枪套时,洛蒂看着我，一言未发。我穿了一条剪裁入时的牛仔裤，在有棱纹的针织衫外面又套了一件宽身束腰的夹克衫。

大约十分钟后，洛蒂的电话响了。"解除警报。"保罗说，"不过，前门有人。我想我最好别把车开到小巷里，这样会把他引到后面来。我在那条路最北边的小巷口等你。"

我把这些话转述给洛蒂。洛蒂点点头。"要不你从地下室走吧。你可以从楼里下到那儿，门外还有台阶和垃圾箱挡着。"她把我带到楼下。我非常警觉，也非常紧张。从楼道里的一扇窗户望出去，漆黑的夜色已经淡化成一种黎明前的灰色。现在是四点四十分，公寓楼里很安静。警笛声在远处响着，但洛蒂家楼下的街道上没有汽车来来往往。

洛蒂没开灯，而是拿了一支手电筒，因为临街的窗户可能会透出光亮。她用手电筒帮我照着台阶，好让我看清路，接着，她又把手电筒关了。我蹑手蹑脚地跟在她身后。到了楼底下，她抓住我的手腕，带着我绕过一排自行车和一台洗衣机，然后慢慢地拉开外面那扇门的插销，尽量不弄出动静。门开启时发出轻微的"咔嗒"声。她等了几分钟才把门拉开。油乎乎的合叶转动开来，静悄悄地通往地下室。我穿着生胶底鞋的脚已经溜到外面的台阶上。

我躲在垃圾箱后面向小巷内窥视。小巷南口，隔着两幢楼，弗雷迪靠着墙坐着。据我判断，他已经睡着了。

我轻手轻脚地沿着台阶走回去。"给我十分钟。"我把嘴凑到洛蒂的耳边说，"我需要一个快速的脱险通道。"洛蒂点点头，没说话。

站在楼梯顶上，我又观察了一下弗雷迪。他是不是在装睡？他有那么精明吗？我从垃圾箱后面移到下一幢楼的阴影里，右手按在左轮手枪的枪把上。弗雷迪没动。我擦着墙边，在小巷中疾行。走到一半的时候，我突然无声地飞奔起来。

第十五章 工会少女

保罗果然像他答应好的那样在等我。他很有头脑——从小巷里看不到车。我悄悄地坐上副驾驶座,接着把门拉上。"有麻烦吗?"他说,接着启动引擎,把车从路边开走。

"没有,但是我认识那个在小巷里睡觉的人。你最好到诊所以后给洛蒂打个电话。告诉她别把吉尔一个人留在家里。也许她可以叫一个警察来护送她们去诊所。告诉她,给马洛里警官打个电话,提一下这个要求。"

"当然。"他非常招人喜欢。我们默不作声地开车,抄近道去了诊所。我把我的车钥匙交给他,又把停车的位置跟他讲了一遍。"是一辆深蓝色的雪佛兰蒙扎。"

"祝你好运。"他声音浑厚,"别担心吉尔和洛蒂,我会好好照顾她们的。"

"我从来不担心洛蒂。"说着,我把屁股移到驾驶座上。"她就是力量的化身。"我调整了一下侧镜和后视镜,然后踩下离合。洛蒂开了一辆达特桑牌小汽车,车如其人,实用且没有任何装饰。

穿过埃迪森大街向肯尼迪大街前进时,我不停地向车后看,但是看起来没什么危险。空气又湿又黏,太阳升起后,这股湿气将再次变成污浊的烟雾。东边的天色已经亮了,我的车在空荡荡的大街上飞速行驶。高速公路上车不多,我用了四十五分钟就穿过郊区,到了北行的密尔沃基收费公路。

尽管我已经很久没练习过标准的换挡动作,降低车速时,齿轮还会发出吱吱的摩擦声,不过洛蒂的达特桑汽车还是很好开的。她的车上有一个调频台,过了伊利诺伊州边界很远还能收听WFMT电台①。但之后,收听的效果就不那么好了,于是,我把收音机关了。

六点钟,我到了密尔沃基辅路,那时天色已经大亮。我从来没去过哈特福德,但去过华盛顿港很多次,那个地方在哈特福德以东三十英里,位于密歇根湖边。据我所知,走法是一样的,只是到了密尔沃基以北二十英里的地方应该向西转到六十号线上,而不是向东转。

六点五十分,我放慢车速,停在主营家常菜的罗娜咖啡馆对面的那条街上,那是哈特福德的主要街道,我把车停在哈特福德第一国家银行的门口。我的心跳得很快。我解开安全带,走下车,伸了伸腿。这一路我把车速刚好控制在一百四十英里以下。一共耗时两小时零十分钟。还不错。

哈特福德位于美丽的冰碛石地区,是威斯康星乳品业的中心。这里有一家生产舷外发动机的克莱斯勒工厂,规模不大。我还看见山上有一家叫莉比的罐头厂。但是,畜牧业是这个城市的支柱产业,这里的人们起得很早。罗娜咖啡馆五点半开门营业,按照贴在门上的说明文字,七点钟,这里的桌子差不多就坐满了。我从门边的一台自动贩卖机里买了一份《密尔沃基哨兵报》,然后在比较靠后的地方找到了一张空桌子坐了下来。

一个女服务员正在应付柜台旁的一群人。另一个女服务员负责所

---

① WFMT电台,芝加哥一家收听艺术信息和古典音乐的调频电台。

有的桌子。她从后面的旋转门里冲出来，胳膊上摞满了盘子。她卷曲的短发被染成黑色。这就是安妮塔·麦格劳。

她把薄煎饼、荷包蛋、吐司和脆薯饼卸在一张桌子上，这张桌子的旁边坐着三个喝咖啡的男人，他们个个体格魁梧，身穿工装裤，她又给我旁边的那张桌子送去了一份荷包蛋，一个相貌英俊的年轻男子坐在桌旁，他穿了一件深蓝色的连衣裤。她一脸厌烦地看着我，过分劳累的咖啡馆女服务员通常都会有这种表情。"我马上就过来。想要一杯咖啡吗？"

我点了点头。"不用着急。"说着，我翻开报纸。穿工装裤的那几个男人正在打趣那个英俊的小伙子——他是兽医，显然，这些农夫时不时地需要他提供的服务。"你留这个胡子是不是想让大家觉得你长大了，医生？"

"不是，我只是为了躲避联邦调查局。"那个兽医说。安妮塔端着一杯咖啡向我走过来。她的手抖了一下，咖啡洒在兽医身上。她的脸一下子红了，连忙道歉。我站起来，接过她手里的咖啡，免得洒得更多，那个好脾气的小伙子说："哦，如果你把咖啡洒自己一身会醒得更快些，特别是趁咖啡还热的时候。相信我，乔迪。"当她徒劳地用餐巾轻轻擦拭他胳膊上的那个湿印子的时候，他接着说："这可能是今天溅在我身上最好的东西了。"

农夫们哄堂大笑起来，安妮塔走过来听我点菜。我要了一份丹佛煎蛋卷，不要土豆，全麦的吐司和果汁。入乡随俗，既然来到农夫生活的乡下，就该吃农夫吃的东西。那个兽医吃完鸡蛋、喝完了咖啡。"好了，我听见那些母牛在召唤我了。"说完，他把一些钱放在桌子上，走了。其他人也开始向外边走。这时是七点一刻，一天的生活就要真正开始了。这是农夫们短暂休憩的时间，早晨起来后他们已经挤完了牛奶，接下来，还要去城里办事。他们依依不舍地喝着第二杯咖啡。等安妮塔把煎蛋卷端过来时，只有三个桌子上还有人在吃饭，柜台前也只剩下为数不多的一小撮人。

我慢悠悠地吃了半个煎蛋卷，把报纸上的每个字都读了一遍。人们仍旧进进出出。这已经是我喝的第四杯咖啡了。安妮塔把账单拿过来的时候，我在上面放了五美元，又在钱的上面放了一张我的名片。我在名片上写了这样一句话："是鲁斯叫我来的。我在街对面的那辆绿色的达特桑车上等你。"

我走出咖啡馆，在停车表里塞了点钱，又回到车上。我又在车里坐了半个钟头，安妮塔出现前，我一直在玩填字游戏。她打开车门，一声不吭地坐在我身边。我把报纸叠起来，放在后座上，然后表情严肃地看着她。我在她的公寓里找到的那张照片上，她是一个笑靥如花的年轻女子，虽然说不上多么美丽，可是在一个年轻的女人身上，丰沛的生命力是比美貌更好的东西。现在的她紧张而憔悴。仅凭一张照片，警察是找不到她的，她看上去有三十来岁，而不是二十来岁。睡眠不足、恐惧和紧张在她年轻的脸上刻下不自然的纹路。她不适合把头发染成黑色，这个颜色与她的肤色不相称，她有着真正的红发人才会有的细腻的奶白色的皮肤。

"你怎么会选择哈特福德呢？"我问。

她看起来很吃惊，也许根本没料到我会问她这个问题。"去年夏天，我和彼得去过华盛顿乡村集市，当时只是为了玩玩。我们在这个咖啡馆里吃过一个三明治，我一直记得。"她的声音因疲倦而变得沙哑。她转过身来看我，语速飞快地说："我希望可以信任你，我必须找一个可以信任的人。鲁斯不认识，不认识那种可能会对着别人开枪的人。实际上，我也不认识，真的，但是，我认为我比她更清楚。"她苦笑了一下，"如果我继续在这儿一个人待下去，肯定会发疯。可是，我不能回芝加哥。我需要帮助。我不知道你是否能做到这一点；如果你把事情搞砸了，我会被枪杀的；我也不知道你是不是一个聪明的女杀手，从鲁斯那儿骗来了我的地址。我不知道。但是，我必须碰碰运气。"她把两只手攥在一起，因为攥得太紧，指关节都变白了。

"我是一名私人侦探。"我说，"上个星期，你父亲雇我找你，但是我找到了彼得·塞耶的尸体。过了一个周末，他告诉我不要再找了。对于这一切到底是怎么回事，我有自己的猜测。这就是我卷进这件事的过程。我也认为你现在的处境非常危险。如果我把事情搞砸了，咱们俩谁也没有好果子吃。不过，你不能永远躲在这里，而且我觉得自己够强悍、够灵敏、够聪明可以解决这些事情，让你从藏身之所走出来。我无法治愈你的伤痛，而且你将来还会有更多的痛苦，但是，我可以把你带回芝加哥，或者任何你想去的地方，让你正大光明地过日子，有尊严地活着。"

她想了想我说的话，点了点头。人行道上人来人往。我感觉我们被关在一个玻璃鱼缸里。"这附近有没有可以聊天的地方，空间大一点的地方？"

"有一个公园。"

"那也可以。"那个公园在通向密尔沃基的六十号公路的后边。我把车停在一个从公路上看不到的地方。一条小溪从公园穿过，将公园和那边的克莱斯勒工厂的后墙隔开。我们走到小溪边，坐了下来。天气很热，但是，乡下的空气清爽新鲜。

"你刚才说到有尊严地活着。"她凝视着溪流，嘴唇扭曲成一个冷笑。"我想我再也过不上那种日子了。你明白的，我知道在彼得身上发生了什么事。在某种意义上来说，你可以说是我杀死了他。"

"你为什么要这么说呢?"我语气温和地问。

"你说你发现了他的尸体。唉,我也是。那天我四点回到家时就发现了他。那个时候我就知道出了什么事。我不知所措,所以跑掉了。我不知道该去哪里,我是第二天才来这儿的。我先是在玛丽家过了一夜,然后才到这里来。我想不明白为什么他们当时没等我,可是我知道如果我回去,他们会抓住我的。"她开始啜泣,干号时,她的肩膀和胸脯一起一伏。"尊严!"她嗓音嘶哑。"哦,上帝!只要能安稳地睡一个晚上,我就心满意足了。"我什么也没说,静静地坐在那儿注视着她。过了几分钟,她的情绪平复了一些。"你知道多少?"她问。

"确切知道的东西并不多,我的意思是说,很多东西还需要证明。但是,我有一些猜想。我敢肯定的是,你父亲和亚德利·马斯特斯正在做一笔交易。我不知道这笔交易的具体内容,但是,我在你的公寓里找到了一份埃贾克斯保险公司的理赔单。我姑且认定这是彼得带回家的,所以,我猜那笔交易与理赔单有关。我知道你父亲认识厄尔·司麦森,而且有人在疯狂地寻找某样东西,他们一开始以为那个东西在你的公寓里,后来又觉得是我把它拿走了,放在了我家里。他们特别想要那个东西,于是将两个地方进行了一番彻底的搜查。如果要我猜,他们要找的就是那份理赔单,是司麦森或者他手下的什么人洗劫了咱们俩的公寓。"

"司麦森是杀人犯?"她的声音紧张刺耳。

"怎么说呢,他现在混得很不错。他不需要亲自杀人,而是雇了一帮打手为他做事。"

"所以,我父亲让他杀死了彼得,是不是?"她盯着我,冷酷干涩的眼睛里充满挑衅的意味,嘴角抽搐着。这就是她每天晚上躺在床上做的噩梦。难怪她睡不着。

"我不知道。这只是我的一个猜测。你父亲很爱你，这你是知道的。他现在失去了理智。但他绝不会有意将你置于危险的境地，也不会有意允许他人杀死彼得。我想事情是这样的，彼得去质问马斯特斯，惊慌之下，马斯特斯给你父亲打了一个电话。"我停顿了一下，"这不是什么好事，我很难跟你开口。但是，你父亲认识那种出个价钱就能把人干掉的人。他已经坐到了一个粗暴产业的粗暴工会的最高位置，他不得不认识那类人。"

她疲倦地点了点头，没有看我。"我知道。过去，我从来不想知道这些事，可是现在我知道了。所以，是我的，我的父亲把司麦森的名字告诉了他。你是不是这个意思？"

"是，我敢肯定，马斯特斯没有告诉他那个人是谁，那个碍了他们的事的人是谁，只是说有个人突然悟到了其中的秘密，应该把他除掉。这是解释你父亲这种行为的唯一方式。"

"你这是什么意思？"她问我的语气像是不太感兴趣。

"你父亲上星期三来找我，给了我一个假名字，编了一个假故事，但是他想让我找到你。当时他已经知道彼得死了，他心烦意乱是因为你逃走了。你给他打过电话，还指责他杀死了彼得，对不对？"

她又点了点头。"说起来实在是太愚蠢了。我当时神志不清，这都是出于愤怒、恐惧，还有——悲伤。不只是因为彼得，你知道，还有我父亲，还有工会，以及所有一直我以为美好而且值得为之奋斗的东西。"

"是啊，确实很不容易。"她没再说话，于是我继续说下去，"一开始，你父亲不知道发生了什么事。过了几天，他才把彼得和马斯特斯联系到一起。那时，他才知道是马斯特斯叫人杀死了彼得。他也因此明白了你处境危险。这就是他解雇我的原因。他不想让我找到你，是因为他也不想让其他人找到你。"

她扭过头来看我。"我知道了,"她用依旧疲惫的声音说,"我知道了,但是事情并没有因此而有任何改善。我父亲是那种会叫人杀人的人,彼得是因他而死的。"

我们坐在那里注视着溪水,几分钟内都沉默不语。接着,她说:"我是靠工会长大的。我三岁的时候,母亲就去世了。我没有任何兄弟姐妹,我和爸爸关系很近。他是个英雄,虽然打过很多次架,但他是个英雄。我从小就知道因为那些老板的存在,他不得不斗争,而且如果他能打败他们,那么美国对于各地的工人和职业女性来说,将是个更美好的地方。"她的微笑里夹杂着忧伤,"这听起来像是一本写给孩子看的历史书,对不对?这就是一个孩子的历史。随着我父亲在工会里的职位越来越高,我们的钱也越来越多。芝加哥大学——那是我一直梦想的学校。每年七万美元?没问题。他花钱为我做到了。属于我自己的车,你尽管说吧。我隐隐感觉到一个工人阶级的英雄不可能有那么多的钱,但是还是选择了对此置之不理。'他有这个资格。'我会这么说。认识了彼得以后,我心想,为什么不呢?塞耶家的钱多得连我父亲做梦都想不到,他们从来不会为了钱工作。"她又停顿了一下,"你明白了吧,我就是这样自欺欺人的。还有像司麦森那样的家伙。他们会出现在我家里,人数不多,但是有那么几个。我只是什么都不愿意相信。你在报纸上读到有关某个黑道分子的报道,而他来过你家,和你父亲一起喝过咖啡?绝不可能。"她摇着头。

"彼得从办公室回到家,你是知道的,他一直在为马斯特斯工作,这是为了帮他父亲一个忙。他对有关金钱的一切厌烦透顶,甚至在我们相爱之前他就是这样,尽管我知道他的父亲因此怪罪我。他这辈子想做点好事,但是不知道能做什么。只是出于友好,他同意在埃贾克斯保险公司上班。我不认为我父亲知道这件事。我没告诉他。我很少跟他谈论彼得——他不喜欢我跟这么重要的银行家的儿子交往。而且,他有点清教徒,讲究道德纯洁——他讨厌我和彼得住在一起。所以,就像我说过的那样,我不跟他聊彼得。

"至少彼得知道工会里有哪些大人物。你知道,当你爱一个人的时候就会想要了解对方的情况。我知道谁是迪尔伯恩堡信托公司的董事长,一般说来,这种事情我不太了解。"

现在这个故事讲起来就容易多了。我什么也没说,只是把自己变成与安妮塔对话的一部分风景。

"马斯特斯是彼得的上司,他的工作相当无聊。他们只是在预算部门给他临时安排了一个闲差。他在一个预算经理手下干活,他很喜欢那个人,他们给他安排了一个活儿,就是核查索赔档案中的理赔单,看看是不是能对上号,你知道那种工作的。比方说,一个申请人的档案里显示,他应该只拿一万两千美元,但是他是不是拿了一万五千美元?就是这类事情。这个工作本来是由电脑程序操作的,但是他们认为程序有误,所以让彼得人工核查。"她大笑起来,实际上,她是哭笑不得。"你知道,如果埃贾克斯保险公司拥有完备的电脑系统,现在彼得肯定还活着。我有时候也会想起这件事,每到这个时候,我真想开枪打死他们公司所有的电脑程序员。算了。他从那些大单子开始查起,总共有成千上万份,每年他们要处理三十万份劳工赔偿金索赔申请,但是他只负责抽查。所以,他从真正的大单子着手——那段时间他们正在处理的、完全失去行为能力的索赔申请。你知道,起初了解人们身上发生了什么是件有意思的事。直到有一天,他发现了卡尔·奥马里的申请。他在一起罕见的传送带意外事故中失去了右臂,而且变成了瘫子,完全丧失了行为能力。你知道,这种事情时有发生——有的人被传送带卡住，然后卷进机器里。真的很可怕。"

我点头表示同意。

她开始看着我讲话，而不只是在我面前说话。"但是事情并非如此，你明白吗，卡尔是工会的一个资深副主席，我父亲的左膀右臂。在我还没记事之前，他就是我生活的一部分了。我管他叫卡尔叔叔。彼得也知道这件事，所以他把那个地址拿回家，那就是卡尔的地址。卡尔和你我一样健康，从来没遇到过什么事故，他已经二十三年没上过产品装配线了。"

"我明白了。你不知该做何感想，但是你并没有就此询问你父亲？"

"我没问，也不知道该问什么。我搞不明白这是怎么回事。我当时以为卡尔叔叔是因为一起假事故才被卷进去的。我们把这件事当成一个玩笑，我和彼得都是这么想的。但是，他想弄清这件事的原委，他就是那样，你知道，他真的会思考问题，然后得出一个结论。他调查了执行委员会其他人的情况。他们全有索赔申请——当然，并不是所有人都要求永久索赔，他们并没有失去行为能力，可所有人都将获得一笔可观的赔偿金。这才是真正可怕的地方。你明白，我父亲也有。我很害怕，可是，我不想对他说什么。"

"约瑟夫·吉尔茨沃斯基是执委会委员吗？"我问。

"对，他是副总裁之一，三〇五一分会的主席，那是卡柳梅特城一个权力非常大的分会。你认识他吗？"

"我在我找到的那份理赔单上看到了这个名字。"我明白了为什么他们不希望那个天真的小雷管攥在我手里。难怪他们恨不得把我的房子拆了也要找到它。"所以，彼得决定找马斯特斯谈一谈？你以前不知道马斯特斯跟这事有牵连，对不对？"

"我不知道，而且彼得认为他有义务先找马斯特斯说说这件事。我们不确定接下来要做什么。和我爸爸谈，这是必须的。"那双蓝眼睛是她脸上一池恐惧之水里的暗流。"事情是这样的，他把这件事告诉了马斯特斯，而马斯特斯告诉他这件事听起来很严重，希望私下里跟彼得商量一下，因为这件事可能要上报州保险委员会。彼得说当然可以。于是，马斯特斯说，星期一早晨上班之前他会去家里找他。"她看着我，"这很奇怪，不是吗？我们本该察觉这很奇怪，本该知道一个副总裁不会这么做，他应该在办公室和彼得谈话。我想我们当时认为他是彼得父亲的朋友。"她回过头去看着溪水。"我想留在那里，但当时有工作要干，你明白吗，我在帮政治科学系的一个人搞调查。"

"哈罗德·温斯坦？"我猜。

"对。你真的是在调查我，对不对？反正，我应该八点半到那儿，马斯特斯大约九点钟来家里，所以，我就把那件事留给彼得处理了。我真的让彼得独自应对这件事了，是吗？哦，上帝，我为什么要把那件该死的工作看得那么重要？为什么没跟他待在一起？"这次她真的哭了，流下了眼泪，而不是干打雷不下雨。她把脸埋在手心里，抽泣着。她不断地重复着，是因为她把彼得一个人留下，他才死的，她才是那个该死的人，她父亲才是那个和罪犯交朋友的人，而不是他。我任凭她宣泄了几分钟。

"听着，安妮塔，"我声音清晰、语气严厉，"你可以为此埋怨自己一辈子。但是，彼得不是你杀的。你并没有抛弃他，也没有故意给他设一个局。如果你当时在场，你也会死的，而事情的真相将永远不会浮出水面。"

"我不在乎什么真相。"她抽噎着，"我知道就行了，世界上的其他人知不知道又有什么关系？"

"如果世界上的其他人不知道，那么你活着也跟死了一样。"我的话很残忍,"下一个审查那些文件的好男孩或者好女孩,如果他们也发现了你和彼得知道的事,他们的结果也同样是死。我知道这很讨厌,也知道你经历了水深火热,前面还有更糟糕的事情等着你,但是,只有迅速行动起来,结束这件事,我们才能做到一劳永逸。你预期的时间越长,这件事就会变得越发令人难以忍受。"

她用手捂着脑袋坐在那里,啜泣声渐渐消失了。过了一会儿,她直起身来看着我。她的脸上布满了泪痕,眼睛红红的,但是一部分的紧张情绪随着眼泪的流失而消失了,她看起来更年轻了,那张脸不再那么像一副死亡面具。"你说得对。爸爸教育我不要害怕和人打交道。可是,我不想和爸爸作对。"

"我知道。"我温和地说,"我父亲是十年前去世的。我是他唯一的孩子,我们的关系非常亲密。我了解你的感受。"

她穿了一件非常可笑的工作服,黑色的人造丝配上白色的围裙。她把鼻涕擤在围裙上。

"是谁把那些提款单兑换成现金的?"我问,"那些索赔申请人吗?"

她摇了摇头。"说不好。你明白吗,这些提款单是不能兑换成现金的。你把它们出示给银行,银行核实你在他们那儿确实有一个账户,然后他们通知保险公司给那个账户寄支票。你必须知道那些提款单交给哪个银行了,档案中没有相关的信息,那儿只有理赔单的复本。我不知道他们是不是保留了原件,还是交给了主计部什么的。如果马斯特斯不知道这件事,彼得,彼得不愿意深入地调查。"

"彼得的父亲是怎么卷进去的?"我问。

听我这么说,她瞪大了眼睛。"彼得的父亲?他跟这事没关系。"

"肯定有。他那天被人杀了,星期一的时候。"

她的脑袋开始前后晃动，看起来像个病人。"对不起，"我说，"这么突然地告诉你，实在是欠考虑。"我搂住她的肩膀，没再说什么。但是，我敢打赌，塞耶肯定帮马斯特斯和麦格劳把这些理赔单兑换成了现金。也许其他一些磨刀人也参与了这件事，但他们不想和整个执委会分享这笔钱。此外，如果太多人知道这件事，那就变成了众所周知的秘密了。马斯特斯和麦格劳，也许还有一个医生，这个医生需要提交真实情况的报告，然后把它附在档案里。塞耶给他们开了一个账户，但不知道是做什么用的，也没过问。但是，他们每年都会送他一份礼物，也许是这样，当他威胁说要调查他儿子的死因时，他们就往他身上插了一刀。他也难逃干系，可能会被告发。大概就是这么回事。我想知道保罗和吉尔是不是在塞耶的书房里找到了什么东西。露西能让他们两个进家吗？与此同时，我还要担心安妮塔。

我们安静地坐了一会儿。安妮塔沉浸在自己的思绪里，整理着刚才谈话的内容。过了一会儿，她说："把这件事说给别人听总是好的。并没有那么可怕。"

我哼了一声，表示同意。她低头看着自己身上那套荒唐的衣服。"我，居然穿成这样！如果彼得看见我，他会——"这句话慢慢弱化成一声叹息，"我想离开这儿，不再做这个乔迪·希尔了。你觉得我能回芝加哥吗？"

我考虑了一下。"你打算去哪儿？"

她想了几分钟。"我想，这是个问题。我不能再连累鲁斯和玛丽了。"

"你说得对。不只是因为鲁斯和玛丽，也是因为昨天晚上我参加了大学女子联合会的会议，而且厄尔他们跟着我去了那里，所以，这段时间厄尔有可能会派人监视其中的一些会员。而且你知道，除非把这件事处理完了,否则你不能回家。"

"好吧。"她答应了。"只是太辛苦了——在某种意义上说,来这儿是个聪明的做法,但是,你知道,我这个人做事很谨慎,我脑子里真正想什么是不会告诉任何人的。他们总是拿男朋友的事逗我,比如那个丹先生,就是今天早上我把咖啡洒了他一身的那个人。我不能把彼得的事情告诉他们,所以他们觉得我不够友好。"

"我很可能会把你送回芝加哥,"我减慢语速,"但是你必须躲起来几天,直到我把事情查清……我们可能会发表一篇有关保险阴谋的报道,但是你父亲会因此惹上麻烦,马斯特斯却不一定受到牵连。而且,我想用某种方式把马斯特斯牵扯进去,只要进去,就别想溜出来,除非我透露所有的秘密。你明白吗?"她点点头。"好了,既然是这样,我就把你安置在芝加哥的一个酒店里。我想我能搞定,没有人会知道你在那里。你不能出去。但是会有一个可以信赖的人时不时地过来跟你聊聊天,免得把你关疯了。这个主意听起来怎么样?"

她露出一脸苦相。"我想我别无选择,对不对?至少能回到芝加哥,离我熟悉的东西近一些……谢谢。"她向我表达了迟来的谢意,"我不是故意要表现出一副很不情愿的样子,我真心感谢你为我所做的一切。"

"现在你就别操心什么社交礼仪了。反正我不是为了让你感谢我才这么做的。"

我们一起慢慢往回走,上了达特桑车。小虫嗡嗡地叫,在草丛里跳来跳去,鸟儿叽叽喳喳,没完没了地唱。一个女人带着两个年幼的孩子来到公园。两个小孩忙着铲土。那个女人手里捧着一本书,每隔五分钟就抬起头来看他们一眼。树下放着他们的野餐篮。我们经过他们身边时,她喊着:"马特!伊芙!吃点零食怎么样?"孩子们连忙跑过来。我心中升起一丝妒意。在一个美丽的夏日，要是我和我的孩子们一起野餐该有多好，哪像现在这样，还得帮忙把一个人藏起来，免得她被警察或歹徒抓住。

"哈特福德还有什么需要拿的东西吗？"我问。

她摇了摇头。"我得去一趟罗娜咖啡馆，告诉他们我要走了。"

我把车停在那个小餐馆门前，趁她进去告别的时候，我用放在角落里的电话机给《明星先驱报》打了个电话。快十点了，莱森就坐在办公桌前。

"莫里，如果这几天你能帮我保护好一个主要的证人，我就把一个千载难逢的好故事告诉你。"

"你在哪儿？"他问，"听你的声音，这个电话好像是从北极打来的。那个证人是谁？麦格劳的女儿？"

"莫里，你的脑子工作起来就像捕兽夹。你得答应我一件事，而且我需要你的帮助。"

"我已经帮你了。"他抗议道，"帮了很多忙。刚开始给了你那些照片，后来也并没有为了从你的律师那里取来那份文件而刊登你死亡的消息。"

"莫里，如果这个地球上还有另一个可以向我伸出援手的人，我会向他求助的。但是，万一有人许诺给你一个好故事，你答应我，绝不会被收买。"

"好吧。"他答应了，"我会尽力而为的。"

"好。我现在是在威斯康星州的哈特福德，安妮塔·麦格劳和我在一起。我想把她送回芝加哥，对她必须加以严密保护，直到那个案子烟消云散。这意味着任何人都不能听到任何有关她在哪儿的风声，因为万一她被人发现了，她的讣告将由你来写。我不能亲自把她带回来，因为我现在的身价很高。我想把她带到密尔沃基，然后把她送上火车，再由你去联合车站接她。接上她之后，你再给她找一家旅馆。那个地方离卢普区越远越好，免得她进门的时候碰上一个聪明的行李员，万一这个行李员又从司麦森手里领工资，他可能会根据这个事实做出相应的推断。你能做到吗？"

"天啊，维克，小打小闹的事你从来不干，是不是？当然可以了。到底是什么故事？她为什么会有危险？司麦森杀了她的男朋友？"

"莫里，我告诉你，如果在整个故事结束之前，你胆敢把任何事情写出来，他们将把你的尸体从芝加哥河里钓出来。我敢保证，先把话撂在这儿。"

"作为一名绅士，我会等着报道这条独家新闻，我以我的名誉向你起誓。火车几点到？"

"我不知道。到了密尔沃基，我再给你打电话。"

我挂掉电话时，安妮塔已经出来了，在车旁边等我。"听说我辞职，他们不是很高兴。"她说。

我大笑起来。"好了，回家的路上你就为这件事发愁吧。这样你就会把那些烦恼抛在脑后了。"

第十六章 理赔的代价

我们得在密尔沃基等到一点半才能登上回芝加哥的火车。我把安妮塔留在车站里,我出去给她买了一条牛仔裤和一件衬衫。她在车站的卫生间里洗漱了一番,换了衣服以后,她看上去更年轻也更健康了。只要她洗掉头发上的黑色染料,她的面目将焕然一新。她以为这辈子算是毁了,所以现在她当然不会看上去气色很好。可是她才二十岁,会缓过来的。

莫里答应我去车站接她,再把她送到一家旅馆。他最后决定送她去里兹饭店。"如果要把她藏起来几天,那么最好找一个让她感觉舒服的地方。"他解释道,"费用由你和《明星先驱报》分摊。"

"谢谢你,莫里。"我语气冷淡。他会在我的电话应答机上留言——"是"或者"不",但是不留名字。"不"的意思是,他在接人或者送人的过程中出了什么差错,那我就得回去找他。我不会靠近那家酒店。他一天会去安妮塔那儿跑两趟,送点吃的,再聊聊天,我不希望安妮塔叫客房服务。

火车开出车站后,我立即掉头上了收费公路,朝芝加哥开去。现在我几乎掌握了所有的线索。问题在于,我无法证明是马斯特斯杀死了彼得·塞耶,老塞耶也是因为他才遇害的。当然,安妮塔的故事证实了这一点:马斯特斯和彼得曾经约好了要见面。可是我没有证据,没有什么可以让鲍比宣誓获得授权令，然后给芝加哥一家颇有影响力的公司的资深副主席戴上手铐。我必须捅一捅马蜂窝，让蜂王出来抓我。

离开通往伊登斯高速公路的收费公路时，我绕道去了一趟温尼卡，想看看吉尔是不是到家了，她是否在父亲的文件里发现了什么。我在柳树街的一个加油站停下来，给塞耶家打了一个电话。

电话是杰克接的。是的，吉尔已经回家了，但是她不会跟记者讲电话的。"我不是记者。"我说，"我是维·艾·华沙斯基。"

"她一定不会跟你说话的。你已经让塞耶夫人吃尽了苦头。"

"桑代尔，你这个婊子养的，你是我见过的最愚蠢的人。如果你不让吉尔接电话，五分钟后我就会到你们家。我会大吵大闹，搅得四邻不安，直到找到人帮我把听筒递给吉尔。"

他"砰"的一声放下听筒，我猜他是把听筒摔在桌子上了，因为电话并没有断。几分钟后，吉尔清脆响亮的声音出现在电话里。"你跟杰克说什么了？"她咯咯笑着，"我从没见过他这么生气。"

"哦，我刚才威胁他要把你们所有的邻居都搅和进来。"我回答道，"这并不是说，现在他们就可以安宁了，警察很可能已经拜访了所有人，问了他们问题……从家里去温尼卡的路上，一切都顺利吗？"

"哦，是的。特别令人兴奋。保罗叫警察护送我们去诊所。洛蒂不想这样，但是他坚持要这么做。然后他去把你的车取来。从诊所出来，一路上都警笛长鸣。麦克格尼格警官简直是，简直是棒极了。"

"听起来不错。大后方的情况怎么样？"

"哦，他们还好。母亲决定原谅我了，但是杰克还和平时一样愚蠢虚伪。他没完没了地跟我说，我让母亲非常非常不开心。我让保罗留下来吃午饭，可是杰克一直不好好对待他，好像保罗是个收垃圾的。

真的把我气坏了，但是保罗告诉我他习惯了。我恨杰克。"她总结道。

她发脾气的样子真可爱，我忍不住笑了。"好孩子！保罗是个好小伙子，值得你维护。你找到机会翻看父亲的文件了吗？"

"哦，是的。当然，露西大发雷霆。但是我假装自己是洛蒂，对她视而不见。我也不清楚自己到底在找什么，"她说，"但是我找到了一份文件，马斯特斯先生和麦格劳先生的名字都在上面。"

我突然感觉心情完全平静下来，仿佛毫发无伤地渡过了一次重大的危机。我发觉自己正对着电话咧嘴笑。"你知道那是什么吗？"我问道。

"不知道。"吉尔用怀疑的口吻说，"我把它拿过来给你读一下？"

"那再好不过了。"我同意了。她放下电话。我开始小声地哼唱起来。"你会是什么呢，哦，文件，还是什么洗衣票？"

"这是个复印件。"重新拿起电话后，吉尔这样告诉我，"我爸爸在文件的最上方用墨水标明了日期——九七四年三月十八日。接下来是这样写的：'信托协议书。于此，签字于下的亚德利·利兰·马斯特斯及安德鲁·所罗门·麦格劳将全权负责处理以下受托人的所有入户资金……'"她在"受托人"这个词上结巴了一下，"下面列了一个名单——安德鲁·麦格劳、卡尔·奥马里、约瑟夫·基尔——这个名字我不知道怎么发音。大概有，我看看啊——"我能听见她在小声数数。"——二十三个名字。接着是个补充说明，'以及所有在我的会签下自行决定加入的人员。'接下来是爸爸的名字，还有一个让他签字的空格。这是你想找的东西吗？"

"我要找的就是这个，吉尔。"我的声音平稳淡定，仿佛是在宣布芝加哥小熊队在世界职业棒球大赛中获胜。

"这是什么意思？"她问道。她从战胜杰克和露西的喜悦中清醒过来,"这是不是意味着爸爸杀死了彼得?"

"不是,吉尔,不是这个意思。你父亲并没有杀害你哥哥。这意味着你父亲知道有一个肮脏的阴谋,而这个阴谋也被你哥哥发现了。就是因为发现了这个阴谋,你哥哥才被人杀害的。"

"我明白了。"她沉默了几分钟,之后问道,"你知道是谁杀了他吗?"

"我想是的。不要紧张,吉尔,就待在家附近,除了保罗,不要跟任何人一起出门。我明天或者再过一天就来看你,到那个时候,一切都会结束的。"我刚想挂电话,忽然又想起来应该提醒她把那份文件藏起来。"对了,吉尔。"我说。但是,她已经把电话挂了。哦,好吧,我心想。如果有人怀疑文件在那里,现在他们应该早就在那附近溜达了。

这份文件意味着,马斯特斯可以为任何人准备虚假的索赔申请。然后他和麦格劳把理赔单或者类似的东西兑换成现金,再把这些钱打进表面上由塞耶监管的信托账户。实际上,我很纳闷为什么他们要用真名呢。为什么不虚构一些人,这样的话更容易隐瞒。如果他们这么做了,彼得·塞耶和他父亲现在一定还活着。也许还能再活一段时间。我必须看到写在账户上的完整名单,再把它和磨刀人的花名册对照一下。

差不多四点钟了。安妮塔应该已经到芝加哥了。我给电话应答机打了个电话,但是没有人来过电话,也没有任何"是"或者"不"的留言。我回到车上,返回伊登斯高速公路。进城的车辆慢吞吞地行进。两条车道上都有人在修车,把原本就拥挤的交通变成了一场噩梦。我慢慢地随着车流开上肯尼迪路,尽管没什么要紧的事,我依旧怒气冲冲,心烦气躁。我就是很不耐烦,不知道下一步该做什么。我当然可以把那些虚假的理赔单公之于众。但是,就像我跟安妮塔解释的那样,马斯特斯肯定会一口否认,表示自己毫不知情,磨刀人也会做好所有的准备工作，包括完整的医生报告。负责理赔事务的人真的亲眼见过那些事故受害人吗？我很怀疑。我最好找拉尔夫谈一谈，向他解释一下今天我了解到的情况，看看怎样才能从某个法律的角度，将马斯特斯和欺诈无可挽回地联系在一起。不过，即使是这样，也不够好。我必须把他跟谋杀联系到一块儿。可是，我想不出办法来。

从埃迪森出口出来的时候已经五点半了，接下来，我还得努力穿城而过。我终于把车拐到了一条小路上，虽然这条路上布满了坑坑洞洞，还好，车不多。我刚要从谢菲尔德大街往洛蒂家走，可是转念一想，这么做等于是自投罗网。我找到位于埃迪森大街拐角处的那家二十四小时营业的餐馆，给她打了一个电话。

"我亲爱的维克，"她这样问候我，"你能相信吗，那些无耻的盖世太保竟然闯进了我的家！他们到底是想找你、吉尔还是麦格劳的女儿，我可说不好，但是他们来过这里。"

"哦，我的上帝，洛蒂，"我的心猛地一沉，"太对不起你了。损坏得严重吗？"

"哦，没什么，就是锁坏了，保罗正在我这儿换锁呢。令我气愤的是，他们怎么能这么肆无忌惮呢。"

"我知道。"我非常懊悔地说，"不管损坏了什么，都由我来修理。我过去拿一下我的东西就走。"

我挂了电话，决定去陷阱里碰碰运气。即便司麦森知道我回家了也无妨，但是我不想再把洛蒂置于危险之中，或者看到有人再闯进她的家。我沿着大街飞跑到洛蒂家所在的那幢楼，只是仓促地向四周瞥了一眼，看看街上是不是有潜在的狙击手。我没看见一个认识的人，冲上台阶的时候，也没人向我开火。

保罗正在门口用螺丝钉把一个弹子锁固定在门上。他那张方脸看上去很刻薄。"情况太糟了，维克，你认为吉尔会有什么危险吗？"

"不太可能。"我说。

"我想我得过去看看。"

我咧嘴笑了。"听起来是个好主意。不过你得当心，听见了吗？"

"别担心。"他露出灿烂的笑容，"不过，我不清楚到底是要保护她免受她姐夫的欺负，还是提防持枪的歹徒。"

"两件事都要做。"我走进公寓里。洛蒂正在努力把一扇纱窗重新安到后门上。别看这个女人做起手术来手指灵巧，干这种活儿，她却显得异常笨拙。我把锤子从她手里接过来，很快就把活儿干完了。她那张瘦脸上露出严肃凝重的神情，嘴唇抿成一条细线。

"我很高兴你提醒了保罗，还让那个叫麦克什么的警官送我们去了诊所。当时我很生你和保罗的气，但显然，这么做等于救了那个孩子的命。"发脾气的时候，她的维也纳口音很重。我想她夸大了吉尔的危险，但是我不想就这一点和她争论。我和她一起把房子检查了一遍，我不得不同意真的没什么损失。即便是那些医学标本也没人动过，有些标本在黑市里标价很高。

在检查的过程中，洛蒂一直恼怒地痛斥那些歹徒，谩骂中越来越多地夹杂着一种我不会说的语言，德语。我不再设法使她平静下来，而只是点头，嘴里时不时哼几声，表示同意。保罗走进来说现在大门已经安全了，是不是还需要他做点别的事，这才止住了洛蒂的唠叨。

"没什么事了，亲爱的，谢谢你。你去看吉尔吧。好好照顾她。我们不希望她受伤害。"

保罗满心欢喜地答应了，把我的车钥匙还给了我，还告诉我雪佛兰车停在欧文公园路外边的神学院路上。我想过把车留给他，但转念一想，最好还是自己用吧。毕竟我不知道这样下去，晚上会发生什么。

我打电话给拉里，问他我的公寓是不是能住人了。他说可以了。他把新锁的钥匙留给了一楼的住户。他们看上去比二楼的阿尔瓦雷斯夫人友善一些。

"一切就绪了，洛蒂。我可以回家了。对不起，我昨天没回家，没在那个用钉子钉严实的地方睡觉，如果是那样，也不至于有人闯进你的家。"

她的嘴角拧出一个冷笑。"啊，算了，维克，愤怒的风暴已经过去了，一切都烟消云散了。现在只剩下我一个人，倒觉得有点忧伤了——我会想念那两个孩子的。他们在一起很甜蜜……对了，我忘了问，你找到麦格劳小姐了吗？"

"我忘了告诉你了，我已经找到她了。我又给她找了一个藏身之所，我得检查一下她是不是安顿好了。"我给代客接听电话服务所打了一个电话，太棒了，那个坚忍的设备报告说有人打过电话，还留下了一个"是"的口信。对方没有留下名字，但说我知道这是什么意思。我告诉他们，可以把我办公室的电话转到家里的电话上。忙活了这些天，我都忘了请一个"凯利女孩"来整理我的办公室，但是至少办公室的门用木板条封着。等明天，我再去那儿吧。

我试着给拉尔夫打了一个电话，他没接，也没在办公室。出去吃晚饭了？我是在吃醋吗？"好了，洛蒂，就这样吧。这些天你允许我打搅你的生活，真的十分感谢。你对吉尔的影响很大，她告诉我她家里的女仆总是给她找麻烦，但是她'假装自己是洛蒂'，没把那个女仆放在心上。"

"我不敢肯定这个想法到底是好是坏，也就是说，她模仿我的一举一动。她是一个非常迷人的女孩，奇怪的是，她身上竟然没有郊区人心胸狭隘的毛病。"她坐在沙发床上看着我收拾行李。"现在怎么办？

你可以把凶手曝光了吗?"

"我必须找到一根杠杆,"我说,"我知道是谁干的,但是我无法证明,我指的是那个渴望那颗子弹射出去的人,而不是真正开枪的人,开枪的很可能是托尼·布朗斯基,但也有可能是司麦森手下的任何一个人。不过,我知道是怎样的罪行,也知道那个过程是如何操作的。"我把帆布包的拉链拉上。"我需要的是一根杠杆,或者一个楔子。"我与其说是对着洛蒂讲话,还不如说是自言自语。"用这个楔子把那个家伙往旁边撬开一点。如果我发现,少了他的参与,这个欺诈活动就不可能成功,那么到了那个时候,我可能会逼着他把一切公开。"

我一只脚站在床上,一边思考问题,一心不在焉地用手指轻轻地拍打手提箱。洛蒂说:"如果我是一名雕塑家,我会照着你的样子塑一尊雕像,雕像的名字就叫:苏醒的复仇女神。你会想出办法的,我从你的脸上看出来了。"她踮起脚,吻了我一下。"我把你送到街上。如果有人向你开枪,我可以立刻给你包扎伤口,以免失血过多。"

我笑了。"洛蒂,你太好了。不管怎么样,你一定要掩护我。"

她步行把我送到神学院街的拐角处,但是街上并没有危险。"这多亏了那个叫麦克什么的警官,"她说,"我想他时不时地会开车来这里转上一圈。还是那句话,维克,你一定要小心。你没有母亲,但在精神上,你是我的女儿。我不希望有任何事发生在你身上。"

"洛蒂,这也太戏剧化了。"我抗议道,"看在上帝的分儿上,别现在就开始变老。"她用完全欧洲人的方式耸了耸瘦削的肩膀,又朝着我冷冷地笑了一下,但是,当我沿着街道向我的汽车走去时,她的眼神却是严肃的。

第十七章 榆树街枪战

拉里和他那个木工朋友的活儿干得好极了。那扇门简直是个杰作，门板上还有雕花。木匠在门上安了两个弹子锁，门开合的时候很轻盈，而且没有任何声响。公寓里闪闪发亮，好几个月没这样了。周末被洗劫过的痕迹荡然无存。拉里把那张已经变成碎条的沙发送走后，又弄了几把椅子和一张临时用的桌子来补空。他把一份账单留在餐桌上。两个人工作两天，每小时八美元，一共二百五十六美元；门、锁，加上安装费，三百一十五美元；新买的面粉、食糖、豆子和香料，床上的新枕头，九十七美元。看起来价格非常合理。不过，我想知道应该由谁来付这笔钱。也许吉尔可以向她母亲借钱，等吉尔的信托基金到期了再还给她。

我去检查了一下首饰盒。那些破坏财物的人居然没拿走我母亲为数不多的珠宝，这简直是个奇迹，但是，我想我必须把它们锁在银行的保险库里，不能再留在家里，等着下一轮的入侵者。拉里好像把威尼斯玻璃杯的碎片扔出去了。我应该告诉他留着那些碎片，但是即便留下来也无济于事，反正也无法修复了。其他七只玻璃杯依旧放在内嵌式的瓷质碗柜里，摆在最显眼的地方，但是，每每看到它们，我都心里一沉。

我又试着给拉尔夫打了个电话。铃声响到第四下的时候，他接起了电话。"最近怎么样,马普尔小姐[①]?他问,"我以为你出去追踪莫里亚蒂教授[②],明天才回来呢?"

"我已经找到他了,比预期得还要快。实际上,我发现了那个用彼得·塞耶的死来保守的秘密,只不过他本人并没想保守这个秘密。你知道我给你的那个理赔单吗?你找到那个档案了吗?"

"没有。我告诉过你,我把它当成失踪档案来找,但它至今还没出现。"

"好吧,也许永远不会出现。你知道约瑟夫·吉尔茨沃斯基是谁吗?"

"这是要干什么?跟我玩'二十个问题'吗?二十分钟后有人来找我,维克。"

"约瑟夫·吉尔茨沃斯基是磨刀人联合会的资深副主席之一。他已经二十三年没上过产品装配线了。如果你想去他家里拜访他,你会发现他和你一样健康。或许,你还可以去磨刀人总部看看他,他不需要任何赔偿金就可以干活领工资。"

接下来是一阵沉默。"你是不是试图告诉我,那个人用欺诈手段获得了劳工赔偿金?"

"不是。"我说。

"该死,维克,如果他是健康的,还要领取那笔赔偿金,那么,他就是在用欺诈的手段获取那些钱财。"

"不。"我重申道,"当然,这种行为属于欺诈,但是他并没有提取那些钱。"

"好吧,那么到底是谁?"

[①] 侦探女王阿加莎·克里斯蒂笔下的侦探形象。
[②] 亚瑟·柯南·道尔爵士笔下的反派人物。

"你的老板。"

拉尔夫在电话里勃然大怒。"维克,你的脑子里总是有那些该死的和马斯特斯有关的奇思怪想。我真是烦透了!在这个非常令人尊敬的行业,在这个高度令人尊敬的公司,他是最令人尊敬的成员之一。暗示他与那些事情有牵连——"

"我没有暗示,我知道是怎么回事。"我冷冰冰地说,"我知道他和磨刀人联合会的主席安德鲁·麦格劳作为联合受托人开立了一个基金账户,这样他们就可以通过这个账户把理赔单或者你给吉尔茨沃斯基以及其他至少二十二个健康人开具的有关劳工赔偿的单据兑换成现金。"

"你怎么可能知道这种事情呢?"拉尔夫气愤地说。

"因为,我刚刚在电话里听见一个人给我念了那份协议书的复印件。我还找到一个人,那个人无数次看见马斯特斯和麦格劳在磨刀人联合会总部附近一起出现。而且,我知道马斯特斯和彼得·塞耶曾经有个约会,地点就在彼得的公寓,那天早上八点,他就被人杀了。"

"我还是不相信。我为亚德利工作了三年,这之前我已经在这个机构工作了十年,我敢肯定,对于你发现的一切应该还有另一种解释,如果你真的发现了什么的话。你还没有见过那份信托协议书。而且亚德利很可能只是和麦格劳一起吃饭喝酒,也许他是在核对保险范围,或者理赔什么的。有时候,我们确实要做这种事。"

我沮丧得简直想尖叫。"如果你要找马斯特斯核实这件事,请提前十分钟通知我,好吗?这样我才能及时赶到那里,帮你收拾烂摊子。"

"如果你认为我会告诉我的老板,我听说了那些有关他的流言,并因此危及我的事业的话,那你就是疯了。"拉尔夫咆哮道,"事实上,过几分钟他就会到我这儿来。我可以毫不费力地向你保证,我才不会愚蠢到跟他说这种事。当然，如果吉尔茨沃斯基的索赔申请是一种欺诈行为，这也说明了很多问题。我会告诉他的。"

我的头发仿佛根根直竖。"什么？拉尔夫，简直令人难以置信，你真他妈的天真啊。他为什么要去找你？"

"你真的无权过问这件事。"他厉声道，"不过，无论如何，我还是会告诉你的，既然这场吵闹是因为你找到了那份理赔单引起来的。这么大的理赔案一般都不在总公司处理，不会经索赔理算员的手。今天我向同事打听了一圈，问是谁处理的那份文件，但是没人记得。如果这么多年来一直有人在处理这份文件，他们没理由忘记啊。这确实令我很困惑，所以，我今天下午给亚德利打了个电话——他这个星期没来上班，我每天往他家里打一个电话，于是打电话的时候我就跟他提了这件事。"

"哦，天啊！彻底完蛋了。于是他告诉你，这听起来是个很严肃的问题，对不对？而且既然他今天晚上要进城办点别的事，所以他顺便到你家来跟你商量一下。我说得对不对？"我发疯一般地问。

"怎么了，对，就是这样。"他大喊道，"现在就去给什么人找那只不慎走失的贵妇犬吧，别在理赔部瞎胡闹了。"

"拉尔夫，我这就过去。告诉亚德利我也过去，他进门的时候就告诉他，刚一进门，你就告诉他，也许这样能让你苟活几分钟。"我没等他回答就把电话"啪"的一声挂断了。

我看了一下表：七点十二分。再过二十分钟，马斯特斯就该到那儿了。估计应该是这个时间。假设他七点半左右到，也许还会提前几分钟。我把我的驾驶执照、枪支许可证和私人侦探许可证揣在屁股兜里，还在里面塞了一些钱——这个时候，我可不希望钱包碍我的事。我检查了一下手枪。在上衣口袋里多放了几枚子弹。我又浪费了四十五秒钟换上了跑步鞋。我把新装上的油乎乎的子弹在身后锁好，然后一步三个台阶地全速奔下楼。我用十五秒钟跑过半个街区上了车。起步换挡，朝湖滨大道进发。

为什么每个该死的芝加哥人今天晚上都出来了？为什么贝尔蒙特大街上有这么多人？我真是纳闷了。为什么红绿灯要计时，每次开到路口，灯都要变颜色？为什么赶上黄灯亮的时候，总有一些讨厌的老头挡在前面不肯让路？我不耐烦地捶打着方向盘，但这么做并不能加快车流行进的速度。一直按喇叭也没有任何意义。我深吸了一口气，让自己镇定下来。拉尔夫，你这个愚蠢透顶的笨蛋，把你的性命当作礼物，献给一个在过去的两个星期里身背两条人命的人。你以为马斯特斯和塞耶先生有一层老同学的关系，你还在他的团队里工作，他就不可能做违法的事了吗？当然不是。我猛地绕过一辆公共汽车，一路顺畅地奔向谢里登路和快速路的入口。现在是七点二十四分。我祈求神灵保佑超速驾驶的司机避开超速监视器，想到这儿，我将蒙札车的油门一踩到底。七点二十六分，我下了快速路，上了拉舍尔大街，再沿着与榆树街平行但位于内侧的街道行驶。七点二十九分，我把车停在拉尔夫住的那幢楼的消火栓旁边，然后飞速冲了进去。

这幢楼没有看门人。我连续快速地按响了二十家的门铃。有几个人透过门禁对讲机粗声地喊着"谁呀"，但还是有人给我开了门。不管有多少起入户抢劫案是通过这种方式完成的，总是会有一些白痴不知道你是谁，就敢把你放进公寓楼里去。大概过了一两个世纪，电梯才来，却迅速地把我送到十七楼。我沿着走廊跑到拉尔夫家门口，重重地凿门，手里握着史密斯威森手枪。

门开的时候，我用后背贴着墙，然后冲进公寓，掏出枪。拉尔夫吃惊地盯着我。"你这是在干什么？"他说。房间里没有其他人。

"问得好。"说着,我把身子直起来。

门铃响了,拉尔夫走到门禁对讲机前按了一下开门键。"如果你离开,我是不会介意的。"他说。我没动地方。"至少把那个该死的手枪收起来。"我把枪塞进夹克的口袋里,但是手一直放在上面。

"帮我一个忙。"我说,"你开门的时候,站在门后边,别挡着门口。"

"你这个疯狂的、该死的——"

"如果你敢叫我疯狂的婆娘,我会朝你的后背开枪。等你开门的时候,让你的尸体堵住门口。"

拉尔夫对我怒目而视。过了几分钟,敲门声响起,拉尔夫径直走到门前,打开门时,他故意不偏不移地挡住了门口。我移到和门平行的房间的一侧做好准备。没有枪声响起。

"你好,亚德利,这是怎么回事?"拉尔夫在说话。

"这是我的小邻居吉尔·塞耶,这些都是我的合伙人,他们跟我一起来了。"

我吃了一惊,向门口走去,想看个究竟。"吉尔?"我说。

"你在这儿吗,维克?"我的耳边传来吉尔清脆的声音,她的声音很小,而且微微颤抖。"对不起。保罗打电话说他要坐火车过来,所以,我决定步行进城,去火车站接他。而马斯特斯先生路过的时候看到了我,就停下车来要我搭他的便车。后来,后来我问他那个文件的事,他就带我一起过来了。对不起,维克,我知道我什么都不该说。"

"没关系,宝贝——"我刚开始说话就被马斯特斯打断了,"啊,原来你在这儿啊。我们本来想过一会儿再去拜会你和那个吉尔非常崇拜的维也纳医生,但是既然你在这儿,就省得我们再跑一趟了。"他看着我掏出来的手枪,露出令人不快的笑容。"如果我是你,就把它收起来。托尼可是喜欢随便开枪的,我也知道,你不愿意看到有任何事情发生在吉尔身上。"

托尼·布朗斯基跟在马斯特斯身后走了进来。和他一起进来的还有厄尔。拉尔夫在摇头,仿佛一个努力从梦中醒过来的人。我把枪放回口袋里。

"别责怪这个孩子。"马斯特斯对我说,"但是你知道吗,你真不应该把她卷进来。玛格丽特·塞耶刚把她回家的消息告诉我,我就琢磨着怎么才能跟她聊一聊,而且不让她家里的任何人知道。这纯粹是运气好,真的,就在这个时候,她沿着谢里登路走过来。不过,我们让她跟我们解释了很多东西,对不对,吉尔?"

现在我看到吉尔的一边脸上有一大块瘀伤。"真不错,马斯特斯,"我说,"你殴打小女孩的时候总是处在最佳状态。我真想看看你怎么打老奶奶。"他是对的,我太愚蠢了,不该把她带到洛蒂家,也不该把她牵扯到一个马斯特斯和司麦森不想让任何人知道的事情里面去。我还是把自责留到后面吧,现在可没时间想这个。

"想让我把她做掉吗?"托尼低声说,他的眼睛里闪烁着幸福的光芒,脸上那道Z字形的刀疤像伤口一样鲜艳耀眼。

"现在还不是时候,托尼。"马斯特斯说,"我们想知道她到底了解多少,而且都告诉了什么人……你也是,拉尔夫。真可惜,你怎么把这个波兰女孩带到这儿来了——如果不是绝对必要,我们是不会开枪打你的,但是现在恐怕我们不得不这么做了。"他转向司麦森,"厄尔,做这种事你比我有经验。制服他们的最好办法是什么?"

"把沃察斯基那个婆娘的枪卸了。"厄尔尖着嗓子喊,"然后让她和那个家伙一起坐在沙发上,这样两个人托尼都能顾到。"

"你听见他说的话了。"马斯特斯说着,迈步向我走过来。

"不,"厄尔尖叫着,"别靠近她。让她把枪放下。托尼,孩子归你管。"

托尼用他的勃朗宁手枪指着吉尔。我把史密斯威森手枪扔到地上。厄尔走过来,一脚把枪踢到角落里。吉尔惨白的小脸紧缩着。

"坐到沙发上去。"马斯特斯说。托尼继续拿枪指着吉尔。我走过去坐下来。沙发很硬,这是个好事——不至于把身子陷进去。我把身体的重量向前分布在腿和脚上。"快!"厄尔冲着拉尔夫尖叫。拉尔夫看上去精神恍惚,脸上布满细密的汗珠。他走过来坐在我身边时,被厚厚的地毯绊了一下。

"你知道吗,马斯特斯,你们建的这个粪池简直臭气熏天,要想把这个臭味遮住,必须杀掉所有的芝加哥人。"

"你这么认为,是吗?除了你,还有谁知道这件事?"他依旧笑得那么令人反感。我感觉手心发痒,真想一拳把他的下巴打断。

"哦,《明星先驱报》对这个情况相当了解。我的律师。还有其他几个人。如果你把那家报社的所有工作人员都杀了,小厄尔也没能力买通警察了。"

"这是真的吗,亚德利?"拉尔夫问。他声音沙哑,且近乎耳语,于是他清了清嗓子。"我不相信。维克跟我说的时候,我不愿意相信。你没有开枪杀死彼得,对不对?"

马斯特斯微微一笑,笑声中充满了优越感。"当然不是我干的。是托尼开的枪。不过,我得一起过去,就像今天晚上一样,我得把托尼领进楼里去。厄尔陪着我们一起来只是个点缀。通常厄尔不会掺和这种事,对不对,厄尔?但是我们可不希望事后被敲诈勒索。"

"真不错,马斯特斯。"我表扬了他,"厄尔的屁股之所以这么肥,是因为这么多年保护得好啊。"

厄尔的脸红了。"你这个下贱的婊子，就凭这个，我就能让托尼在开枪打死你之前，再把你狠狠地揍一顿。"

"好啊，厄尔。"我看着马斯特斯，"厄尔从来没亲手打过人。"我解释道，"我过去以为他不这么做是因为他没有这个胆量，但是上个星期我发现这不是真的，对不对，厄尔？"

厄尔向我冲过来，这正是我所希望的，但是马斯特斯把他拦住了。"冷静点，厄尔，她只是想嘲笑你。你想对她做什么都行，但是在这之前，我必须弄清楚她到底知道多少，还有安妮塔·麦格劳在什么地方。"

"我不知道，亚德利。"我欢快地说。

"少来这一套。"他说着，身子向前倾，照着我的嘴来了一拳。"今天一大早你就消失了。司麦森派人在巷子后面监视你，可是那个蠢货睡着了，你趁机逃走了。但是昨天晚上，我们向大学女子联合会的几个女生打听过情况，你在那次会议上跟她们聊过，托尼说服了其中一个人告诉他安妮塔去了哪里。但是等我们中午到达威斯康星州的哈特福德时，她已经不见了。餐馆里的那个女人向我们清晰地描述了你的模样。她以为你是乔迪·希尔的姐姐，反正是你过去把她带走的。现在你告诉我她在哪儿？"

当时我有一种强烈的直觉，一定要催促安妮塔离开哈特福德，看来这么做是对的，我默默感谢上帝。"这个非法勾当一定牵连了更多的人，而不止吉尔找到的那个原始信托契约上写的二十三个人。"我说，"即便每个星期、每张索赔单兑换二百五十美元，也雇不起司麦森这种人。二十四小时监视我？那肯定让你破费了吧，马斯特斯。"

"托尼，"马斯特斯用随便聊天的口气说，"打那个女孩。使劲打。"

吉尔倒抽了一口气，忍住没叫出声来。好女孩。有胆量。"你把那个女孩杀了吧,马斯特斯,你做什么都阻止不了我。"我说,"你现在可有点麻烦了。托尼一旦把枪从她的头部移开,她就会在地板上一滚,躲到大椅子后面去,接着我会扑向托尼,拧断他的脖子。如果他杀了她,同样的事情照样会发生。当然了,我不想看着你们伤害吉尔,但是这么做,你们会耗尽武器。"

"去,把沃察斯基给我宰了。"厄尔尖叫着,"反正你早晚也是死。"

马斯特斯摇了摇头。"在知道麦格劳的女儿的下落之前不能这么做。"

"我跟你说,亚德利,"我主动提议,"我拿安妮塔跟你交换吉尔。你把这个孩子放了,让她回家,我就告诉你安妮塔在哪儿。"

事实上,为了思考这个问题,马斯特斯浪费了一分钟的时间。"你真把我当成笨蛋了,对不对?如果我放走她,她会去报警。"

"我当然认为你是笨蛋。迪克·崔西[①]说得好:'所有的骗子都是笨蛋。'你通过多少假冒的索赔申请人把赔偿金打进那个愚蠢的账户里了?"

他笑了,又一次假模假式地开怀大笑起来。"哦,现在快三百个人了,分布在全国各地。那个信托契约早就过时了。我后来明白,约翰从来就没费心查看过原件,看人数是怎么增长的。"

"他监督这个账户能分到多少钱?"

"我来这儿真的不是为了回答一个自作聪明的婆娘提出的问题。"亚德利依旧和蔼可亲,控制着自己不发脾气。"我想知道你知道多少。"

"哦,我知道的事可不少。"我说,"我知道当彼得·塞耶拿着那些显示你有罪的文件找到你之后,你给麦格劳打了一个电话,还从他

[①] 迪克·崔西(Dick Tracy),美国畅销漫画中的传奇警探。

那里得知了厄尔的名字。我知道你没有告诉麦格劳，你要收拾的那个人到底是谁，发现真相后，他变得惶恐不安。你令他进退两难，对不对？他知道你要伺机杀死他的孩子，但是他不能转换身份，变成污点证人，或者，他没有胆量这么做，无论如何，因为是他给你派去了职业杀手，在事实面前，他就是你的同谋。让我们想想看。我还知道是你说服了塞耶，不要继续调查他儿子的死因，因为你告诉他，彼得的死他也难逃其咎。你还说，如果他鼓励调查，塞耶家将声名尽毁，他也将失去在银行里的职位。而且我知道面对这个残酷的消息，他进行了两天的思想斗争，然后认定这么做无法令他心安理得，于是，他给你打了电话，告诉你他不能助纣为虐。于是，第二天早上，你就叫这个可爱的小托尼在他去找州检察官之前枪杀了他。"我转向托尼，"你这次可没有平时表现得好，托尼，我的孩子。有人看见你守在塞耶家门口。那个证人现在被保护起来了，你有机会的时候却没有抓住他。"

厄尔的脸又变得通红。"有目击者，你却没看到他？"他的声调抬到最高，用刺耳的声音尖叫着，"该死的，我为什么花钱雇你？如果我想要一个业余的，从街边直接拉一个来就行了。还有那个弗雷迪。我给他钱让他监视这个女人，他居然谁也没看见？！该死的蠢驴杂种，你们有一个算一个。"他愤怒地上下摇晃着短粗的胳膊。我瞄了一眼拉尔夫。他面如死灰，显然受到了极度的惊吓。现在我对此无能为力。吉尔冲我微微一笑。她领会了我的意思。托尼一旦举起枪，她就会滚到椅子后面去。

"明白了吗，"我厌烦地说，"你们这些家伙犯了这么多的错，即便再摞上三具尸体也无济于事。我以前就告诉过你，厄尔。鲍比·马洛里不是傻子。你不可能在他的地盘上杀了四个人却永远逍遥法外。"

厄尔得意地笑了。"他们从来没打击过我，沃察斯基，这你是知道的。"

"我叫华沙斯基,你这个该死的德国佬。你知道为什么波兰的笑话都那么短吗?"我问马斯特斯,"因为只有这样,德国人才能记住它们。"

"够了,沃察斯基,管你叫什么名字。"马斯特斯说。他的语气很严厉,仿佛是在训斥低级雇员。"你告诉我麦格劳的女儿在哪儿。你说得对,吉尔活着和死了没两样。我讨厌这么做,自打这个女孩降生我就认识她,但我就是不能冒这个险。不过,你是可以选择的。我可以让托尼杀了她,一枪就能干净利索地了事,要么我可以让他当着你的面强奸她,然后再杀了她。告诉我安妮塔·麦格劳在哪儿吧,免得她遭那么大的罪。"

吉尔面色惨白,灰色的眼珠在苍白脸色的映衬下显得硕大而乌黑。"哦,我的老天,亚德利,"我说,"你这个高大威猛的男人真是把我吓得屁滚尿流。你是不是想告诉我,托尼要强奸那个女孩是被你指使的?你怎么就认为他带着枪呢?他举不起枪来,从来都不行,所以他手里握着一个又大又老的老二四处晃悠。"

说这话的时候,我把双手放在身体的两侧撑住沙发。托尼满脸通红,嗓子眼里发出一声原始的尖叫。他转过身来看着我。

"快!"我一边喊,一边跳了起来。吉尔扑到扶手椅后面。托尼的子弹飞出去很远,我一跃来到他跟前,猛击他拿枪的那只胳膊,直至将他的骨头折断。他痛苦地尖叫着,丢下勃朗宁枪。当我飞速转身时,马斯特斯向那支枪猛扑过去。再次站起身时,他向我挥动着那支手枪,我向后退了几步。

托尼的枪声令拉尔夫起死回生。我用眼角的余光瞥见坐在沙发上的他把身子朝电话机那边移动,并拿起了听筒。马斯特斯也看见了,他转过身来向拉尔夫开枪。他转身的一瞬间,我一个滚翻来到墙角,捡起我的史密斯威森手枪。马斯特斯转过身向我开火时,我一枪打中了他的膝盖。他不习惯疼痛,突如其来的痛苦将他击倒。他一边喊叫着,一边随手扔了枪。一直在后面伴舞的厄尔也假装投入战斗,伸出手去够那支枪。我朝着他的手开了一枪。由于枪法生疏,这一枪打偏了,不过,他还是向后跳了一下。

我用史密斯威森指着托尼。"去沙发上坐着,快点儿。"眼泪顺着他的脸颊淌下来。他的右胳膊滑稽地垂着,我打断了他的尺骨。"你们这些人还不如垃圾,我真想把你们三个人都打死。给州政府省一大笔钱。如果你们还有谁敢去够那支枪,我就杀了他。厄尔,把你的小胖身子放在沙发上,挨着托尼坐。"他看上去像一个莫名其妙被妈妈打了屁股的、两岁大的孩子。他整张脸都扁下去了,好像随时都会失声痛哭。但是他还是坐到了托尼的旁边。我捡起那支勃朗宁,继续用它指着沙发上的两个人。马斯特斯的血流到了地毯上。他已经完全不动了。"警察会喜欢这支枪的。"我说,"我敢打赌,就是从这支手枪里射出了杀害彼得的那颗子弹,是不是这样,托尼?"

我朝吉尔喊:"你在后面还活着吗,亲爱的?"

"是的,维克。"她小声地说。

"好。你现在快出来,照着我给你的号码打一个电话。我们要报警,让警察把这些垃圾收走。接下来,也许你最好给洛蒂也打个电话,让她来这儿看看拉尔夫的伤势。"我希望他还活着,免得洛蒂空跑一趟。他现在一动不动,但是,我不能到他身边去,他摔倒在房间的另一头,如果要去他躺的地方,沙发和放电话机的桌子会挡住我的去路。

吉尔从大扶手椅后面走出来,刚才她一直蹲在那儿。她椭圆形的小脸依旧没有血色,她的身体还在微微颤抖。"走到我身后去,亲爱的。"我告诉她,"做两个深呼吸。过不了几分钟,你就能放松下来尽情发泄了,但是现在你必须继续努力。"

她把目光从地板上移开,躺在地上的马斯特斯正在流血,她走向电话机。我把马洛里办公室的电话号码给了她,叫她找马洛里。他已经回家了,她报告说。我又把他家里的电话号码给了她。"请问,马洛里警官在家吗?"她用清脆礼貌的声音问道。他接起电话后,我告诉她把电话递给我,但绝不能挡在我前面。

"鲍比吗?我是维克。我现在在东榆树街二〇三号,和我在一起的有厄尔·司麦森、托尼·布朗斯基,还有埃贾克斯保险公司一个叫亚德利·马斯特斯的家伙。马斯特斯的膝盖碎了,布朗斯基的尺骨断了。我手里还握着那支杀死彼得·塞耶的手枪。"

马洛里在电话里发出一声咆哮。"你是在开玩笑吗,维姬?"

"鲍比,我是警察的女儿。我从来不开这种玩笑。东榆树街二〇三号,一七〇八室。你来之前,我会尽量不杀死他们三个人。"

第十八章 血浓于金

时间是十点,那个身材矮小的黑人护士说:"你根本就不该来这儿,可是如果你不来看他,他是不会睡觉的。"我跟在她身后走进拉尔夫的病房,他脸色惨白,但灰色的眼珠却很有生气。洛蒂给他包扎得很好,帕萨望的外科医生只是为他换了外敷的药,并没有做多大的改动。就像洛蒂说的那样,她处理过很多枪伤。

保罗和洛蒂一起来到拉尔夫家,保罗简直要发狂了。他到过温尼卡,可是等他推开杰克,闯进去的时候,吉尔已经被马斯特斯带走二十分钟了。他直接从那儿去了洛蒂家。两个人都给我打过电话,他们还向警察局报了案,说吉尔失踪了,但是幸亏他们一直守在洛蒂家的电话机旁。

他们赶到时,吉尔哭着扑到保罗怀里,洛蒂摇了摇头,这是她的招牌动作。"把她从这儿带走吧,再给她弄点白兰地。"接着她把注意力转向拉尔夫,拉尔夫已经失去知觉,躺在一个角落里流血。子弹从他的右肩膀射进去,撕开许多骨头和肌肉,又从另一边穿了出去。

现在我低下头看着躺在病床上的他。他用左手抓住我的右手,虚弱无力地在上面捏了一下。医生给他打了麻醉剂。我在床边坐下来。

"从床上下来。"那个小护士说。

我筋疲力尽,真想叫她去见鬼,但是更重要的是,我不愿意在医院里大吵大闹。我站起身来。

"对不起。"拉尔夫说,他的话有些含糊不清。

"别担心。这样的结果已经是不幸中的万幸了。我当时也不清楚怎么才能让马斯特斯摊牌。"

"不,当时我应该听你的。我不相信你清楚自己在说些什么。从内心来讲,我猜我并没有把你的侦探工作当回事。我以为这只是一个业余爱好,就像多萝西画画一样。"

我什么也没说。

"亚德利开枪打了我。我为他工作了三年,都没看出来他是这种人,而你只和他见了一面就知道了。"他的话语是含糊的,但是他的眼神里充满了伤痛和愤怒。

"别再自责了。"我温柔地说,"我知道这对于一个善于团队合作的人来说意味着什么。你没有预料到你的团队成员,你的四分卫[①]会做出这种事情。我是这件事情的旁观者,所以,我可以从不同的角度看问题。"

他再次陷入沉默,但是我的手指却被他握得更紧了,所以我知道他没有睡着。过了一会儿,他说:"我已经爱上你了,维克,但是你不需要我。"他嘴角抽搐着,为了不让我看到眼泪,他把头扭到另一边。

我喉咙发紧,一句话也说不出来。"这不是真的。"我努力想说话,但是我也不知道这到底是不是真的。我咽了一口唾沫,清了清嗓子。"我并不是只想利用你抓住马斯特斯。"我的话变成一句刺耳的尖叫。"我喜欢你,拉尔夫。"

他微微地摇了摇头。这个动作令他退缩。"这不是一回事。我们不

[①]四分卫是美式橄榄球中的一个位置,通常是进攻组的领袖,大部分的进攻都由他发起。

会有什么结果的。"

我痛苦地捏着他的手。"是啊。永远不会有结果。"我真希望自己没那么想哭。

渐渐地，握住我手指的那只手松开了。他睡着了。那个小护士把我从床边拉走。离开病房的时候，我没有回头。

我想回家、喝醉、睡觉，或者失去知觉什么的，可是，我欠莫里一个故事，而且我应该把安妮塔从囚禁地解放出来。于是，我在帕萨望医院的大厅给莫里打了一个电话。

"我还奇怪你怎么没打电话呢，维克。"他说，"我刚听到司麦森被捕的消息，我在警察局的线人说，布朗斯基和埃贾克斯保险公司的一个高管也被关在库克县的拘留所里。"

"是啊。"我累得腰酸背痛，"事情差不多结束了。安妮塔可以从她藏身的地方出来了。我想去接她，再带她去见她的父亲。这件事迟早得做，干吗不趁现在呢。"马斯特斯只要一开口肯定会揭发麦格劳，我想赶在马洛里之前见到他。

"你听我说，"莫里说，"咱们在里兹饭店的大堂见面，接下来，在去麦格劳家的路上，你可以跟我聊聊这件事。然后，我再给这个脾气暴躁的工会老头和他的女儿重逢的场面拍几张令人心碎的照片。"

"烂主意，莫里。咱们在大堂里碰面，然后我给你讲一下大概的情况。如果安妮塔愿意你跟着去，你就可以去，但是我不敢保证。不过，别担心你的故事。全城的独家新闻还是属于你的。"

我挂了电话，走出医院。我要亲自和鲍比谈谈。救护车把我、洛蒂和拉尔夫一起带走了，当我走出门时，马洛里忙得只顾大喊"我要跟你谈谈"！今天晚上我不想跟他聊。吉尔应该没什么问题，这是件好事。但是可怜的安妮塔，我应该在警察抓她父亲之前，把她带回去见他。

医院离里兹饭店只有四个街区。这是一个晴朗、温暖而亲切的夜晚。此刻我需要一个母亲，茫茫的黑夜如母亲般陪伴着我，伸出它黑暗的臂膀拥抱我。

里兹饭店是街边竖起的一幢十二层的楼房，大堂布置得很豪华，而且想必设计的时候就考虑得很周密。这种奢侈的气氛令我心烦意乱。我也不太适合待在这种地方。从上升的电梯的玻璃墙上，我看到自己衣冠不整，夹克和牛仔裤上沾着血迹，头发乱蓬蓬的。等莫里的时候，我猜到酒店的保安会过来。结果，他和莫里同时到了。

"对不起，夫人，"他彬彬有礼地说，"我想知道您是否介意跟我过来一下。"

莫里大笑起来。"对不起，维克，这可是你自找的。"他转向那个保安，"我叫莫里·莱森。《明星先驱报》的记者。这位是维·艾·华沙斯基，私人侦探。我们来这儿为了接你们的一位客人，接完人我们就走。"

那个保安对着莫里的记者证皱了皱眉，然后又点了点头。"很好，先生。夫人，我想知道您介意在桌子旁边等着吗？"

"不介意。"我礼貌地说，"我明白你们大多数客人绝对没见过多少血，最多也就是一般的鞑靼牛排[①]所含的血量……事实上，也许趁着莱森先生等麦格劳小姐，我可以顺便洗一下手和脸？"

那个保安很高兴地把我领进经理办公室里面的私人洗手间。我把最糟糕的污渍擦洗掉后，又洗了一把脸。我在洗手盆上方的柜子里找到一把梳子，把头发梳理成型。整个人看上去好多了。尽管我不是里

[①]鞑靼牛排，匈牙利和德国部分地区的一种传统菜肴，生食。牛排选用上好的菲利牛肉，将其剁碎加上蛋黄、酸黄瓜、芥茉等调拌均匀，食用时并附带些黑面包。

兹饭店的优质顾客,但至少不会被当场扔出去。

我回来的时候,安妮塔和莫里正在大堂里等我。她用疑惑的眼神看着我。"莫里说我已经脱离危险了?"

"对。司麦森、马斯特斯和司麦森雇来的杀手已经被捕了。你想在你父亲被捕之前跟他谈谈吗?"莫里不由自主地张大了嘴。我伸手抓住他的胳膊,不让他说话。

安妮塔思考了片刻。"是的。"她最后说,"我今天反复考虑了这件事。你说得对,我拖延的时间越长,情况就会变得越糟糕。"

"我也要一起去。"莫里宣告。

"不。"安妮塔说,"不,我不会把一切都拿给报纸看的。以后维克会把有关的故事讲给你听。可是,我不会允许记者为了这个在我身边晃悠。"

"你明白了吧,莫里。"我说,"晚点儿再跟我联系吧。我会在——我也不知道。今天晚上我会在市中心那个我常去的酒吧。"

我和安妮塔朝电梯走去。"那个酒吧在哪儿?"他追过来问。

"'金色光芒',在联邦和亚当斯大街上。"

我叫了一辆出租车,把我们俩送回我停车的地点。一位尽职的警官,大概他是留下来看守大堂的,在汽车的挡风玻璃上放了一张违规停车罚单。罚我二十块钱,就是因为车挡住了消火栓。他们既提供服务,又提供保护。

我实在是太累了,不认为自己能一边开车一边说话。我意识到,今天我开车往返三百英里去了一趟哈特福德,而前一个晚上,我甚至没睡觉。现在都找上门来了。

安妮塔的心思全被忧虑占满了。在告诉我她在埃尔姆伍德帕克的家具体怎么走之后,她静静地坐着,凝视着窗外。我喜欢她,我和她之间有强烈的心灵相通感,可是,我现在累垮了,不能伸出手给她任何东西。

我们在从卢普通往西郊的艾森豪威尔高速路上,车已经开出去大约五英里了,安妮塔才开始讲话。"马斯特斯出了什么事?"

"他和他雇来的打手一起露面,想要干掉我和拉尔夫·德弗罗。他们挟持了吉尔·塞耶,想利用她做人质。我扑倒了那个枪手,折断了他的胳膊,还打伤了马斯特斯。吉尔没什么事。"

"她真的还好吗?这个孩子太好了。我绝不希望有任何不好的事情发生在她身上。你以前见过她吗?"

"是的。她和我待了几天。她是个了不起的孩子,你说得对。"

"她跟彼得很像。他们的母亲非常自我,喜欢衣服和美丽的身体。她那个姐姐简直令人不可思议,你会认为她是某个人为了写本书才编出来的人物。但是,吉尔和彼得这两个人都很,很……"她在寻找合适的措辞。"有自信,但是与这个世界格格不入。对彼得来说,一切都是,都曾经是那么有趣,怎么才能把事情做成,如何解决问题。他想和每个人都成为好朋友。吉尔身上也有很多相同之处。"

"我想她爱上了一个波多黎各男孩。温尼卡又要为此闹翻天了。"

安妮塔轻声笑了起来。"没错。比我的情况还要糟糕——我是一个工会领导人的女儿,但至少不是黑人或者西班牙裔。"她沉默了一会儿,然后说道,"你知道,这个星期改变了我的生活。或者说,让我的生活看起来很混乱。我的一生都是指向工会的。我要上法学院,当一名工会律师。现在,好像不值得为它奉献终生了。只剩下一个巨大的空洞。我不知道用什么来替代它。彼得走了,我相当于同时失去了工会和彼得。上个星期,我忙着恐惧,根本没注意到这一点。现在我注意到了。"

"哦,是啊,这要花一定的时间。所有的悲痛都会经历很长时间,你不要操之过急。到现在为止,我父亲已经过世十年了,但是,有时突然冒出某件事,我还是会感觉到悲痛的存在,而另一段悲痛又已经准备就绪。艰难的部分不会持续太长时间。不过,悲痛还会继续,你不要和它抗争,你越是想把悲伤和愤怒拨到一边去,就越是需要更长的时间将它们清理出来。"

她想更多地了解我爸爸,以及我们俩在一起时的生活。我用剩下的时间和她聊托尼。太可笑了,他居然和厄尔手下那个愚蠢的枪手同名。我的父亲,我的托尼,有点像个梦想家。他是一个理想主义者。这个男人当了那么多年的警察,除了向空中鸣枪示警,从来没有用枪伤过一个人,更没有人因托尼·华沙斯基而死。马洛里无法相信——即便是在托尼快死的时候,我还记得那件事。那阵子,鲍比总是晚上来我家,有一天晚上,他们在聊天,鲍比问我爸爸,你在警局工作这些年,杀死过几个人?托尼回答说,我从来没伤过一个人。

沉默几分钟后,我想起了一个一直困扰我的小问题。"那个假名字到底是怎么回事?你父亲第一次找到我的时候,他管你叫安妮塔·希尔。在威斯康星的时候,你又叫乔迪·希尔。我能理解他给你起一个假名,是为了让你远离那些事,尽管这种努力并不是很明智。但是,为什么你们俩都用了希尔这个姓呢?"

"哦,不是串通好的。但是乔·希尔[①]一直是我们俩心目中的大英雄。我下意识地想到了乔迪·希尔这个名字。他选择这个姓氏很可能也是出于同样的原因。

---

①乔·希尔(Joe Hill,1879—1915),劳工运动家。生于瑞典,二十岁时只身来到美国,后创建工会,对资本家和政府的无良迫害进行抗争,还把自己创作的民歌作为斗争的鼓舞手段,最终被美国政府以莫须有的谋杀罪名判处死刑。

我们到了出口,安妮塔开始详细地指路。我把车在房前停下来时,她一言不发地坐了一会儿。最后,她说:"我决定不了要不要带你一起进去。但是,我认为你应该进去。整个这件事的开始,或者你牵扯到这里面来都是因为他去找了你。我不知道如果你不去跟他讲,他是否能相信这件事已经过去了。"

"好吧。"我们一起朝那座房子走去。一个男人坐在大门外。

"保镖。"安妮塔低声对我说,"从我记事开始,爸爸就有保镖。"她大声说道:"你好,查克,是我,安妮塔。我染了头发。"

那个男人吃了一惊。"我听说你跑了,有人想杀你,你还好吗?"

"哦,是的,我很好。我爸爸在家吗?"

"在,他一个人在里面呢。"

我们走进那座房子,这是建在一大片空地上的一个小平房。安妮塔领着我穿过客厅,来到一间地势较低的家庭娱乐室。安德鲁·麦格劳在看电视。听到我们来了,他转过身来。安妮塔留着黑色的短发,有那一刻,他没认出她来。接着,他跳起身。

"安妮?"

"对,是我。"她平静地说,"这位华沙斯基小姐找到了我,就像你要求她做的那样。她开枪打伤了亚德利·马斯特斯,折断了厄尔·司麦森雇来的枪手的胳膊。他们三个现在都在监狱里。所以,我们可以谈谈了。"

"是真的吗?"他问,"你打伤了布朗斯基,枪击了马斯特斯?"

"是的。"我说,"但是你知道,你的麻烦还没有结束。一旦马斯特斯的身体状况稍有好转,他就会开口讲话的。"

他看了看我,又看了看安妮塔,那张大方脸上露出不确定的神情。"你知道多少?"他终于说话了。

"我知道很多事。"安妮塔说。她的声音里没有敌意，但是很冰冷，仿佛她并不熟悉这个与之对话的人，或者不确定要不要和他说话。"我知道你拿工会做幌子，通过非法的保险理赔敛钱。我知道彼得发现了这个情况，还去找亚德利·马斯特斯理论。后来，马斯特斯给你打电话，并从你这里知道了一个职业杀手的名字。"

"听着，安妮。"他用急迫的口气低声说，与过去我听到的愤怒的咆哮截然不同。"你必须相信，亚德利给我打电话的时候，我不知道那个人是彼得。"

他没穿外套，只穿了件衬衫站在那里。安妮塔站在门口，低头看着他。我走到房间的另一边。"你还不明白吗，"她的声音突然发生了一点变化，"这并不重要。你知不知道他是谁又有什么关系呢。关键是，你利用工会进行欺诈，当马斯特斯需要杀手的时候，你手头就有一个。我知道你不至于冷血到派人杀死彼得。但正是因为你知道如何叫人开枪杀人，这一切才会发生的。"

他沉默了，应该是在思考。"是，我明白。"他最后说，用同样低低的嗓音。"你以为，我在这儿整整坐了十天，怀疑再见到你的时候你也死了，而且知道是我杀了你，我还不明白是为什么吗？"她什么也没说。"你看，安妮，这二十年来，你和工会就是我的整个生命。我想了十天，明白我已经失去了你们。现在你回来了。我不得不放弃工会，难道你还想让我在这么做的同时失去你吗？"

我们身后的电视机上，一个咧着大嘴疯笑的女人正在向观众推销一种洗发水。安妮塔目不转睛地看着父亲。"再也不可能像从前那样了，你知道的。我们的生活，你知道，它的基础已经塌了。"

"看着我，安妮。"他用嘶哑的声音说，"我十天没睡觉，也没吃饭。我一直在看电视，以为能听到他们在什么地方找到了你的尸体……我叫华沙斯基去找你,是因为当时我以为我能抢在马斯特斯前头。但是他们后来明明白白地告诉我,只要你出现就会死,所以,我不得不叫她停止调查。"

他看着我。"你说得对,绝大部分都对。我用了塞耶的名片,那是因为我想把有关他的想法种在你的脑子里。这么做很愚蠢。我上个星期所做的一切都很愚蠢。意识到安妮的处境危险时,我简直是昏了头,完全是靠疯狂的冲动做事。我并没有生你的气,你知道吗。我只是祈求上帝在找到安妮之前你可以罢手。我知道如果厄尔在监视你,你会直接把他领到安妮面前。"

我点了点头。

"也许我本不该认识任何暴徒。"他对安妮塔说,"但那是很久以前的事了。在你出生之前发生的事。一旦和他们搅和在一起,你就再也无法脱身了。当时的磨刀人是非常粗鲁的一群人,你或许认为现在的我们很粗鲁,你应该看看我们当年的样子。所有的大型生产工厂都会花钱雇流氓杀我们,把工会赶出去。我们也会雇打手让工会进驻这些工厂。这种事我们只要做一次,就再也摆脱不了那些流氓打手。如果我想脱身,唯一的办法就是离开磨刀人。但是我不能这么做。十五岁的时候,我就是企业里的工会代表。我在西斯普林斯刀具厂当纠察员的时候,你母亲还是一个给剪子拧螺丝的小孩,我们就是这样认识的。工会是我的生命。司麦森这种人是和它共存的阴暗面。"

"但是,你背叛了工会。你在开始和马斯特斯一起申请虚假索赔的时候就背叛了它。"安妮塔几乎要哭了。

"对,你说得对。"他用一只手捋着头发,"这可能是我做过的最愚蠢的事。有一天,我在科米斯基公园,他走上前来。有人把我指给他看。他已经谋划了很多年,我猜是这样,他已经弄明白了怎么做这个交易，你明白吗，但是，他需要外面有一个人给他送申请单。"

"当时我的眼里只有钱。我就是不想脚踏实地……如果我可以……这就像我曾经听过的一个故事。有一个人特别贪婪，我想，大概是个希腊人，他祈求众神送给他一件礼物——点物成金的本领。他碰过的每一样东西都会变成黄金。唯一的问题在于，这些神总是会击败你：你想要的东西，他们总是会给你，但结果却不是你想要的那样。这个人就像我一样。他有一个女儿，他爱她胜过自己的生命。但是，他忘了脚踏实地。当他触碰她时，她也变成了金子。这就是我所做的事，对不对？"

"你说的是迈达斯国王，"我说，"但是他悔过了，而且众神饶恕了他，还让他女儿苏醒过来了。"

安妮塔犹豫不决地看着她的父亲。他也望着她，粗糙的脸上写满了坦诚和恳求。莫里还在等他的故事。走的时候，我没说再见。

后　记

新年前夜，几杯香槟酒下肚，喝得我脸蛋红扑扑的，我暗下决心要在一九七九年写一本小说，否则就将这个幻想和在斯卡拉大剧院演唱，以及和纽瑞耶夫[①]共舞等白日梦一并打包收藏。接下来的那天，我写下了这样一段文字：

　　我满怀希望地翻着钱包，却只找到今天早晨就已经在那儿的两张油腻腻的一元钞票。我可以用这些钱买个三明治，或者一包香烟，外加一杯便宜的苏格兰威士忌。我叹了一口气，将目光转向窗外的沃巴什大街。

九个月过去了，我又在这个没有希望的开头后面补充了五十页的文字，但是我总觉得应该放弃这个念头，乖乖地去过那种向保险代理人销售电脑的日子。就在这个时候，一个叫玛丽·霍根的同事给我拿来了一本西北大学秋季进修课程目录，她知道我为此付出了多少努力。斯图尔特·卡明斯基正在那里教授一门名为"针对出版用途之侦探小说写作"的夜间课程。我感觉自己仿佛是爱丽丝找到了蘑菇——这正

[①]纽瑞耶夫（1938-1993），出生于苏联，当代最富魅力的男性芭蕾舞者之一。

是我所需要的。

斯图尔特非常认真地阅读了我写的那篇微不足道的故事。他就如何描写人物和结构故事方面给我提了几点非常重要的忠告。在这个过程中，维·艾·华沙斯基不再抽烟，而是端起了我爱喝的黑方威士忌。最重要的是，斯图尔特变成了我需要听到的那个声音，那个声音告诉我："你可以写作。你可以做这件事。"如果没有斯图尔特，我不可能有信心将这个故事写完。这就是我要把《索命赔偿》这本书献给他的原因。

我读过一些作家写的回忆录，比如萨特[1]说过，从童年开始他就知道自己"注定要把此生献给文字"，还有贝娄[2]，他知道自己"生来就是一个善于表演和诠释的人"。我想知道，当他们还是孩子的时候，那些未被公开承认的声音对他们究竟说过怎样的话。事实上，萨特告诉我们，是他的母亲和祖父把他幼稚的宣泄凝固为小说，并把他们的骄傲之情毫不掩饰地展现在邻里面前。如果他的家人没有在他的内心树立一种他对自己的期待，年轻的让－保罗不可能带着一种命运感成长起来。他那些后来成为工程师的堂表亲也在同样的年纪被告知他们将来注定要成为工程师。

我从年幼时就开始写作，但只是写给自己看。就像《梦想女孩》里面的女主人公那样，我醒着的大部分时间都在想象自己生活在不同的故事里。当它们呈现出某种形状时，我就把它们写下来。但是，我认为我的故事是折磨剧中那个女人的一种疾病的征兆，而真爱可以像治愈她那样治愈我，因为在我成长的那个时间和空间里，小女孩是注定要成为妻子和母亲的。

---

[1] 让－保罗·萨特（Jean Paul Sartre，1905—1980），法国作家、哲学家、社会活动家。
[2] 索尔·贝娄（1915—2005），美国犹太裔小说家。1976年获得诺贝尔文学奖。

我确实找到了真爱，但是我的丈夫考特尼·莱特说服了我，他说我的故事值得讲给他人听，我的梦境不是病态的信号，而是意味着活跃的大脑。从那个寒冷的元旦到这个炎热的六月，他对我的支持从未动摇，现在我正在和第七本维·艾小说较劲。有些年，我挣扎在剧痛和无力之间，是考特尼紧紧抓着我不放，没让我丧失故事的源头和核心。在某种意义上来讲，我写的每一个字都是献给考特尼的。

一九八〇年五月，我完成了这本书的手稿，将糟糕的第一段和稀松的第一章改成了现在的样子。斯图尔特·卡明斯基把我的手稿寄给他在纽约的经纪人多米尼克·阿贝尔。多米尼克接纳了我和维·艾，而且从此就没有放弃过我们。我不想把这篇介绍性的文字变成一卷《犹太法典》，所以，我只想谈谈多米尼克，用句中国的古话来说，他就是会寻千里马的伯乐。

他用了一年时间才为《索命赔偿》这本书找到了出版商。事实上，每当我过分傲慢自大时，就会把那些已经存档的退稿信抽出来看看，他们说我写的"对话太多""人物性格僵硬"，说我写了一篇"衍生故事"，他们还说，《索命赔偿》"是一本边缘小说，他们接受不起"。这份厚厚的资料是治疗虚荣的最好解药。面对如此多的否定言论，我尤其要感激南希·凡·伊塔利和冒险将其付梓的戴尔出版公司。

如今，戴尔出版公司已经不复存在[①]，这实在令人伤心。历经几乎十年的漂泊，我终于在戴拉寇特出版公司安家落户。杰基·法伯和卡罗尔·拜伦向我提供了编辑和出版方面的支持，这是大多数作家梦寐以求的。

《索命赔偿》诞生得如此惊险，至今它都是我最珍视的人生财富。

[①]一九九三年，戴尔公司重生并再次繁荣起来。

有时，我会惊奇地注视着它——惊奇于，我竟然有力量写完一本书；惊奇于，有人真的将它出版了。如今，戴拉寇特又出了这本书的新版本，我满怀骄傲地看着它。我经不住诱惑，又把它通读了一遍，将写法润色了一下，并改正了一九七九年没有注意到的瑕疵。然而，我坚信篡改内容的做法是不道德的。除了有两处很小的修改，这依然是十年前我寄给多米尼克·阿贝尔的那本书。

莎拉·派瑞斯基

于芝加哥

一九九〇年六月

INDEMNITY ONLY
By SARA PARETSKY
Copyright © 1982 BY SARA PARETSKY
This edition arranged with DOMINICK ABEL LITERARY AGENCY through BIG APPLE AGENCY, LABUAN, MALAYSIA.
Simplified Chinese edition copyright: 2018 by New Star Press Co., Ltd.
All rights reserved.
著作版权合同登记号：01-2018-5507

图书在版编目（CIP）数据

索命赔偿／（美）莎拉·派瑞斯基著；赵文伟译 . ——北京：新星出版社，2018.9
（守护天使：芝加哥首席女侦探精选集）
ISBN 978-7-5133-3165-4

Ⅰ.①索… Ⅱ.①莎… ②赵… Ⅲ.①长篇小说-美国-现代 Ⅳ.① I712.45
中国版本图书馆 CIP 数据核字（2018）第 156025 号

午夜文库
谢刚 主持

索命赔偿

（美）莎拉·派瑞斯基 著；赵文伟 译

责任编辑：曹晓雅
责任校对：刘　义
责任印制：李珊珊
封面插图：宣　和
装帧设计：周伟伟

出版发行：新星出版社
出 版 人：马汝军
社　　址：北京市西城区车公庄大街丙3号楼　　100044
网　　址：www.newstarpress.com
电　　话：010-88310888
传　　真：010-65270449
法律顾问：北京市岳成律师事务所

读者服务：010-88310811　　service@newstarpress.com
邮购地址：北京市西城区车公庄大街丙3号楼　　100044

印　　刷：三河市文通印刷包装有限公司
开　　本：910mm×1230mm　　1/32
印　　张：8.625
字　　数：207千字
版　　次：2018年9月第一版　　2018年9月第一次印刷
书　　号：ISBN 978-7-5133-3165-4
定　　价：258.00元（全五册）

版权专有，侵权必究； 如有质量问题，请与印刷厂联系调换。